给孩子美的阅读 古诗词

仲冬梅 | 编著
ZHONG DONGMEI

天地出版社 | TIANDI PRESS

图书在版编目（CIP）数据

古诗词 / 仲冬梅编著 . — 成都：天地出版社，2022.1
（给孩子美的阅读）
ISBN 978-7-5455-6562-1

Ⅰ . ①古… Ⅱ . ①仲… Ⅲ . ①古典诗歌—诗集—中国 Ⅳ . ① I222

中国版本图书馆 CIP 数据核字（2021）第 178804 号

GU SHICI
古诗词

出 品 人	杨　政
编　　著	仲冬梅
责任编辑	李　蕊　江秀伟
装帧设计	宋双成
责任印制	董建臣

出版发行	天地出版社 （成都市槐树街 2 号　邮政编码：610014） （北京市方庄芳群园 3 区 3 号　邮政编码：100078）
网　　址	http://www.tiandiph.com
电子邮箱	tianditg@163.com
经　　销	新华文轩出版传媒股份有限公司
印　　刷	三河市冠宏印刷装订有限公司
版　　次	2022 年 1 月第 1 版
印　　次	2022 年 1 月第 1 次印刷
开　　本	880mm×1300mm　1/32
印　　张	14
字　　数	399 千
定　　价	35.00元
书　　号	ISBN 978-7-5455-6562-1

版权所有◆违者必究
咨询电话：（028）87734639（总编室）
购书热线：（010）67693207（营销中心）

如有印装错误，请与本社联系调换。

序 言

德国哲学家海德格尔有一篇很著名的文章《诗人何为》，在文中他援引了荷尔德林的诗，发问道："在一个贫瘠的时代里，诗人何为？"海德格尔对此虽然没有直接回答，但是他通过细致的分析，得出的结论是：在贫瘠的时代里，真正的诗人是通过他的诗，为神的再次降临做好准备。换言之，诗人的职责是起沟通神与人的作用。这是作为宗教体系的文化才会有的答案，但是自古以来，不管是古希腊，还是我们自己的传统文化，对于这个问题的回答都有着相似的部分。柏拉图在他的《理想国》中呼吁将诗人赶出理想国，是因为他看到了诗对于人的情感的巨大影响。亚里士多德则认为诗高于历史，因为诗写的是"应然之事"，而历史写的是"已然之事"。在我们的文化传统中，《尚书》已经明确地记录了"诗言志"。孔子说："小子何莫学夫诗？诗，可以兴，可以观，可以群，可以怨。迩之事父，远之事君，多识于鸟兽草木之名。"这虽然不是直接回答"诗人何为"，但是回答了"诗何为"：沟通自我，沟通他我，沟通物我。通过诗歌，确定自我，确定我与他人、与这个世界的关联。

这样说，从心中流淌出来的诗歌似乎变得冷漠而生硬。然而，这样的说法，可以让我们从新的角度去看待诗歌。诗歌不是我们通常以为的修身养性的生活的点缀，而是我们建立起与这个世界，包括外在于我的世界，以及内在于我的世界的关系的手段之一。比如说，诗歌中常有描写离愁别绪的，尤其以唐诗中的送别诗最为典型，看起来不过是非常私人的友谊的表达，但是在这些诗歌中，我们既能感受到同声相应、同气相求，更能感受到个体的情感之间的交流所带来的人际关系的温暖，以及由此建立起来的"我"与世界之间的关系。友人像一条纽带，连接起诗人与这个世界。所以送别诗虽多，主题虽然都是惜别，可是不同的诗人却能带给我们完全不同的感受，这不仅仅是诗人和友人之间的情意，更有这个世界的辽阔与苍茫。

随着时代的变化，人类的技术在不断进步，生活也变得越来越复杂，但是一些基本的人生问题却依然如故，那些困扰古人的问题，也依然困扰着今天的人。比如，"悔教夫婿觅封侯"或者"忠孝不能两全"所带来的个人生活与社会生活之间的矛盾与冲突，在今天不但没有弱化，反而变得更加剧烈和复杂。这些矛盾本身是无解的，但是诗歌可以安抚我们面对这些矛盾时躁动不安的灵魂。这实际上就是孔子诗教中所说的"诗可以怨"的一种呈现。

相对而言，古诗和现代诗歌（包括歌曲在内）的一个微妙区别，是那种集体无意识的沉淀所带来的深沉之感。而且，古典诗歌，包括其他的古典艺术在内，还能拉开我们与当下生活的距离，可以让我们更好地审视自我与生活之间的关系。

诗歌以及人类所有的艺术形式，完全是人类的创造物，就好像上帝创造了整个世界一样，人类"无中生有"地创造了包括诗歌在内的艺术世界。这个世界，是我们了解自身的最好的手段：不仅能认识人与世界的关系，也能认识人与自我的关系。人性的复杂，人性的深邃，人性的善良，人性的丑恶，在这个世界都会得到非常深刻的体现。

阅读古典诗歌，本身是唤醒潜藏在我们生命深处的集体无意识的一种手段，是我们探寻文化生命的一种途径。所以，相比于其他的阅读，更能让我们认识到我们是谁，并由此思考，我们的文化将会发展到哪里去。唯有了解了过去，才能更好地走向未来。所以，古诗词从来不是超然的，而是与我们的文化生命、现实生活紧密相连的存在。

古典诗歌的选本有很多，其中不乏经典的选本。当我接手这个任务的时候，我很想实现的心愿是：让更多的人可以读到唐诗宋词之外的经典诗歌，让这个选本成为一个拓展诗歌阅读范围的选本。不然会让人疑惑，中国古典诗歌那么辉煌，但各种选本为何始终是那么几首诗？同时也粗略地了解，唐诗的辉煌不是凭空出现的。李白曾经在《古风》中写道："大雅久不作，吾衰竟谁陈？王风委蔓草，战国多荆榛。龙虎相啖食，兵戈逮狂秦。正声何微茫，哀怨起骚人。扬马激颓波，开流荡无垠。废兴虽万变，宪章亦已沦。自从建安来，绮丽不足珍。圣代复元古，垂衣贵清真。群才属休明，乘运共跃鳞。"回顾了自有诗以来直到唐朝诗歌的发展状况：诗歌的兴衰和时代的命运紧紧地联系在一起。所以，本书从《诗经》开始，直到唐诗。如果读者有兴趣读完这本书中的诗歌，想来对于古诗的浓厚兴趣会引导着你去进行拓展阅读。

其次，在诗歌的选择上，我有意识地避开了那些常见的作品，尤其是中小学语文课本中常出现的作品。

  再次，在诗歌的赏析中，我尽量避免解释诗歌，而是写出我的阅读感受。不是说我的感受就一定是对的、好的，而是希望借此建立起一个联系读者和诗歌的桥梁，让读者可以更好地调动自己的身心去领会诗歌。虽然还不知道读者拿到这本书会是怎样的反应，但我自己在仓促的写作过程中对古典诗歌，乃至古代文化有了更深的一些体会和理解。一方面诗无达诂，一方面学无止境，我更多感受到的还是自身的不足：不仅是学识，还包括表达的不足。在这里先对读者表示歉意，希望以后能有机会弥补缺憾。

目录 / CONTENTS

诗 经

周南·卷耳 / 4
周南·汉广 / 6
邶风·燕燕 / 8
邶风·柏舟 / 10
邶风·击鼓 / 12
卫风·淇奥 / 14
卫风·硕人 / 16
卫风·木瓜 / 19
王风·黍离 / 20
王风·君子于役 / 21

郑风·缁衣 / 22
郑风·子衿 / 24
郑风·野有蔓草 / 25
唐风·椒聊 / 26
唐风·绸缪 / 28
陈风·月出 / 30
豳风·七月 / 31
小雅·庭燎 / 34
小雅·鹤鸣 / 35

楚 辞

九章·思美人 / 40

九歌·湘夫人 / 43

汉魏诗歌

大风歌 刘邦 / 48
悲愁歌 刘细君 / 50
李延年歌 李延年 / 51
四愁诗 张衡 / 52
汉乐府 / 54
古诗十九首（节选）/ 57
十五从军征 / 63
郑白渠歌 / 64
蒿里行 曹操 / 65
短歌行 曹丕 / 67
善哉行 曹丕 / 69
西北有浮云 曹丕 / 70
寡妇诗 曹丕 / 71
燕歌行 曹丕 / 72
弃妇篇 曹植 / 74
南国有佳人 曹植 / 76
美女篇 曹植 / 77

七哀诗 曹植 / 78
白马篇 曹植 / 79
高台多悲风 曹植 / 81
赠白马王彪 曹植 / 82
野田黄雀行 曹植 / 85
名都篇 曹植 / 86
七哀诗三首（其一） 王粲 / 88
饮马长城窟行 陈琳 / 89
赠从弟（其三） 刘桢 / 91
别诗 应玚 / 92
咏怀八十二首（其一） 阮籍 / 93
咏怀八十二首（其九） 阮籍 / 95
咏怀八十二首（其十九） 阮籍 / 96
咏怀八十二首（其七十九） 阮籍 / 98
赠秀才入军（其九） 嵇康 / 99
赠秀才入军（其十四） 嵇康 / 101

两晋南北朝诗

猛虎行 陆机 / 104

为顾彦先赠妇 陆机 / 105

悼亡诗三首（其一） 潘岳 /107

咏史（其一） 左思 / 109

咏史（其五） 左思 / 111

杂诗（其二） 张协 / 113

扶风歌 刘琨 / 115

兰亭诗 王羲之 / 117

游斜川 陶渊明 / 118

酬刘柴桑 陶渊明 / 120

九日闲居 陶渊明 / 122

和郭主簿二首 陶渊明 / 124

癸卯岁十二月中作与从弟敬远
　　陶渊明 / 126

乞食 陶渊明 / 128

移居二首 陶渊明 / 130

癸卯岁始春怀古田舍二首
　　陶渊明 / 131

饮酒（其四） 陶渊明 / 133

饮酒（其七） 陶渊明 / 135

饮酒（其九） 陶渊明 / 137

饮酒（其十） 陶渊明 / 138

饮酒（其二十） 陶渊明 / 139

杂诗（其一） 陶渊明 / 141

拟挽歌辞三首（其三） 陶渊明 / 142

庐山东林杂诗 释慧远 / 144

泰山吟 谢道韫 / 146

阮步兵 颜延之 / 147

登池上楼 谢灵运 / 148

石门岩上宿 谢灵运 / 151

九日从宋公戏马台集送孔令诗
　　谢瞻 / 153

拟行路难（其一） 鲍照 / 155

拟行路难（其四） 鲍照 / 157

梅花落 鲍照 / 158

赠傅都曹别 鲍照 / 159

行京口至竹里 鲍照 / 160

玩月城西门廨中 鲍照 / 161

古意赠今人 鲍令晖 / 162

赠范晔 陆凯 / 163

之宣城郡出新林浦向板桥 谢朓 / 164

晚登三山还望京邑 谢朓 / 166

送江兵曹檀主簿朱孝廉还上国　　和王中丞闻琴 谢朓 / 168
　谢朓 / 167　　　　　　　　　　王孙游 谢朓 / 169

南朝乐府民歌

西洲曲 / 171　　　　　　　　　关山月 徐陵 / 192
河中之水歌 / 173　　　　　　　拟咏怀（其一） 庾信 / 193
折杨柳 萧纲 / 175　　　　　　 拟咏怀（其七） 庾信 / 195
夜夜曲 沈约 / 176　　　　　　 拟咏怀（其十八） 庾信 / 196
伤谢朓 沈约 / 177　　　　　　 拟咏怀（其二十六） 庾信 / 198
古离别 江淹 / 178　　　　　　 梅花 庾信 / 199
有所思 王融 / 179　　　　　　 寄徐陵 庾信 / 200
送沈记室夜别　范云 / 180　　　秋夜望单飞雁 庾信 / 201
别诗（其一） 范云 / 181　　　 蝉 虞世南 / 202
出郡传舍哭范仆射（其三）　　　 送沙门弘景道俊玄奘还荆州应制
　任昉 / 182　　　　　　　　　　宋之问 / 203
侍宴乐游苑送张徐州应诏　　　　 滕王阁诗 王勃 / 204
　丘迟 / 184　　　　　　　　　 代悲白头翁 刘希夷 / 205
乱后行经吴御亭 庾肩吾 / 186　 正月十五夜 苏味道 / 207
别沈助教诗 何逊 / 188　　　　 和晋陵陆丞早春游望
诏问山中何所有赋诗以答　　　　 　杜审言 / 209
　陶弘景 / 190　　　　　　　　 送兄 七岁女 / 210
江津送刘光禄不及 阴铿 / 191　 感遇·兰若生春夏 陈子昂 / 211

感遇·林居病时久 陈子昂 / 213
感遇·兰叶春葳蕤 张九龄 / 215
登荆州城望江 张九龄 / 216
望月怀远 张九龄 / 217
折杨柳 张九龄 / 218
自君之出矣 张九龄 / 219
春夜竹亭赠钱少府归蓝田
　王维 / 220
观别者 王维 / 221
辋川闲居赠裴秀才迪 王维 / 222
归嵩山作 王维 / 223
晚春严少尹与诸公见过 王维 / 224
送邢桂州 王维 / 226
江汉临泛 王维 / 227
被出济州 王维 / 229
冬晚对雪忆胡居士家 王维 / 231
积雨辋川庄作 王维 / 232
书事 王维 / 234
送沈子福归江东 王维 / 235
夏日南亭怀辛大 孟浩然 / 236
晚泊浔阳望庐山 孟浩然 / 238
与诸子登岘山 孟浩然 / 239
寻梅道士 孟浩然 / 241

留别王维 孟浩然 / 242
初出关旅亭夜坐，怀王大校书
　孟浩然 / 243
送友东归 孟浩然 / 244
早寒江上有怀 孟浩然 / 245
夜渡湘水 孟浩然 / 246
夜归鹿门歌 孟浩然 / 247
宿建德江 孟浩然 / 248
送杜十四之江南 孟浩然 / 249
人日寄杜二拾遗 高适 / 250
凉州馆中与诸判官夜集 岑参 / 252
胡笳歌送颜真卿使赴河陇
　岑参 / 253
高冠谷口招郑鄠 岑参 / 254
赵少尹南亭送郑侍御归东台
　岑参 / 256
山房春事 岑参 / 257
同从弟南斋玩月忆山阴崔少府
　王昌龄 / 258
从军行（其五） 王昌龄 / 259
长信秋词（其四） 王昌龄 / 260
送卢举使河源 张谓 / 261
登首阳山谒夷齐庙 李颀 / 262
子夜吴歌·秋歌 李白 / 264

关山月 李白 / 265

寄东鲁二稚子 李白 / 267

战城南 李白 / 269

日出入行 李白 / 271

侍从宜春苑奉诏赋龙池柳色初青
听新莺百啭歌 李白 / 273

灞陵行送别 李白 / 275

赠孟浩然 李白 / 277

寄淮南友人 李白 / 279

渡荆门送别 李白 / 280

谢公亭 李白 / 281

中丞宋公以吴兵三千赴河南,
军次寻阳,脱余之囚,参谋
幕府,因赠之 李白 / 282

忆东山（其一） 李白 / 285

闻王昌龄左迁龙标遥有此寄
李白 / 287

黄鹤楼闻笛 李白 / 288

奉赠韦左丞丈二十二韵 杜甫 / 289

赠卫八处士 杜甫 / 292

佳人 杜甫 / 294

梦李白二首 杜甫 / 296

丽人行 杜甫 / 298

悲陈陶 杜甫 / 300

哀江头 杜甫 / 301

瘦马行 杜甫 / 303

忆昔二首（其二） 杜甫 / 305

房兵曹胡马 杜甫 / 306

夜宴左氏庄 杜甫 / 308

春日忆李白 杜甫 / 309

春宿左省 杜甫 / 310

月夜忆舍弟 杜甫 / 312

捣衣 杜甫 / 313

江汉 杜甫 / 314

旅夜书怀 杜甫 / 315

熟食日示宗文、宗武 杜甫 / 317

子规 杜甫 / 318

喜观即到复题短篇（其一）
杜甫 / 319

登岳阳楼 杜甫 / 321

和裴迪登蜀州东亭送客逢早梅
相忆见寄 杜甫 / 322

咏怀古迹五首 杜甫 / 324

又呈吴郎 杜甫 / 331

送蔡希鲁都尉还陇右因寄高三十五
书记 杜甫 / 333

八阵图 杜甫 / 336

送友人下第归省 殷遥 / 338

次北固山下 王湾 / 340

闻笛 张巡 / 341

经漂母墓 刘长卿 / 343

题灵祐和尚故居 刘长卿 / 345

寄全椒山中道士 韦应物 / 347

观田家 韦应物 / 349

赋得暮雨送李胄 韦应物 / 350

秋夜寄邱员外 韦应物 / 351

休暇日访王侍御不遇 韦应物 / 352

登鹳雀楼 畅当 / 353

春怨 刘方平 / 355

长安春望 卢纶 / 356

登夏州城观送行人赋得六州胡儿歌
　　李益 / 358

喜见外弟又言别 李益 / 360

春夜闻笛 李益 / 362

独觉 柳宗元 / 363

掩役夫张进骸 柳宗元 / 364

登柳州城楼寄漳汀封连四州
　　柳宗元 / 366

始闻秋风 刘禹锡 / 368

寄校书七兄 李冶 / 370

金铜仙人辞汉歌 李贺 / 372

咏史 戎昱 / 374

赋得古原草送别 白居易 / 376

望月有感 白居易 / 378

问刘十九 白居易 / 380

遣悲怀（其一） 元稹 / 381

送桂州严大夫同用南字
　　韩愈 / 383

十五夜望月寄杜郎中 王建 / 385

金谷园 杜牧 / 386

遣怀 杜牧 / 387

登乐游原 杜牧 / 388

蝉 李商隐 / 389

晚晴 李商隐 / 391

无题（其一） 李商隐 / 393

无题（其二） 李商隐 / 395

寄令狐郎中 李商隐 / 397

瑶池 李商隐 / 398

嫦娥 李商隐 / 399

送人东游 温庭筠 / 400

弃妇 刘驾 / 401

落日怅望 马戴 / 402

春宫怨 杜荀鹤 / 403

望海 周繇 / 405

梅花 崔道融 / 406

已凉 韩偓 / 407

忆昔 韦庄 / 408

宋　词

清平乐 李煜 / 412

浪淘沙 欧阳修 / 413

少年游 柳永 / 415

念奴娇·赤壁怀古 苏轼 / 417

卜算子 苏轼 / 419

六丑·蔷薇谢后作 周邦彦 / 420

醉花阴 李清照 / 422

渔家傲 李清照 / 424

贺新郎·别茂嘉十二弟
　辛弃疾 / 425

八声甘州·灵岩陪庾幕诸公游
　吴文英 / 428

八声甘州·记玉关踏雪事清游
　张炎 / 430

诗　经

　　《诗经》在先秦时期称为《诗》。在汉武帝时代，被尊为儒家经典，始称《诗经》。"五经"从此便成为后面读书人的必读书目。中国古典诗歌时代，是一个史学特别发达的时代，以至于章学诚在其《文史通义》中断然而言："六经皆史也。"事实上，我们也的确能从《诗经》中获得有关周朝，尤其是西周时期的很多信息。不同的经书有不同的意义。孔子说："小子何莫学夫诗？诗，可以兴，可以观，可以群，可以怨。迩之事父，远之事君，多识于鸟兽草木之名。"《礼记·经解》中引孔子之言说"温柔敦厚，《诗》教也"。通过《诗经》的阅读与学习，学会与周围的人和事（包括花草树木）交流、与自己交流，更重要的是，培养出对周围的一切保持敏锐的心灵，同时培养出"温柔敦厚"的品质。自古以来，我们的文化所推崇的个体，就是"谦谦君子，温润如玉"。而"诗教"就是培养这样的品质的途径。如果在克服了语言障碍之后，认真阅读《诗经》，很容易感受到诗的品质是那么温厚淳美。

　　《诗经》本身具有独特的形式。这种形式的生成，一则取决于其时的语言——单音词最多，再则取决于其时的音乐——虽然《诗经》的音乐早已湮灭在历史的风烟之中。可是，这种形式本身所凝聚的情与美,就有足够的力量穿透历史的尘埃,让两千余年之后的我们依然可以感受、领会到我们的先人在那遥远的文明之初的时代,曾经创造了怎样的灿烂与辉煌。

《诗经》在内容上分为"风""雅""颂"三部分。通常认为,这是音乐的分类。其中,"风"是采集于各地的音乐,"雅"是周天子都城所在地区的音乐(周王室东迁之后,京畿所在之地的音乐称为"王风",是十五国风之一,不再是"雅"),又分为"大雅"和"小雅"。"颂"是庙堂祭祀之乐,《毛诗大序》说"颂"是"美盛德之形容,以其成功告于神明者也"。扬之水在其《先秦诗文史》中总结说:

以内容论,大致可以说,《风》多写个人,《雅》《颂》多关国事;《风》更多的是追求理想的人生,《雅》《颂》则重在建立一个理想的社会,即前者是抒写情意,后者是讲道理。抒写情意固然最易引起人心之感动,而道理讲得好,清朗透彻的智思,同样感发志意,令人移情。

这就不得不提及《诗经》的表达方式。重章复沓的结构固然是其鲜明的基本特征,赋、比、兴的表现手法更具备源远流长的影响。这影响,不仅仅是对诗歌的影响,甚至影响了国人思维方式,或者,是国人思维方式的一个鲜明具体的呈现。

"兴"的本义,是起。所以,朱熹在《诗集传》中解释"兴"为"先言他物,以引起所咏之词"。故起兴者虽多是平常切近的"鸟兽草木",却常常能铸造出心中的意境,由心中的至情至性,化出情思之境,"恍兮惚兮",生发出无限的言外之意,使这看似"写实"的诗篇,充满了无限的空灵。

诗,本身是人类文化中一个神奇的存在。是人类认识自身、认识世界最早的,也是最持久的途径。如何是诗?扬之水引证《尚书·尧典》"诗言志"、《毛诗大序》"情动于中而形于言"说"有此志与情,方有诗的精神与旨趣。可以说,韵律是诗的形貌,情志方为诗的内质"。正因如此,孔子才特别强调"兴于诗",那是让我们的心感动起来的最好的方式。

想了解《诗经》,最好的办法自然是去阅读《诗经》。本书作为一本选集,选取了《诗经》中极少的篇章,不过是奢望阅读者"尝一脔而知肉味",从而激发起阅读的欲望。故此,所选诗篇,偏于风,而略及雅。因为风诗所写,常常能触发我们个人的人生经验,比较容易产生共鸣。而雅、颂,更需要对族群的关注与理解,需要足够的历史知识,以及对政治等的了解。如果读到这几行文字的人,对政治制度的话题有兴趣,可以好好阅读《诗经》中的(大)雅和颂。此外,这个选本,有一个目的——就是增加古典诗歌的阅读量。因此,那些出现在中学语文课本上的诗篇,比如《周南·关雎》《秦风·蒹葭》,就不会在这里出现了。

周南·卷耳

采采卷耳,不盈顷筐①。

嗟我怀人,置彼周行②。

陟彼崔嵬,我马虺隤③。

我姑酌彼金罍④,维以不永怀。

陟彼高冈,我马玄黄⑤,

我姑酌彼兕觥⑥,维以不永伤。

陟彼砠矣,我马瘏矣⑦。

我仆痡矣,云何吁矣⑧!

---

① 采采:采了又采。卷耳:苍耳。顷筐:浅浅的筐。
② 周行:环绕的道路,特指大道。
③ 陟:登高。虺隤(huī tuí):马疲劳生病的样子。
④ 金罍(léi):金制的酒杯。
⑤ 玄黄:马生病的样子。
⑥ 兕觥(sì gōng):犀牛角制成的酒杯。
⑦ 砠(jū):多土的石山。瘏(tú):生病的样子。
⑧ 痡(pū):过度疲劳。云:语气助词,无意义。何:多么。吁:忧愁。

赏析

这是一首怀人的诗。整首诗都在表达"嗟我怀人",因情设景。所以采卷耳无法装满浅筐(由此,"采采"其实也可以解释为茂盛),登高病疲,举杯祷祝。至于是思妇念远,还是行者思乡,倒也不必刻意去区分,随读者自己的感受体会,也许更好一些。

周南·汉广

南有乔木，不可休思①。

汉有游女②，不可求思。

汉之广矣，不可泳思。

江之永矣，不可方思③。

翘翘错薪，言刈其楚④。

之子于归，言秣其马⑤。

汉之广矣，不可泳思，

江之永矣，不可方思。

翘翘错薪，言刈其蒌⑥。

之子于归，言秣其驹⑦。

汉之广矣，不可泳思。

---

① 乔木：高耸的树木。思：语气助词，无意义。
② 游女：出游水边的女子。
③ 永：长。方：乘筏渡江。
④ 翘翘：高扬的样子。错：错杂。楚：植物名，又名荆。
⑤ 之子于归：表示女子出嫁。秣：喂马。
⑥ 蒌：蒌蒿，一种野菜。
⑦ 驹：小马。

江之永矣，不可方思。

赏析

古代女子出嫁在黄昏时分，因此，火把、迎（送）亲的马匹都是婚礼必备。

这是一首表达单恋之情的诗歌。所有的诗情都是因为"不可求思"一句而起。这不是怨恨，也不是忧伤，只是单纯地叙述一个这样的事实。由此，才有诗歌再三的咏叹。汉之广与江之永，突出了"不可求"，可是，诗中的情感却因此而绵密美好且深情流连。由爱恋而结婚，这是情感发展的通常顺序。而这首诗中，表达的感情却是截然相反的。所爱恋的女子就要出嫁，爱她的人精心地为她的婚礼准备好火把，喂好马匹，为她做了他能做的一切来送她出嫁。而诗中所写，不管是景（汉广、江永），还是事（刈楚、秣马），都是为表达"不可求"。"汉广"的反复吟咏，将"不可求"之情表现得一唱三叹。所以，这首诗深情绵绵却不忧伤怨恨。

邶风·燕燕

燕燕于飞,差池其羽①。

之子于归,远送于野。

瞻望弗及,泣涕如雨。

燕燕于飞,颉之颃之②。

之子于归,远于将之。

瞻望弗及,伫立以泣。

燕燕于飞,下上其音。

之子于归,远送于南。

瞻望弗及,实劳我心。

仲氏任只,其心塞渊③。

终温且惠,淑慎其身。

先君之思,以勖寡人④。

---

① 于:语气助词,无意义。差(cī)池:参差错落的样子。
② 颉(xié)、颃(háng):鸟上下飞。
③ 任:信任。只:语气助词,无意义。塞:诚实。渊:深厚。
④ 勖(xù):勉励。

赏析

  这是一首送别诗,起兴于燕子双飞双伴,表达的是送别时的不舍之情。由此,"瞻望弗及,泣涕如雨"才有了着落。诗的作者和远行之人到底是谁,一直以来众说纷纭。不过,《毛诗序》认为是庄姜送陈女戴妫,并联系了《左传》中记载的卫国的动乱:庄姜美而无子,以戴妫所生公子完为己子。庄公薨,完立。嬖人之子州吁,杀完自立。于是戴妫被遣送回陈国,庄姜送之。这就是辛弃疾在他的词《贺新郎》中写的"看燕燕,送归妾"。这首诗的第四章,写的是"在我心中她是一个非常值得信任的人",既写出了离开之人的美好,也写出了送别之人的念念不忘。

邶风·柏舟

泛彼柏舟①,亦泛其流。
耿耿不寐,如有隐忧②。
微我无酒③,以敖以游。
我心匪鉴,不可以茹④。
亦有兄弟,不可以据⑤。
薄言往愬⑥,逢彼之怒。
我心匪石,不可转也⑦。
我心匪席,不可卷也。
威仪棣棣,不可选也⑧。

---

① 泛彼:义同泛泛,漂流的样子。
② 耿耿:忧伤的样子。隐:痛。
③ 微:非,不是。
④ 鉴:铜镜。茹:吃的意思,引申为容纳。
⑤ 据:依靠。
⑥ 薄:语气助词,含有勉强的意思。言:也是语气助词,无意义。愬:通"诉",告诉。
⑦ 转:移动。
⑧ 威仪:仪容。棣棣(dì dì):富贵娴雅的样子。选:拣择取舍。

忧心悄悄，愠于群小①。

觏闵既多②，受侮不少。

静言思之，寤辟有摽③。

日居月诸，胡迭而微④？

心之忧矣，如匪澣衣⑤。

静言思之，不能奋飞。

赏析

本诗写主人公遭遇"群小"的欺侮与中伤后，内心波澜起伏，不甘，求助无望，对自己美好品德的坚信，以及对自己的丈夫不能给予自己一个公道的忧伤。

"心之忧矣，如匪澣衣。"忧伤的心情就像那些没有洗过的脏衣服一样。再华美的衣服，如果脏了，穿在身上也会让人感到很难受。这样的比喻，真是绝妙。

---

① 悄悄：忧闷的样子。愠：怨恨。
② 觏闵（gòu mǐn）：遭到陷害。
③ 静：静静地思考。言：语气助词，无意义。寤：睡醒。辟：抚拍胸部。有摽（biào）：摽摽，拍打的声音。
④ 居、诸，都是语气助词，无意义。这句话相当于"太阳落下月亮升起"。迭：更迭。微：亏。这一句的意思是"为什么二者交替亏呢？"
⑤ 澣（huàn）衣：同"浣"，洗涤。"如匪澣衣"，就好像是没有洗过的衣服一样。

邶风·击鼓

击鼓其镗,踊跃用兵①。

土国城漕②,我独南行。

从孙子仲,平陈与宋③。

不我以归,忧心有忡。

爰居爰处?爰丧其马④?

于以求之?于林之下。

死生契阔,与子成说⑤。

执子之手,与子偕老。

于嗟阔兮,不我活兮。

于嗟洵兮,不我信兮⑥。

---

① 其镗(tāng):镗镗,形容击鼓的声音。踊跃:朱熹解释为"坐、作,击刺之状",是战术动作。兵:兵器。

② 土国:在国内服役土工。城漕:漕,地名。

③ 孙子仲:公孙文仲,当时的军队首领。平:平定两国纠纷。

④ 爰(yuán):何处,哪里。

⑤ 契阔:这是一个多义词,在这首诗里是离合的意思,但诗中意思偏重于离。说:约定。

⑥ 洵:久远。信:守信,守约。

赏析

这是一首有史可证的诗。《毛诗序》曰为:"《击鼓》,怨州吁也。卫州吁用兵暴乱,使公孙文仲将而平陈与宋,国人怨其勇而无礼也。"简单地说,这是卫国人怨恨国君州吁滥用民力,怨恨无意义的战争的诗。诗中没有直接表达对战争本身的不满,但是处处都是不情愿乃至绝望之意。诗的口吻,似乎是与家人诀别之词。首先是为什么其他人或者做土工,或者筑城墙,只有我要去打仗?跟随公孙文仲去打仗,恐怕是回不来了。尚未出征,已做死想,其心可知。由此连绵而下,诗的最后是爆发式的呼喊:感叹自己恐怕命不长久,怨恨"执子之手,与子偕老"的誓言无法兑现。

卫风·淇奥

瞻彼淇奥,绿竹猗猗①。

有匪君子②,如切如磋,如琢如磨。

瑟兮僩兮,赫兮咺兮③。

有匪君子,终不可谖兮④。

瞻彼淇奥,绿竹青青。

有匪君子,充耳琇莹,会弁如星⑤。

瑟兮僩兮,赫兮咺兮。

有匪君子,终不可谖兮。

瞻彼淇奥,绿竹如箦⑥。

有匪君子,如金如锡,如圭如璧。

---

① 淇:淇水。奥(yù):山水弯曲之处。猗猗(yī):植物柔嫩而茂盛的样子。
② 匪:通"斐",很有文采的样子。
③ 瑟:矜持的样子。僩(xiàn):威武的样子。赫(hè):光明的样子。咺(xuān):威仪显著的样子。
④ 谖(xuān):忘记。
⑤ 充耳:古代挂在冠冕两旁的饰物,下垂及耳。会弁(biàn):帽子的接缝之处有装饰的美玉。弁,帽子。
⑥ 箦(zé):形容茂盛。

宽兮绰兮,猗重较兮①。
善戏谑兮,不为虐兮②。

赏析

　　这是赞美卫武公的诗。卫武公勤于政事,并且自我要求、自我约束,不断进步。卫国人喜爱他们的国君,于是写了这首诗来赞美他。诗歌由衷地赞美了武公的人品、风度和修养。"如切如磋,如琢如磨"是赞美他的自我砥砺;"充耳琇莹,会弁如星"是以其服饰之盛,匹配其德,所谓"文质彬彬,然后君子";金锡赞美其精纯,圭璧则是赞美其温润。同时,他还戏谑而不过分,洒脱而有威仪。如此斐然君子,如何能忘?

---

① 宽:宽容。绰(chuò):宽,舒缓。猗:通"倚",依靠。重(chóng)较:卿士的车,车上有两重横木。
② 戏谑:开玩笑的样子。虐:过分。

卫风·硕人

硕人其颀，衣锦褧衣①。

齐侯之子，卫侯之妻。

东宫之妹，邢侯之姨，谭公维私②。

手如柔荑③，肤如凝脂。

领如蝤蛴，齿如瓠犀④。

螓首蛾眉，巧笑倩兮，美目盼兮⑤。

硕人敖敖，说于农郊⑥。

---

① 硕：身材高大。其颀（qí）：长长的样子。颀，长。褧（jiǒng）衣：类似披风的衣服，路途遮尘，棉麻制成，古时妇人出嫁时途中所穿。

② 东宫：太子所居之处。这里的意思是，硕人（即庄姜）是与太子同母的嫡生公主，出身高贵。姨、私：妻之姊妹曰姨，姊妹之夫曰私。这两句的意思是，庄姜的姊妹所嫁之人是邢侯、谭公，都是公侯，也是为了彰显庄姜的出身高贵。

③ 荑（tí）：嫩叶初生。

④ 蝤蛴（qiú qí）：天牛的幼虫，古人解释为长而白的木虫，以描绘庄姜美丽的脖颈。瓠（hù）犀：葫芦的籽，方正洁白，排列整齐，比喻庄姜的牙齿。

⑤ 螓（qín）：似蝉而小，它的额头宽大方正。蛾：形容眉毛之细长弯曲。倩：形容笑的时候美丽的样子。

⑥ 敖敖：身材高大的样子。说（shuì）：通"税"，休息。农郊：近郊。

四牡有骄,朱幩镳镳①。

翟茀以朝,大夫夙退,无使君劳②。

河水洋洋,北流活活③。

施罛濊濊,鳣鲔发发④。

葭菼揭揭,庶姜孽孽,庶士有朅⑤。

赏析

这首诗,《毛诗序》说:"闵庄姜也。庄公惑于嬖妾,使骄上僭。庄姜贤而不答,终以无子,国人闵而忧之。"诗意是否如此,关键是看作诗的时间。如果是庄姜"终以无子"的时候写的,自然就蕴含了深切的同情;如果是庄姜初来时写的,就没有那样的意思,只是"喜庄姜来归"。诗人在诗中,一则咏叹庄姜身份的高贵,父兄、丈夫、姊妹及其夫都是诸侯;再则歌咏庄姜的美貌,她是诗中的第一美人,"巧笑倩兮,美目盼兮"是千古名句;再次是歌咏她初次与庄公相见时的盛况,一句"大夫夙

---

① 四牡有骄:拉车的四匹公马非常矫健的样子。朱幩(fén):马嚼上的铁,缠以红色的绸缎。镳(biāo):本义是马嚼上的铁,这里是"鲜明"的意思。
② 翟(dí):长尾雉。茀(fú):女式车前的遮挡之物。夙:早早。
③ 活活:水流的声音。
④ 施:撒开。罛(gū):渔网。濊濊(huò):渔网入水时的声音。鳣(zhān):大鲤鱼。鲔(wěi):鲟鱼,与大鲤鱼同类而小。发发(bō):鱼尾在水里甩动的声音。
⑤ 葭:芦苇。菼(tǎn):荻草。揭揭:芦荻修长的样子。庶姜:陪嫁的姜姓女子。孽孽(niè):衣饰华贵的样子。庶士:陪嫁的兵士。朅(qiè):勇武的样子。

退，无使君劳"带着体贴的戏谑，使得诗歌的情绪活泼而喜庆；最后是以河水之盛大，河中之鱼的丰沛，河边之草的茂盛，以及送亲队伍的盛大，来烘托这场婚礼的热烈与喜庆；而且，还以自然生命的旺盛来蕴含美好的祝福。

卫风·木瓜

投我以木瓜,报之以琼琚。
匪报也,永以为好也。
投我以木桃,报之以琼瑶。
匪报也,永以为好也。
投我以木李,报之以琼玖。
匪报也,永以为好也①。

赏析

  这首诗表达的是一份郑重的感情。以礼物的不般配——木瓜、木桃、木李和琼琚、琼瑶、琼玖之间的巨大反差,来表达对这份情谊的珍重。朱熹《诗集传》中写道:"言人有赠我以微物,我当报之以重宝,而犹未足以为报也,但欲其长以为好而不忘耳。"至于是情人之间还是朋友之间的互相赠答,并不重要,重要的是对这份情意的珍重。全诗句式的变化,语气的顿挫,都在突出这一点。

---

① 木瓜、木桃、木李:中原地区常见的水果。琼琚、琼瑶、琼玖:各种形制的美玉。匪:不。

王风·黍离

彼黍离离,彼稷之苗①。行迈靡靡,中心摇摇②。

知我者,谓我心忧;不知我者,谓我何求。悠悠苍天,此何人哉?

彼黍离离,彼稷之穗。行迈靡靡,中心如醉。

知我者,谓我心忧;不知我者,谓我何求。悠悠苍天,此何人哉?

彼黍离离,彼稷之实。行迈靡靡,中心如噎。

知我者,谓我心忧;不知我者,谓我何求。悠悠苍天,此何人哉?

赏析

　　这是一首诗人在周王朝东迁之后作的诗。诗人途经西周旧都故地,当年的宫室,现在已经变成了黍稷之田。所谓的沧海桑田也不过如此。所以,诗人感慨万千,眼前离离的黍稷之苗,仿佛都是他内心的忧伤。"悠悠苍天,此何人哉?"反复地唱叹与呼喊,是他内心无以言表的情绪的宣泄。而"知我者谓我心忧,不知我者谓我何求"一直活跃在我们的语言中。

---

① 黍、稷(shǔ、jì):谷子一类的农作物。离离:茂盛的样子。
② 迈:行。靡靡:迟迟。摇摇:心神不定的样子。后文的如醉、如噎,都是同样的意思。

王风·君子于役

君子于役,不知其期,曷至哉?
鸡栖于埘①,日之夕矣,羊牛下来。
君子于役,如之何勿思!
君子于役,不日不月,曷其有佸②?
鸡栖于桀,日之夕矣,羊牛下括③。
君子于役,苟无饥渴?

赏析

　　这是一首抒写征人久役,思妇思念的诗。这首诗,可以说是中国古典诗歌中最温暖的思妇作品之一。这是最纯粹的思念,"君子于役,不知其期,曷至哉?""君子于役,苟无饥渴?"远行的人在哪里?衣食是否无忧?家中的景象是如此的宁静,日暮黄昏,鸡栖于埘,羊牛下坡,苍茫的暮色随着妇人的目光延展到远方,思念亦随着暮色,传递到征夫的身边。

---

① 埘(shí):墙上凿出的鸡窝。
② 佸(huó):会面,相聚。
③ 桀(jié):鸡栖息的木桩。括:至,到。

郑风·缁衣

缁衣之宜兮，敝，予又改为兮①。
适子之馆兮，还，予授子之粲兮②。
缁衣之好兮，敝，予又改造兮。
适子之馆兮，还，予授子之粲兮。
缁衣之席兮③，敝，予又改作兮。
适子之馆兮，还，予授子之粲兮。

赏析

　　这首《缁衣》，《毛诗序》中写道："美武公也。父子并为周司徒，善于其职，国人宜之，故美其德，以明有国善善之功焉。"这段话的意思是，郑武公作为天子之臣，非常称职。因此郑国人写了这首诗赞美他，也表明国人为此而感到喜悦自豪。孟郊《游子吟》中写道："慈母手中线，游子身上衣。临行密密缝，意恐迟迟归。"用慈母缝制衣服，刻画了母亲对孩子的爱。而在唐

---

① 缁（zī）衣：黑色的衣服，卿士大夫的朝服。唐代诗人刘禹锡写道"乌衣巷口夕阳斜"，乌衣是贵族的衣服，古来如是。所以如此者，为工艺繁复。与之相反，白衣则是没有功名之人的标志。敝：破，坏。
② 馆：官舍。粲：通"餐"，米之精白者，有人由此引申为"鲜盛"的意思。
③ 席：宽大。

朝一千年以前，诗人就已经用缝衣服，作为表达情感的方式。衣食是人生的基本需求，这首诗就是以奉献出最好的衣、最美的食，来表达对"子"之热爱，也是最真挚、最质朴的热爱。

郑风·子衿

青青子衿①,悠悠我心。
纵我不往,子宁不嗣音②?
青青子佩,悠悠我思。
纵我不往,子宁不来?
挑兮达兮,在城阙兮③。
一日不见,如三月兮。

赏析

　　这首诗,是女子借对恋人的怨恨来表达她的爱恋之情。简单地说,就是,我不去找你,为什么你就不能主动来找我呢?没有见面的时间很长吗?"一日不见,如三月兮",也不过是一天没见而已。陷入爱情的女子的心情,真是古今都是一样的。

---

① 青青:绿色。衿:衣领。青青子衿,绿色的衣服。"父母在,衣纯以青",是在校读书的学子所穿的衣服。
② 宁(nìng):为什么,难道。嗣音:朱熹解释为"继续其问声",就是主动探问的意思。嗣,通"贻"。
③ 挑、达(tiāo、tà):独自走来走去。挑通"佻"。城阙:城楼上的观楼。

郑风·野有蔓草

野有蔓草，零露漙兮①。
有美一人，清扬婉兮②。
邂逅相遇③，适我愿兮。
野有蔓草，零露瀼瀼④。
有美一人，婉如清扬。
邂逅相遇，与子偕臧⑤。

赏析

这首诗，抒发了与一个"清扬婉兮"的美人不期而遇彼此钟情的喜悦心情，像那早晨缀满了露水的蔓草一样，饱满、清新、美好。

---

① 野：四郊之外。蔓：蔓延。漙（tuán）：露水很多的样子。
② 清扬：眉目之间婉然而美的样子。
③ 邂逅：不期而遇。
④ 瀼瀼（ráng）：露水很多的样子。
⑤ 臧：通"藏"，善，好。

唐风·椒聊

椒聊之实,蕃衍盈升①。

彼其之子,硕大无朋②。

椒聊且,远条且③。

椒聊之实,蕃衍盈匊④。

彼其之子,硕大且笃⑤。

椒聊且,远条且。

赏析

古往今来人们一直认为"多子多孙"是幸福的标志,因此"多子"也

---

① 椒:花椒。聊:闻一多《风诗类钞》认为聊就是嘟噜的古语,比如葡萄,一嘟噜葡萄,就是一串葡萄。朱熹《诗集传》认为是语气助词。皆可。蕃衍:蔓延。升:古时候的量器。

② 无朋:无比。

③ 且(jū):语气助词。远条:《毛诗·郑笺》认为,条是长之意,是描写"椒之气日益远长";朱熹《诗集传》认为是描写花椒枝远而实蕃,是形容花椒的茂盛。两种说法均可。

④ 匊:通"掬",两手合捧。

⑤ 笃(dǔ):厚实。

就成了一种祝愿。这首诗以花椒多子起兴,祝福人多子。《毛诗序》认为是讽刺晋国宫室衰微、卿大夫强盛。闻一多《风诗类钞》认为:"椒聊喻多子,欣妇女之宜子也。"简言之,多子无疑,可议者在于是美还是讽。从诗的语气来看,似乎赞美更宜。

唐风·绸缪

绸缪束薪，三星在天①。

今夕何夕，见此良人？

子兮子兮，如此良人何？

绸缪束刍，三星在隅②。

今夕何夕，见此邂逅？

子兮子兮，如此邂逅何？

绸缪束楚，三星在户③。

今夕何夕，见此粲者？

子兮子兮，如此粲者何？

赏析

这是一首表达新娘子内心喜悦的诗歌。"今夕何夕，见此良人"，将

---

① 绸缪（chóu móu）：缠绵，紧密缠缚。束薪：捆扎好的柴火。后文的束刍、束楚，是一样的意思。古时候，婚礼在黄昏时分举行，所以火把是必备的物品；因为迎亲、送亲需要马匹，所以草料也是必备之物。三星：参宿，就是参星。在天：始见于东。
② 在隅（yú）：见于东南。
③ 在户：见于南。借参星位置的移动，写出时光的流逝。

那种因为喜悦与幸福而难以置信的心情表露无遗;"子兮子兮,如此良人何",更是将那种不知如何是好的欢情表达得恰到好处。诗歌写出了情意之正浓,也结束于情意之正浓,所以,意蕴无穷。仿佛古往今来,所有幸福的新嫁娘,都该唱一首这样的歌。

陈风·月出

月出皎兮，佼人僚兮。舒窈纠兮，劳心悄兮。
月出皓兮，佼人懰兮。舒忧受兮，劳心慅兮。
月出照兮，佼人燎兮。舒夭绍兮，劳心惨兮。①

赏析

这是一首典型的望月怀人的诗篇。当然，也可以说因为怀人而望月。月光的皎洁与所思之人的美好，月的可望而不可即，与所思之人的不在眼前，都具备了奇异的对应关系。整首诗仿佛就是一片清丽的月光，如此澄明。所以，虽然诗人只是用了简单的"僚""懰""燎"来描摹美人，却让千年后的读者——我们依然能感受到那个美丽的女子是这样的美好、鲜活，诗人的感情是如此的真挚。所谓"常读常新"，应该就是这样的诗篇吧。

---

① 皎、皓、照：皆写月光之明。僚、懰、燎：皆状女子之美。窈纠、忧受、夭绍：形容女子身材好。僚通"嫽"。悄、慅、惨：写心情的忧伤与无奈。

豳风·七月

七月流火,九月授衣①。一之日觱发,二之日栗烈②。无衣无褐,何以卒岁?三之日于耜,四之日举趾③。同我妇子,馌彼南亩,田畯至喜④。

七月流火,九月授衣。春日载阳,有鸣仓庚⑤。女执懿筐,遵彼微行,爰求柔桑⑥。春日迟迟,采蘩祁祁⑦。女心伤悲,殆及公子同归⑧。

---

① 流:向下。火:心宿,即大火星。大火于每年夏历五月初昏见于东北天空,六月初昏达于正南,七月昏则继续向西"流"。是暑退将寒之季,因此也为岁时之记。九月霜始降,妇织布功成,故授人冬衣以御寒。
② 一之日:《毛传》,"一之日,十之余也"。指周历一月,夏历十一月。以下以此类推。觱发(bì bō):寒风吹起。栗烈:或作"凛冽",寒气。
③ 耜(sì):农耕之具。举趾:举足而耕;去耕田。
④ 馌(yè):饷田,给在田地里耕种的人送饭。田畯(jùn):田官,掌管田地事务的官。
⑤ 载:开始。阳:温和。仓庚:黄莺。
⑥ 懿(yì)筐:深的筐。微行:小路。柔桑:初生的桑叶。
⑦ 蘩(fán):白蒿。用蘩"沃"蚕子,则蚕易出,所以养蚕者需要它。其法未详。
⑧ 殆:怕。

七月流火,八月萑苇①。蚕月条桑②,取彼斧斨,以伐远扬,猗彼女桑。七月鸣䴗,八月载绩③。载玄载黄,我朱孔阳④,为公子裳。

　　四月秀葽,五月鸣蜩⑤。八月其获,十月陨萚⑥。一之日于貉,取彼狐狸,为公子裘。二之日其同,载缵武功,言私其豵,献豜于公⑦。

　　五月斯螽动股,六月莎鸡振羽⑧。七月在野,八月在宇,九月在户,十月蟋蟀入我床下。穹窒熏鼠,塞向墐户⑨。嗟我妇子,曰为改岁,入此室处。

　　六月食郁及薁,七月亨葵及菽⑩。八月剥枣,十月获稻,为此春酒,以介眉寿。七月食瓜,八月断壶,九月叔苴⑪。采荼薪樗,食我农夫。

　　九月筑场圃,十月纳禾稼。黍稷重穋⑫,禾麻菽麦。嗟我农夫,我

---

① 萑(huán)苇:长成的芦苇。
② 蚕月:三月。条桑:修剪桑树的枝条。
③ 䴗(jué):伯劳鸟。绩:纺织。
④ 孔:非常。阳:灿烂。
⑤ 秀:不花而实。葽(yāo):草名,狗尾草一类的植物。蜩(tiáo):蝉。
⑥ 萚(tuò):本义是竹笋外一片一片的皮,这里的意思是落叶。
⑦ 缵(zuǎn):继续。豵(zōng):小猪。豜(jiān):大猪。
⑧ 斯螽(zhōng):蝗虫类鸣虫。莎鸡:虫名,纺织娘。
⑨ 穹:空间,此指房屋空隙。窒(zhì):阻塞。向:北出的窗户。墐(jìn):涂墙。
⑩ 郁:郁李,果实酸甜的小灌木。薁(yù):野葡萄。葵:蔬菜名。菽(shū):一种豆类植物。
⑪ 壶:即"瓠",葫芦。苴(jū):麻的一种。
⑫ 重(zhòng):即"种",先种后熟的作物。穋(lù):后种先熟的作物。

稼既同，上入执宫功。昼尔于茅，宵尔索绹。亟其乘屋，其始播百谷。

二之日凿冰冲冲，三之日纳于凌阴。四之日其蚤，献羔祭韭。九月肃霜，十月涤场①。朋酒斯飨，曰杀羔羊。跻彼公堂②，称彼兕觥，万寿无疆。

赏析

王安石说："仰观星日霜露之变，俯察虫鸟草木之化，以知天时，以授民事，女服事乎内，男服事乎外，上以诚爱下，下以忠利上，父父子子，夫夫妇妇，养老而慈幼，食力而助弱，其祭祀也时，其燕飨也节，此《七月》之义也。"《七月》以衣食为经纬，将一年四季的农事、桑蚕以及这个过程中农民生产、生活的悲喜苦乐交织在一起，既有平日里劳作的辛劳与艰苦，也有农闲之际享受劳动的丰收的喜悦，描绘出了一幅两千年前豳地的风俗画。

---

① 肃霜：气肃而霜降。涤场：农事毕而扫场地。
② 朋：两樽曰朋。公堂：这里指聚会的场所。

小雅·庭燎

夜如何其①？夜未央，庭燎之光②。君子至止，鸾声将将③。

夜如何其？夜未艾④，庭燎晣晣。君子至止，鸾声哕哕。

夜如何其？夜乡晨⑤，庭燎有辉。君子至止，言观其旂⑥。

赏析

这首诗，字面的意思是询问夜晚的时间到了什么时候了，听到了诸侯的车驾到来的声音，表达了急于上朝的心情。郑玄笺云："诸侯将朝，宣王以夜未央之时问夜早晚。美者，美其能自勤以政事；因以箴者，王有鸡人之官，凡国事为期，则告之以时。王不正其官而问夜早晚。"诗人一方面赞美天子勤于政事之心；一方面婉转地提醒他应该信任他司时的官员，不应该越职。这就是所谓的"讽谏"。

---

① 其（jī）：语气助词，无意义。
② 未央：未尽，未已。庭燎：火把。
③ 君子：诸侯。至：到。止：语气助词。鸾声：马铃铛的声音。将将（qiāng）：通"锵锵"，还有下文的哕哕（huì），都是模拟銮铃的声音。
④ 艾：止，绝。
⑤ 乡：通"向"，即将。
⑥ 旂（qí）：旗帜。

小雅·鹤鸣

鹤鸣于九皋①,声闻于野。鱼潜在渊,或在于渚②。
乐彼之园,爰有树檀,其下维萚③。它山之石,可以为错④。
鹤鸣于九皋,声闻于天。鱼在于渚,或潜在渊。
乐彼之园,爰有树檀,其下维榖⑤。它山之石,可以攻玉。

赏析

这首诗,《毛诗序》认为是教诲宣王求贤。诗歌中固然包含这样的意味,但是我以为朱熹《诗集传》的解释,也许更符合这首诗"言在此而意在彼"的丰富意蕴:"此诗之作,不可知其所由,然必陈善纳诲之辞也。盖鹤鸣于九皋,而声闻于野,言诚之不可揜(掩的异体字)也。鱼潜在渊,而或在于渚,言理之无定在也。园有树檀,而其下维萚,言爱当知

---

① 九:喻其多。皋(gāo):《毛诗序》认为是水泽,朱熹以为是水中高地,总之是鹤栖息之所。
② 渊:深水。渚:水中小洲,水浅之处。
③ 树檀:檀树。萚(tuò):落叶。
④ 错:刻玉的硬石。
⑤ 榖(gǔ):树名。

其恶也。它山之石,而可以为错,言憎当知其善也。由是四者引而伸之,触类而长之,天下之理其庶几乎!"袁金铠《诵诗随笔》所论则更富有诗意:"空空洞洞,所包甚广。惟其不著痕迹,故触处可以贯通。"

楚　辞

　　楚辞，是起源于楚地的文学形式，以楚国人屈原及其弟子宋玉等人的创作为代表。后来，西汉刘向将其编辑成书，收录屈原、宋玉及汉人贾谊、淮南小山、东方朔、王褒、刘向等人模仿屈原、宋玉之作的作品结集成书，因具有鲜明的楚地色彩，故题名为《楚辞》。后东汉王逸加入己作一篇，并为之章句。《楚辞》对后世诗歌有深远的影响。

　　《楚辞》的代表作，毫无疑问，是屈原的《离骚》。故这种不同于《诗经》四言体的诗歌形式，常常被称为"骚体"诗。其特色一是句子长短错落，且较长；再则是句中或句尾，大量使用语气词"兮"字；此外，篇幅也较长。

　　楚国地处江汉流域，其历史之悠久，至少可以追溯到西周立国。因长期僻处南方，山川风物与中原地区迥异，所以形成了与中原文化颇为不同的地方文化。因此，不仅诗歌的形式与《诗经》迥然有别，风格也具有自己的鲜明特色。

　　今天流传下来的《楚辞》，以屈原之作最早，数量最多，质量最佳，风格也最鲜明。《九章》因作于不同的时期（《橘颂》公认是屈原青年时期所作，而《哀郢》显然是郢都被秦人攻陷之后所作），在很大的程度上，是《离骚》的反复吟咏，加诸他被放逐的经历等。"恐情质之不信兮，故重著以自明。"《九歌》篇章，仿佛《离骚》若干细节的特写，而诗思更为细密，且因为已经被流放，以及郢都之灭，哀恸也更深切。加之中学课本中有《离骚》（至少是节选）而弃之，故选择了《九章·思美人》一篇。这一首，相比于《离骚》，篇幅固然短小很多，但"香草美人"的表现手法则是一贯。

《九歌》本是远古流传下来的祭祀神灵的乐章。只是，《九歌》既经屈原翻旧曲而为新歌，就不可避免地烙下了屈原的思想印记、屈原的心灵色彩。在《九歌》中，屈原借助神与神的爱恋、人神之间的爱恋，表达了强烈的渴望，以及无法把握的不安。情感强烈而缠绵，辞章优美而跌宕，是中国诗歌史上纯粹而优美的一组诗篇。故选择其中《湘夫人》一首。

事实上，《楚辞》，尤其是隶属于屈原名下的作品，从《离骚》到《九章》《九歌》，乃至《天问》《招魂》等，可以说篇篇上佳，各有特色。尤其是《天问》，几乎从中可以窥见整个楚国的历史，以及楚国与天下的关系。《招魂》则以东西南北、天上地下的描写，妍丽且周至，其中又蕴含着极为深切的呼唤："目极千里兮伤春心，魂兮归来哀江南。"所以，既是值得精心阅读的佳作，又是了解楚国历史与文化可靠的一手资料。

阅读《楚辞》，尤其是屈原之作会发现，"楚辞"诗意的获得，与"诗经"诗意的获得，是全然不同的方式。"诗经"的作品，常常会有一个清晰的时间线，在重章复沓中展现一个事件的起始经过。而屈原之作，时间不重要，重要的是空间。在大范围的空间转移中，情感逐渐凝聚，仿佛台风的生成一样，足够的空间变化不但没有消耗掉诗人的情感，反而在这个过程中达到情感的高潮。

《楚辞》与《诗经》形式上的差别是源于内在本质的差别。

九章·思美人

　　思美人兮，揽涕而竚眙①。媒绝路阻兮，言不可结而诒②。蹇蹇③之烦冤兮，陷滞而不发。申旦以舒中情兮，志沉菀而莫达④。愿寄言于浮云兮，遇丰隆而不将⑤。因归鸟而致辞兮，羌迅高而难当⑥。高辛之灵盛兮⑦，遭玄鸟而致诒。欲变节以从俗兮，媿易初而屈志⑧。独历年而离愍兮，羌凭心犹未化⑨。宁隐闵而寿考兮⑩，何变易之可为！

　　知前辙之不遂兮，未改此度。车既覆而马颠兮，蹇独怀此异路⑪。勒骐骥而更驾兮，造父为我操之⑫。迁逡次而勿驱兮，聊假日以须是

---

① 竚（zhù）：通"伫"，久站。眙：直视。
② 媒绝路阻：良友隔绝，道路崩坏。诒（yí）：赠予。
③ 蹇蹇（jiǎn）：通"謇謇"，忠信正直的样子。
④ 申：重复。菀（yù）：通"郁"，郁结。
⑤ 丰隆：云神。
⑥ 羌：语气词。迅高：栖息在高枝上。
⑦ 高辛：帝喾（kù），传说帝喾之妃有戎氏之女简狄，吞玄鸟之卵而有孕，生下商人始祖契。
⑧ 媿：音义皆同"愧"。
⑨ 离愍（mǐn）：遭遇祸患。凭心：愤懑的心情。
⑩ 隐闵：隐忍忧悯。寿考：老死。
⑪ 蹇：同羌，语气词。
⑫ 造父：周穆王时代，善于驾车的人。

时①。指嶓冢之西隈兮，与纁黄以为期②。

开春发岁兮，白日出之悠悠。吾将荡志而愉乐兮，遵江夏以娱忧。揽大薄之芳茝兮，搴长洲之宿莽③。惜吾不及古人兮，吾谁与玩此芳草？解萹薄与杂菜兮④，备以为交佩。佩缤纷以缭转兮，遂萎绝而离异。吾且儃佪以娱忧兮，观南人之变态⑤。窃快在中心兮，扬厥凭而不竢⑥。

芳与泽其杂糅兮，羌芳华自中出。纷郁郁其远蒸兮，满内而外扬。情与质信可保兮，羌居蔽而闻章。令薜荔以为理兮，惮举趾而缘木⑦。因芙蓉而为媒兮，惮褰裳而濡足⑧。登高吾不说兮，入下吾不能。固朕形之不服兮，然容与而狐疑。广遂前画兮，未改此度也。命则处幽吾将罢兮，愿及白日之未暮也。独茕茕而南行兮，思彭咸之故也。

赏析

---

① 迁逡（qūn）：逡巡。次：再宿为信，过信为次。假（jiǎ）日：费些时日。须是时：等待时机。
② 嶓（bō）冢：山名。纁黄：黄昏。纁，通"曛"，浅绛色，日落的余光。
③ 薄：草木丛生的地方。茝（chǎi）：香草名。搴（qiān）：摘取。宿莽：经冬不死的香草。
④ 萹（biān）薄：成片的萹蓄一类的草。杂菜：杂香之菜。
⑤ 儃佪（chán huái）：徘徊。观南人之变态：觉察楚俗，化改易也。
⑥ 扬：捐弃。厥凭：愤懑之心。竢（sì）：通"俟"，等待。
⑦ 薜荔（bì lì）：藤蔓植物。理：使者。惮：害怕，此处是为难之意。举趾：迈出脚步。缘木：攀爬树木。
⑧ 因：凭借。褰（qiān）裳：提起衣襟。濡足：湿污了脚。

这首诗，开宗明义。"思美人兮，揽涕而伫眙。媒绝路阻兮，言不可结而诒"，整首诗以此为起点，思前想后。已经与"美人"之间有了隔阂与猜忌，如何才能让"美人"明了己心？各种努力，各种尝试都无法达成其意。又愧于改变自己，随顺时俗。所以只能整装再发，漫游江夏，遍寻芳草，以为衣佩。志既难酬，初心不改。宁愿衔芳佩兰，"独茕茕而南行兮，思彭咸之故也。"孤身南行（被放逐），以完其志。《离骚》的结尾："已矣哉！国无人莫我知兮，又何怀乎故都？既莫足与为美政兮，吾将从彭咸之所居！"与此处几乎是同一表达。以下前人对此篇的注解，可以帮助我们更好地理解诗篇之意。

宋代洪兴祖《楚辞补注》说："此章言己思念其君，不能自达，然反观初志，不可变易，益自修饬，死而后已也。"

明末黄文焕《楚辞听直》说："'陷滞不发''沉菀莫达''扬厥凭而不竢''满内外扬'，是通篇立意大呼应处。'前辙不遂，未改此度'，'广遂前画，未改此度'，又一立意大呼应处。皆以后段承前段，翻案出奇。善扬则不患于不发莫达矣，世自抑我之遇，我自扬我之芳。有画之广遂，则不患辙之不遂矣，世自抑我之辙，我自伸我之画，故曰：'情质可保，居蔽闻章。'居蔽即所谓陷滞沉菀，辙之不遂也；可保闻章，即所谓扬凭远扬，画之广遂也。文心一线到底，最为清澈。"

九歌·湘夫人

帝子降兮北渚,目眇眇兮愁予①。袅袅兮秋风,洞庭波兮木叶下。

登白薠兮骋望,与佳期兮夕张②。鸟何萃兮蘋中,罾何为兮木上?③

沅有芷兮醴有兰④,思公子兮未敢言。荒忽兮远望,观流水兮潺湲⑤。

麋何食兮庭中?蛟何为兮水裔?朝驰余马兮江皋,夕济兮西澨⑥。闻佳人兮召予,将腾驾兮偕逝。

筑室兮水中,葺之兮荷盖。荪壁兮紫坛,播芳椒兮成堂⑦。桂栋兮兰橑,辛夷楣兮药房⑧。

---

① 帝子:指湘夫人。眇眇:眯起眼睛向远处望的样子。
② 薠(pín):近水生的植物。佳期:在这里是两个词,佳是佳人,期是约定。
③ 罾(zēng):有木棍或者竹棍支撑起边缘的捕鱼的网。
④ 芷、兰:香草之名。
⑤ 荒忽:不分明的样子。潺湲:水流缓慢的样子。
⑥ 澨(shì):水边之地。
⑦ 荪(sūn)壁:以荪草装饰墙壁。荪:荪草,一种香草。紫:紫贝。紫坛:累紫贝为室坛。芳椒:芬芳的花椒。
⑧ 桂栋:用桂树做房梁。兰橑(liáo):用木兰做屋椽。辛夷楣:用辛夷木做的横梁。楣,门上的横梁。药:白芷。房:室。

罔薜荔兮为帷，擗蕙櫋兮既张①。白玉兮为镇，疏石兰兮为芳②。芷葺兮荷屋③，缭之兮杜衡。

合百草兮实庭，建芳馨兮庑门④。九嶷缤兮并迎，灵之来兮如云⑤。

捐余袂兮江中，遗余褋兮醴浦⑥。搴汀洲兮杜若，将以遗兮远者⑦。时不可兮骤得，聊逍遥兮容与⑧。

赏析

《九歌》是屈原流放沅湘间时，改写当地祀神之曲而成。洪兴祖《楚辞补注》说："沅湘之间，其俗信鬼而好祠。其祠，必作歌乐鼓舞以乐诸神。"

《湘夫人》是祭祀湘水之神的乐章。这首诗，是《九歌》，也是《楚辞》中非常优美的一首诗。诗歌从洞庭湖的无边秋色写起：洞庭湖的袅袅秋风，缤纷的落叶，都仿佛是湘君内心情感的呈现。

湘君焦灼的等待，热切的期盼，以至于他心生疑虑：为什么鸟儿会聚

---

① 罔：通"网"，结。帷：帷幕。擗（pǐ）：劈开。櫋（mián）：隔扇、隔板。
② 镇：放在席角压住席子的东西。疏：散布。石兰：一种香草。
③ 葺：盖屋子。
④ 庑（wǔ）：堂下周围的走廊，廊屋。
⑤ 九嶷（yí）：山名，这里意为九嶷山上的神灵。缤：缤纷。灵：神灵。
⑥ 袂：衣袖。褋：音如蝶，襜襦，衣衫。《文选》五臣注解释说"袂""褋"都是神的衣服。
⑦ 搴（qiān）：摘取。遗（wèi）：赠予。
⑧ 容与：安闲自得的样子。

集在水中浮萍之间？为什么麋鹿会觅食在庭院之中？这都是他内心不能确定湘夫人能否到来而生的焦虑。

焦虑之外，他还有真诚的期盼：精心地做好迎接湘夫人的准备。湘江两岸的各种花草，是最美丽也最洁净的献礼，迎接神灵的圣坛就以各种花草作为装饰。诗人逐一展示，写出了准备的精心与虔诚。

这是一首祈祷神灵降福的诗，神灵之来与不来，祀神之人只能以一己之诚相唤，不能左右最终的结果。所以，诗中充满了期待与不确定。各种花草的出现，将这份复杂的情感表达得美丽缤纷。

汉魏诗歌

汉魏诗歌是诗歌史上非常重要的一个时期——中国古典诗歌最重要的形式——五言诗与七言诗，都是在这个时期形成的。楚汉战争，赢得了政权的是汉，而在文化方面，楚的影响则处处可见。西汉初期，诗歌多为骚体诗。比如，汉高祖的《大风歌》，汉武帝的《秋风辞》，都是骚体诗中的名篇。但与此同时，新的诗歌形式也在孕育生成。两汉时期保留下来的诗歌主要是乐府诗。乐府诗是汉代管理音乐的乐府机构搜集整理的诗，和乐可歌，其中的作者也不乏文人。乐府诗的特点，一则是形式上非常活泼，杂言诗、五言诗皆有可观；再则是想象新奇，出人意料；三是情感的表达特别热烈，爱与恨都如同燃烧的火焰一般。比如今天的读者比较熟悉的《上邪》，就是以杂言诗的形式，设想各种不可能发生的事情的发生，来表达自己情感的不可改变。《上邪》同时具备了上述三个特点。

汉代文人诗创作的最初形式，是五言诗。在汉朝末年出现了第一个高峰，这就是著名的"古诗十九首"。"古诗十九首"是一组非常奇特的存在：时代风格鲜明；各个诗篇，既独立成章，又互相呼应。单篇阅读，缠绵悱恻；作为整体一起读，令人四顾踌躇，百感交集。这不仅是因为"十九首"的作者以一己的生命之慨，写出普遍的人生情感，因而人人读之皆若伤我心者，也因为诗歌以高妙的语言艺术写出了现实事象层面与精神兴象层面的完美结合。

"十九首"之后，就是诗歌史上著名的建安时期。这是秦汉帝国最动荡的时代，却是诗歌辉煌的时代。"建安风骨"就是专门描述这一时期的诗歌特色的。当后世的诗人们对诗坛的状况感到不满的时候，"建安风骨"总会成为诗人们祈盼的具体目标。这一时期最重要的诗人是"三曹"父子，他们的父子、兄弟关系几乎是象征性地说明了诗坛的整个趋势：作为父亲的曹操，以四言诗为主体，仿佛是总结着过去；作为兄长的曹丕，四言、五言、七言诗都写得很好，仿佛连接着过去与将来；作为弟弟的曹植，则以五言诗为主，成为第一个全力创作五言诗的诗人，对仗、练字，文人诗区别于民歌的特点，在他的诗歌中开始鲜明地呈现出来。曹植的诗，对后世诗人影响极大，他自己也因"七步成诗"的传说，而成为才思敏捷、文采斐然的才子的代名词。

这个时期的诗人，除了"三曹"父子，还有作为他们幕僚的"建安七子"，即孔融、王粲、阮瑀、应玚、陈琳、徐干、刘桢七人，以及身世悲凉的女诗人蔡文姬。他们的诗作，散逸得非常厉害，但都是构建"建安风骨"的重要篇章。"三曹""七子"相继谢世后，诗坛的代表人物就是阮籍、嵇康。阮籍的八十二首咏怀诗，虽然每一首各自成篇，但所咏却是同一内容——从不同层面、不同角度写出了那个暗黑到窒息的时代里，文人的苦闷与他们内心对光明的渴望与向往，写出了诗人内心深隐的情感，是诗歌更进一步的"文人化"。而在行为上激烈反抗司马氏篡权的嵇康所写的诗，却是表达他心向高远的四言诗，著名的"目送归鸿，手挥五弦"几乎就是魏晋风度的最佳写照。

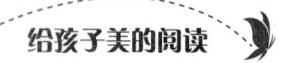

刘邦

大风歌

大风起兮云飞扬,威加海内兮归故乡,安得猛士兮守四方!

附录:垓下歌(项羽)
　　力拔山兮气盖世,时不利兮骓不逝。
　　骓不逝兮可奈何?虞兮虞兮奈若何?

赏析

这两首诗,特别适合放在一起来读。不仅因为一个是得意到极点的英雄,一个是失意到极点的英雄,更因为他们两个还如唐诗所说:"坑灰未冷山东乱,刘项原来不读书。"两个共同创造了历史的对手,两个不读书的人,在他们得意至极、失意至极的时候,不约而同地唱出了流传千古的慷慨悲歌。他们不是诗人,可是他们的诗却堪称绝唱,也可以让我们更加懂得"诗言志"的意义。

◉ 作者简介:
刘邦,汉朝的开国皇帝。

开篇的"大风起兮云飞扬"极其生动地写出了那个群雄逐鹿的时代的动荡,写出了刘邦的趁势而起。人生富贵已极且衣锦还乡的高祖,在他最得意的时候,在他的家乡父老面前,既满足于自己的"威加海内兮归故乡",又隐隐含有对国运的忧虑。这悲喜交加的情感,令这直抒胸臆的诗尤显意味深长。

相反,项羽的诗,则是一个叱咤风云的英雄在他穷途末路之时的彻骨悲慨。项羽自己视死如归,却不知道在他生命的尽头,该如何安排与他出生入死的乌骓马和他心爱的女子。英雄之气与温柔之情,也让这首诗荡气回肠。刘邦与项羽,他们是战场上的对手,他们的诗则是那个时期诗坛上的双璧。

刘细君

悲愁歌

吾家嫁我兮天一方,远托异国兮乌孙王。
穹庐为室兮旃为墙,以肉为食兮酪为浆。
居常土思兮心内伤,愿为黄鹄兮归故乡。

赏析

　　古诗曰:"悲歌可以当泣,远望可以当归。"这首诗,就是当泣之悲歌。和亲,是中国历史上某些朝代的民族政策,以天子之女远嫁异乡,以和睦邦邻,所谓"安危托妇人"。然而,远嫁他乡的女子,并不是每一个都是王昭君——能够在异族异乡绽放出耀眼的生命光彩。更多的女子,徒然地自生自灭。乌孙公主刘细君的《悲愁歌》,就是这样的人的遭遇的写照。一个柔弱的女子,孤零零地远嫁异国,言语不通、习俗不同、年龄不配且与握有生杀大权的男子生活在一起。她对未来的恐惧,对故乡的思念,都倾泻而出,促成这首诗。让千百年后的我们,看到"和亲"政策中柔弱女子的牺牲到底有多大,而她们的声音,是多么悲伤,又是多么的微弱。

李延年

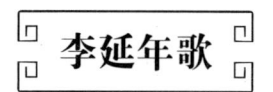

李延年歌

北方有佳人,绝世而独立。
一顾倾人城,再顾倾人国。
宁不知倾城与倾国?佳人难再得。

赏析

中国古典诗歌中有很多美女,比如《诗经·卫风·硕人》中的"巧笑倩兮,美目盼兮",白居易《长恨歌》中的"回眸一笑百媚生,六宫粉黛无颜色"。可是,没有哪一个诗人笔下的美女是如此的超凡脱俗,值得世人为之付出倾国倾城的代价。这首诗,看起来非常写实,但是写实的笔法写出来的女子是如此的具有象喻色彩,是人类心目中所能想象出来的最美好的写照。

张　衡

四愁诗

　　张衡不乐久处机密，阳嘉中，出为河间相。时国王骄奢，不遵法度，又多豪右并兼之家。衡下车，治威严，能内察属县，奸猾行巧劫，皆密知名。下吏收捕，尽服擒。诸豪侠游客，悉惶惧逃出境。郡中大治，争讼息，狱无系囚。时天下渐弊，郁郁不得志，为《四愁诗》。效屈原以美人为君子，以珍宝为仁义，以水深雪雰为小人。思以道术相报，贻于时君，而惧谗邪不得以通。其辞曰：

　　我所思兮在太山。欲往从之梁父艰，侧身东望涕沾翰。美人赠我金错刀，何以报之英琼瑶。路远莫致倚逍遥，何为怀忧心烦劳。

　　我所思兮在桂林。欲往从之湘水深，侧身南望涕沾襟。美人赠我琴琅玕，何以报之双玉盘。路远莫致倚惆怅，何为怀忧心烦怏。

　　我所思兮在汉阳。欲往从之陇阪长，侧身西望涕沾裳。美人赠我貂襜褕，何以报之明月珠。路远莫致倚踟蹰，何为怀忧心烦纡。

　　我所思兮在雁门。欲往从之雪雰雰，侧身北望涕沾巾。美人赠我

● 作者简介：
张衡，字平子，东汉人。伟大的天文学家、数学家、发明家、地理学家、文学家，在东汉时历任郎中、太史令、侍中、河间相等职，晚年因病入朝任尚书。在文学方面，是与司马相如、扬雄、班固齐名的汉朝辞赋家。

锦绣段，何以报之青玉案。路远莫致倚增叹，何为怀忧心烦惋。

赏析

张衡是中国文化史上一位被忽略了的天才人物。他本身是以天文学家被载入史册的，理论与技术发明同样领先于时代。同时张衡也是东汉杰出的文学家，他的《二京赋》是东汉京都大赋的代表作，《归田赋》则是抒情小赋的先声。而这一组《四愁诗》，又是文人最早创作的七言诗，虽然第一句带了个"兮"字，留下了骚体的痕迹，结构上也可见"楚辞"的影响，可是他的创造性依然是令人惊叹的。叶嘉莹先生曾撰文说，五言诗的缘起与发展，是自然而然的事情，而七言诗的兴起与发展，就是少数天才的创造。这个少数的天才，就是张衡与后来的曹丕。张衡一生的成就，不论是天文学还是文学，都充分地表现出了他的创造才能。这组诗，以心系美人而阻隔重重，写出了自己理想难成的忧伤与惆怅。沈德潜《古诗源》："心烦纡郁、低徊情深，风骚之变格也。少陵七歌源于此，而不袭其迹。"

这首诗，以所思之人在"东""南""西""北"，欲往从之，却总是受阻，因而忧心落泪。所思之人即美人，赠我以珍贵的信物，可是我却因为路远莫致而叹息忧伤。一种意思，反复咏叹。既有《楚辞·招魂》漫游四方的空间感受，又有《诗经》重章复沓的结构特点。这就使得诗歌的象喻色彩非常浓厚。以缠绵忧伤之情，表达了志向无成之叹。

汉乐府

"乐府"本是汉惠帝时期设立的管理音乐的官府之名,后世以之称呼由"乐府"收集整理保存下来的汉代诗歌。汉乐府诗歌不同于之前"诗经"的四言诗,也不同于"楚辞"的骚体诗,是一种适合新的音乐演唱的诗。五言、杂言是其鲜明特色。乐府诗对诗歌的发展,尤其是汉魏时期文人诗的发展,从形式到风格都有深远的影响。一直到唐朝,包括李白、杜甫在内的很多诗人,都有以乐府旧题的名篇作品出现。

上 邪

上邪!我欲与君相知,长命无绝衰。山无陵,江水为竭,冬雷震震,夏雨雪,天地合,乃敢与君绝。

赏析

这首诗,是汉乐府诗歌中的名篇。不单想象奇特,更在于所表达的情感的坚贞。诗歌所写,不仅仅是情感,更是对待情感的择善固守的态度。

有所思

有所思，乃在大海南。何用问遗君，双珠玳瑁簪，用玉绍缭之。闻君有他心，拉杂摧烧之。摧烧之，当风扬其灰。从今以往，勿复相思。相思与君绝！鸡鸣狗吠，兄嫂当知之。妃呼狶①！秋风肃肃晨风飔②，东方须臾高知之。

赏析

"野有死麕"章属《诗经·召南》，写的是"有女怀春，吉士诱之"的情事。古人论诗，常常存了个"喻托"的心思在先，即写男女之情，真正所写的必然是君臣之义。因此，沈德潜认为这首诗是人臣思君。古诗中固然有这样的表现手法，但不是所有的情诗都必然写君臣之义。这首《有所思》，写的是曾经珍而重之地送思念的人珍贵的礼物，当听闻他有异心之后，就砸碎、烧毁了亲手装饰的珍贵的礼物，并表示了决绝之意。可是，当怒气消歇之后，又想起了往事，不免有些犹豫。且待明天太阳出来之后再说吧。把恋人惊闻变故后的心理变化写得鲜活生动。汉乐府民歌很动人的一点，就是令读者感同身受，情感表达奔放有力。

---

① 妃呼狶（xī）：感叹词。
② 晨风：鸟名，鹞鹰类的鸟。飔（sī）：凉。另一说"晨风飔"就是"晨风凉"。

战城南

战城南,死郭北,野死不葬乌可食。为我谓乌:且为客豪①!野死谅不葬,腐肉安能去子逃?水深激激,蒲苇冥冥。骁骑战斗死,驽马徘徊鸣。梁筑室,何以南?何以北?禾黍不获君何食?愿为忠臣安可得?思子良臣,良臣诚可思:朝行出攻,暮不夜归!

赏析

通过战后战场上的凄凉景象,写战争的残酷。尸体不能说话,希望乌鸦在食用尸体之前,能为死者哀号,送他上路。"梁筑室,何以南?何以北",在桥梁上筑室,阻塞了通道,人们如何通行呢?所以这是在暗示君臣之间有奸臣阻塞,以致忠良之将惨死沙场。《战城南》作为乐府旧题,一直延用到唐朝,写这个题目的诗人很多,其中最著名者,自然是大诗人李白。

---

① 豪:通"嚎",嚎叫。

古诗十九首（节选）

《古诗十九首》既非一时也非一人之作，之所以会成为一组诗出现于世人的眼前，是因为南朝梁昭明太子《文选》中选择了它们，并题名曰"古诗十九首"。《文选》成了经典，这一组诗也就这样流传于世。"十九首"是五言古诗的典范之作，古人用了极致的语言来赞美它。刘勰有"观其结体散文，直而不野，婉转附物，怊怅切情"；钟嵘说，"文温以丽，意悲而远，惊心动魄，可谓几乎一字千金"。历代诗人为这组诗写下的著述也是汗牛充栋，不胜枚举。要真正体会"古诗十九首"的魅力，最好的办法，自然是通读全部作品，用心体会。没错，用心读诗，读一切文学作品，都需要用心。这里只是略窥其径。

行行重行行

行行重行行，与君生别离。
相去万余里，各在天一涯。
道路阻且长，会面安可知？
胡马依北风，越鸟巢南枝。
相去日已远，衣带日已缓。

给孩子美的阅读

> 浮云蔽白日,游子不顾反。
> 思君令人老,岁月忽已晚。
> 弃捐勿复道,努力加餐饭。

赏析

这首《行行重行行》,是我所读过的离别诗中最沉痛的一首,痛彻心扉。离别的不舍,无法阻挡空间的越来越远;而随着空间的越来越远,随之而来的是时间的越来越远。"相去日已远"的,不仅有远行的游子,还有两个人的心的距离。纵然诗人温柔敦厚,说游子不是不愿返,而是"不顾反"——不是不想,而是顾不上,但依然还是改变不了"思君令人老,岁月忽已晚"那样的事实。所以,勉励自己"弃捐勿复道,努力加餐饭"。诗之意,即在此,却写得一波三折,荡气回肠。

西北有高楼

西北有高楼,上与浮云齐。
交疏结绮窗,阿阁三重阶①。
上有弦歌声,音响一何悲!
谁能为此曲,无乃杞梁妻。
清商随风发,中曲正徘徊。
一弹再三叹,慷慨有余哀。
不惜歌者苦,但伤知音稀。
愿为双鸿鹄,奋翅起高飞。

赏析

　　这首《西北有高楼》,就像诗中所描写的歌声一样,"清商随风发"。那高楼上的歌者,与诗中抒情的主人公本不相识,就是因为听到了她的弦歌之声,诗人"不惜歌者苦,但伤知音稀",因为这份深切的理解,所以他心生"愿为双鸿鹄,奋翅起高飞"的愿望。而引发他如此激荡的内心活动的歌者,却对此全然不知。诗中的高楼,也写得巍峨壮丽,仿佛云中楼阁,更衬托出歌者的可望而不可即。

---

① 绮窗:有雕刻细致而美丽花纹的窗户。阿(ē)阁:高楼。

涉江采芙蓉

涉江采芙蓉,兰泽多芳草。
采之欲遗谁?所思在远道。
还顾望旧乡,长路漫浩浩。
同心而离居,忧伤以终老。

赏析

《古诗十九首》作为文人诗的典范,一个鲜明的特征就是沿用了"风骚"的比兴手法。这首诗,涉江而采芳草,折芳赠远,芬芳宜人,情意悠长。诗之妙处在于,诗歌的抒情主人公性别、身份皆不明,却不妨碍读者感受到诗中的深情。这是"十九首"的妙处之所在:诗中情感既具体可感,又如在人人心中。以一己之所遇、所感,写出了人人皆有的遭遇。因此,才"惊心动魄"。

回车驾言迈

回车驾言迈,悠悠涉长道。
四顾何茫茫,东风摇百草。
所遇无故物,焉得不速老?
盛衰各有时,立身苦不早。
人生非金石,岂能长寿考?
奄忽随物化,荣名以为宝。

赏析

人生最大的悲哀,就是生命短暂且必然面对死亡。所谓"生年不满百,常怀千岁忧",是"十九首"的时代思潮。朋友的分离,夫妻的久别,恋人的不得相守,都是这一思潮的诗歌产物,总是有一种彻骨的悲伤。这首《回车驾言迈》感叹人生苦短,愿得荣名(美名、令名)以见证这"奄忽"(即短暂)的人生。

去者日以疏

去者日以疏,来者日以亲。
出郭门直视,但见丘与坟。
古墓犁为田,松柏摧为薪。
白杨多悲风,萧萧愁杀人。
思还故里闾,欲归道无因。

赏析

本诗是叹息死亡、思念故乡之作。人生固然短暂,长眠于地下,也不能永远。古墓会变为桑田,墓边的松柏也会被砍伐为柴。滞留他乡的游子,感受到去日无多,越发地思念故乡,却不得归去。

十五从军征

十五从军征,八十始得归。
道逢乡里人,"家中有阿谁?"
"遥望是君家,松柏冢累累。"
兔从狗窦入,雉从梁上飞。
中庭生旅谷,井上生旅葵。
舂谷持作饭,采葵持作羹。
羹饭一时熟,不知贻阿谁。
出门东向看,泪落沾我衣。

赏析

  这首古诗,是一首"十九首"之外的作品。写一个少年从军,白发才得以回乡的人,回到家中,发觉家中已经空无一人。没有正面写战争,却令人深刻地感受到战争的惨痛:即使侥幸从战场上活着归来,依然举目无亲。

郑白渠歌

田于何所,池阳谷口。

郑国在前,白渠起后。

举锸如云,决渠为雨。

水流灶下,鱼跳入釜。

泾水一石,其泥数斗。

且溉且粪,长我禾黍。

衣食京师,亿万之口。

赏析

孔子曾经说:"诗可以兴,可以观,可以群,可以怨。"这首诗,是百姓因得郑白渠之利而歌,描述了郑白渠的地理位置、修筑过程、竣工之后的作用,赞美了郑白渠"衣食京师,亿万之口"的功劳,也铭记着白公兴修水利的功劳。

曹　操

蒿里行

关东有义士，兴兵讨群凶。
初期会盟津，乃心在咸阳。
军合力不齐，踌躇而雁行。
势利使人争，嗣还自相戕。
淮南弟称号，刻玺于北方。
铠甲生虮虱，万姓以死亡。
白骨露于野，千里无鸡鸣。
生民百遗一，念之断人肠。

赏析

　　三曹父子是建安诗歌的代表人物。曹操的诗，后人评论说"如幽燕老将，气韵沉雄"，中学课本也选有他的《观沧海》《龟虽寿》《短歌

◉ 作者简介：
曹操，字孟德，东汉末年建安时期丞相，中国北方地区的实际控制者。是中国历史上著名的政治家、军事家和文学家。他的诗以四言为多。在文学史上，与其子曹丕、曹植并称"三曹"，是建安文学的领导者及杰出的代表。

行》，念及曹操存诗寥寥，比例不可谓不大。曹操是《诗经》之后，写四言诗的高手，上述他的作品都是四言诗。同时，曹操所在的时代，五言诗的创作也已经开始，他的五言诗也成就斐然。因此，选一首《蒿里行》。这首诗与《薤露》一样，本身是挽歌。只是曹操所哀悼的，是因为汉末军阀混战而无辜命丧的众多百姓。

曹　丕

短歌行

仰瞻帷幕，俯察几筵。其物如故，其人不存。
神灵倏忽，弃我遐迁。靡瞻靡恃，泣涕连连。
呦呦游鹿，草草鸣麑。翩翩飞鸟，挟子巢栖。
我独孤茕，怀此百离。忧心孔疚，莫我能知。
人亦有言，忧令人老。嗟我白发，生一何早。
长吟永叹，怀我圣考。曰仁者寿，胡不是保。

赏析

诗中有"怀我圣考"之句，所以时间应该是曹操辞世之后，曹丕思念父亲而作。诗从物在人亡写起，慢慢渲染出一种哀伤的气氛，带出父死

● 作者简介：
曹丕，字子桓，曹操的嫡长子，被曹操立为世子。曹操过世后，以魏代汉称帝，是为魏文帝。在"三曹"中，曹丕既没有曹操的霸业，也没有曹植才子的名声，但事实上，就诗而言，他的诗不仅绝不在父亲与弟弟之下，甚至在其之上。王夫之《姜斋诗话》中说："曹子建铺排整饬，立阶级以赚人升堂，用此致诸趋附之客，容易成名。伸纸挥毫，雷同一律。子桓精思逸韵，以绝人攀跻，故人不乐从，反为所掩。子建以是压倒阿兄，夺其名誉。实则子桓天才骏发，岂子建所能压倒耶？"

之后"我"的孤独无依（靡瞻靡恃），又以游鹿鸣麇，鸟挟子巢，来反衬父亲弃我而去之后自己的孤独（我独孤茕），以至于内心的忧伤到底有多深，连我自己都不知道（忧心孔疚，莫我能知）。最后，诗人发出天问："曰仁者寿，胡不是保。"不是说仁者长寿吗？为什么我的父亲却离开了？曹操虽然是"奸雄"，但是他统一了北方，并恢复了生产，让当时因为战争而流离失所的人可以安居，是那个时代的英雄。历史上判定其奸，是因其"挟天子以令诸侯"。

曹　丕

善哉行

上山采薇，薄暮苦饥。溪谷多风，霜露沾衣。
野雉群雊①，猴猿相追。还望故乡，郁何垒垒！
高山有崖，林木有枝。忧来无方，人莫之知。
人生如寄，多忧何为？今我不乐，岁月如驰。
汤汤川流，中有行舟。随波转薄，有似客游。
策我良马，被我轻裘。载驰载驱，聊以忘忧。

赏析

　　这首诗，颇能代表曹丕诗歌的特点。在景色描写之中，情感氛围渐浓，所谓"油然相感"。"高山有崖，林木有枝。忧来无方，人莫之知。"在沿用了《诗经》中诸如"山有榛，隰有苓"、《楚辞》中诸如"沅有芷兮澧有兰"的表达的同时，将先秦时期借兴起表达的爱恋之情，转化为人生深重的忧伤的叹息。诗歌转入对忧伤的化解"策我良马，被我轻裘。载驰载驱，聊以忘忧。"不唯是沈德潜以为的乡愁那么简单。沈德潜《古诗源》评曰："此诗客游之感。忧来无方，写忧剧深。末指客游似行舟，反以行舟似客游言之。措语既工复活。"

---

① 雊（gòu）：野鸡鸣叫。

曹丕

西北有浮云

西北有浮云,亭亭如车盖。
惜哉时不遇,适与飘风会。
吹我东南行,行行至吴会。
吴会非我乡,安得久留滞。
弃置勿复陈,客子常畏人。

赏析

以浮云的随风飘荡,比喻客子流落他乡的身不由己,以及留滞他乡的恓恓惶惶之感,也可由此领略曹丕五言诗的成就。

曹　丕

寡妇诗

友人阮元瑜早亡,伤其妻孤寡。为作此诗。

　　霜露纷兮交下,木叶落兮凄凄。
　　候雁叫兮云中,归燕翩兮徘徊。
　　妾心感兮惆怅,白日急兮西颓。
　　守长夜兮思君,魂一夕兮九乖。
　　怅延伫兮仰视,星月随兮天回。
　　徒引领兮入房,窃自怜兮孤栖。
　　愿从君兮终没,愁何可兮久怀。

赏析

　　这是一首骚体诗,从中既见曹丕驾驭诗歌各种形式的才华,又见其深刻的同情心。诗中以秋日萧瑟衰飒之气,来渲染寡妇失夫之后的痛苦与孤独。并以秋夜渐长的特点,来抒写失去丈夫之后,寡妇的人生如这秋夜一样难以度过。序中的阮元瑜是"建安七子"之一的阮瑀,染时疫病亡。

曹　丕

燕歌行

秋风萧瑟天气凉，草木摇落露为霜，群燕辞归雁南翔。
念君客游思断肠。慊慊思归恋故乡，君何淹留寄他方？
贱妾茕茕守空房，忧来思君不敢忘，不觉泪下沾衣裳。
援琴鸣弦发清商，短歌微吟不能长。明月皎皎照我床，
星汉西流夜未央。牵牛织女遥相望，尔独何辜限河梁。

赏析

　　这是诗歌史上现存最早的一首完整的七言诗。其高超的艺术成就，也使得七言诗的首次亮相是如此的光耀千古。沈德潜由衷的赞叹足以为证。诗从"秋风萧瑟"起兴，逐一描述出秋的特点，酝酿出浓郁的秋情：草木摇落，白露为霜，群燕辞归，大雁南飞。一方面是生命的凋零，一方面是候鸟的迁徙。引出生命短暂、游子当归之意。古时候，同一个字会用不同的读音表达截然相反的意思。"慊"，这个字，读如"欠"的时候是"不满足，怨恨"之意，读如"妾"的时候是"满足，满意"之意。在这里是不满足的意思。游子不归，思妇独怨，是古典诗歌惯常的主题，自《诗经》时代就不断有这样的作品出现。曹丕的这首诗，独到之处在于，他非常出色地写出了思妇的情感，既写出了思妇的思念，又写出了思妇的

贞顺："忧来思君不敢忘"，是古典时代很推崇的"怨而不怒"。更妙的是诗的结尾，从一己之悲伤，转而写到了天上的银河，写到了隔河相望的牛郎织女，写出了对普天下有同样遭遇的人的深切的同情。沈德潜《古诗源》："和柔巽顺之意，读之油然相感。节奏之妙，不可思议。"句句用韵，掩抑徘徊。"短歌微吟不能长"，恰似自言其诗。

曹　植

弃妇篇

石榴植前庭，绿叶摇缥青。丹华灼烈烈，璀彩有光荣。
光荣晔流离，可以戏淑灵。有鸟飞来集，拊翼以悲鸣。
悲鸣夫何为？丹华实不成。拊心长叹息，无字当归宁。
有子月经天，无子若流星。天月相终始，流星没无精。
栖迟失所宜，下与瓦石并。忧怀从中来，叹息通鸡鸣。
反侧不能寐，逍遥于前庭。踟蹰还入房，肃肃帷幕声。
褰帷更摄带，抚节弹鸣筝。慷慨有余音，要妙悲且清。

● 作者简介：

曹植，字子建，曹丕同母弟。子建以才思敏捷著称，所以，在历史上，他的字成为"才子"的代称。在文学史上，"三曹"之中名声最响亮的是曹植。钟嵘《诗品》不吝笔墨地给出了最长的赞誉："骨气奇高，词采华茂。情兼雅怨，体被文质，粲溢今古，卓尔不群。嗟乎！陈思之于文章也，譬人伦之有周、孔，鳞羽之有龙凤，音乐之有琴笙，女工之有黼黻。俾尔怀铅吮墨者，抱篇章而景慕，映馀晖以自烛。故孔氏之门如用诗，则公干（刘桢）升堂，思王入室。景阳（张协）、潘（潘岳）、陆（陆机），自可坐于廊庑之间矣。"曹植曾被封为陈思王，故后世称之以陈思、思王、陈王。且不论曹植在诗歌史上的地位，"骨气奇高，词采华茂。情兼雅怨，体被文质"，是非常能抓住曹植诗文的特色的。"建安风骨"的特色也以曹植的诗，表现得最充沛。他留存的作品有八十多篇，也远超父兄之和。所以，有资格越父兄而上，也不纯然是因为"七步成诗"的故事所彰显的怀才不遇的困窘而赢得。

收泪长叹息，何以负神灵。招摇待霜露，何必春夏成。
晚获为良实，愿君且安宁。

赏析

  选择这一首诗，一则可由此领略曹植诗歌铺排的能力，再则体会曹植高超的共情能力，同时也可了解中国古代女子的命运遭遇。诗中的女子，有石榴花一样艳丽的容颜，但是她因无子而被抛弃。"有子月经天，无子若流星"，深刻地写出了女子命运的悲哀。古时候的女子，一方面要"在家从父，出嫁从夫，夫死从子"；另一方面，男女婚配最重要的目的是子孙的繁衍，所谓"不孝有三，无后为大"。所以，无子——没有儿子，女儿不算在内——对女子而言乃是人生莫大的悲哀。

  诗歌以石榴花起兴，赞叹生命的美好，以及如此美好的生命的悲凉的命运。花朵之美丽，因其短暂，特别容易令人感受到生命的悲哀。所以，古来很多诗人以此来抒写对于生命的悲哀之情，包括那些伤春的诗。

曹　植

南国有佳人

南国有佳人，容华若桃李。
朝游江北岸，夕宿潇湘沚。
时俗薄朱颜，谁为发皓齿？
俯仰岁将暮，荣耀难久恃。

赏析

　　古典诗歌中，"言在此意在彼"是高超的表达境界，达到这种境界的手段之一，就是采取喻托的手法。美女，是诗人们最喜欢用的喻托的手段。曹雪芹《红楼梦》中"女儿是水做的骨肉，我见了女儿便觉得清爽"，其实不是凭空而来，而是源远流长的意识。屈原的"芳草美人"手法，就是最闪耀的源头。美丽无双的女子，以及她对自身美丽的珍爱，就成为后世诗人表达内心高远而美好的追求时，常常采用的象征意象。美好生命的凋零落空总是会格外引起人们的惋惜之情。

曹　植

美女篇

美女妖且闲，采桑歧路间。柔条纷冉冉，落叶何翩翩。
攘袖见素手，皓腕约金环。头上金爵钗，腰佩翠琅玕。
明珠交玉体，珊瑚间木难。罗衣何飘飘，轻裾随风还。
顾盼遗光彩，长啸气若兰。行徒用息驾，休者以忘餐。
借问女安居，乃在城南端。青楼临大路，高门结重关。
容华耀朝日，谁不希令颜？媒氏何所营，玉帛不时安。
佳人慕高义，求贤良独难。众人徒嗷嗷，安知彼所观？
盛年处房室，中夜起长叹。

赏析

　　这首诗和"南国有佳人"是同一主题，但写法完全不同。这首诗明显带有乐府诗《陌上桑》的影子：不但特别写了美女的服饰，而且从旁观者的反应，写出女子之美。并写出"佳人慕高义，求贤良独难"，而终于"盛年处房室，中夜起长叹"的悲凉，依旧是生命落空的悲凉：美丽的女子，不能及时婚配，好比男子的才华，无人赏识。

曹　植

七哀诗

明月照高楼，流光正徘徊。
上有愁思妇，悲叹有余哀。
借问叹者谁，言是宕子妻。
君行逾十年，孤妾常独栖。
君若清路尘，妾若浊水泥。
浮沉各异势，会合何时谐？
愿为西南风，长逝入君怀。
君怀良不开，贱妾当何依。

赏析

　　诗名为"七哀"，有不同的解释，但是都强调突出"悲伤"。这首诗突出了古典诗歌中非常重要的一个主题：以男女之情，比喻君臣之义。所以，诗中的女子以忠贞来面对长久的孤栖，借此表达臣者对君王的期盼。诗中"君若清路尘，妾若浊水泥"之喻，妙绝。本身是同类，却浮沉异势，越来越远，会合无望。所以最后的悲叹也越发令人叹惋。沈德潜《古诗源》："此种大抵思君之辞，绝无华饰，性情结撰，其品最工。"

曹　植

白马篇

白马饰金羁，连翩西北驰。借问谁家子，幽并游侠儿。
少小去乡邑，扬声沙漠垂。宿昔秉良弓，楛矢何参差①。
控弦破左的，右发摧月支②。仰手接飞猱，俯身散马蹄。
矫捷过猴猿，勇剽若豹螭③。边城多警急，虏骑数迁移。
羽檄从北来，厉马登高堤。长驱蹈匈奴，左顾凌鲜卑。
弃身锋刃端，性命安可怀？父母且不顾，何言子与妻。
名编壮士籍，不得中顾私。捐躯赴国难，视死忽如归。

赏析

　　这首诗，是曹植早期的作品。《白马篇》是乐府诗，诗中赞颂那些武艺高强的青年愿意为国家建功立业的精神。这事实上也是曹植的自我写照。他一生渴望有所作为。所以在曹丕做了皇帝之后，他写了《七哀诗》《美女篇》那样的诗来表达心中的渴望。诗人用对偶、铺排的手段描写游

---

① 楛（hù）矢：用楛木做箭杆的箭。
② 左的、月支：都是箭靶的名字。下一联中的"马蹄"也是箭靶的名字。
③ 螭（chī）：传说中一种无角的蛟龙。

侠少年的勇武，写得斩钉截铁，非常有气势。

　　将上述三首诗放在一起，是因为三首诗都表达了对实现人生价值的渴望。只是，《美女篇》《七哀诗》是从生命价值落空的角度来抒写；《白马篇》则是从渴望建功立业的角度来抒写。因此，诗歌所表达的情感，一则哀怨至极，一则慷慨至极。而多情忠贞的女子，则在表达哀怨的同时，还能顺带写出更重要的"忠君"之义——男子要真正建立功业，离不开君王的赏识与任用。在古典诗歌中，有一个传统：女子之容颜，堪比男子之才能；男女之情，堪比君臣之义。这是男子而作闺音的一个重要的原因，虽然不是唯一的原因。

曹　植

高台多悲风

高台多悲风，朝日照北林。
之子在万里，江湖迥且深。
方舟安可极，离思故难任。
孤雁飞南游，过庭长哀吟。
翘思慕远人，愿欲托遗音。
形影忽不见，翩翩伤我心。

赏析

　　诗的主题是"翘思慕远人"。开篇两句是起兴，写带有悲慨意味的景象，高台之风，自然强劲，朝日北林，却带有温暖之意。两种不同的质素放在一起，在诗的开端，形成了强大的张力，兴起"之子在万里"，进入诗的主题。一方面是路遥难达，一方面是音信难寄，诗的情感，也由开篇的悲慨，转入了悲哀。

曹　植

赠白马王彪

序曰：黄初四年五月，白马王、任城王与余俱朝京师，会节气。到洛阳，任城王薨。至七月，与白马王还国。后有司以二王归藩，道路宜异宿止，意毒恨之。盖以大别在数日，是用自剖，与王辞焉，愤而成篇。

谒帝承明庐，逝将归旧疆。清晨发皇邑，日夕过首阳。
伊洛广且深，欲济川无梁。泛舟越洪涛，怨彼东路长。
顾瞻恋城阙，引领情内伤。太谷何寥廓，山树郁苍苍。
霖雨泥我涂，流潦浩纵横。中逵绝无轨，改辙登高冈。
修坂造云日，我马玄以黄①。玄黄犹能进，我思郁以纡。
郁纡将何念？亲爱在离居。本图相与偕，中更不克俱。
鸱枭鸣衡轭，豺狼当路衢。苍蝇间白黑，谗巧令亲疏。
欲还绝无蹊，揽辔止踟蹰。

踟蹰亦何留？相思无终极。秋风发微凉，寒蝉鸣我侧。
原野何萧条，白日忽西匿。归鸟赴乔林，翩翩厉羽翼。

---

① 玄以黄：马生病疲惫的样子。《诗经·周南·卷耳》："陟彼高冈，我马玄黄。"

孤兽走索群，衔草不遑食。感物伤我怀，抚心长太息。

太息将何为，天命与我违。奈何念同生，一往形不归。
孤魂翔故域，灵柩寄京师。存者忽复过，亡殁身自衰。
人生处一世，去若朝露晞。年在桑榆间，影响不能追。
自顾非金石，咄唶令心悲①。心悲动我神，弃置莫复陈。
丈夫志四海，万里犹比邻。恩爱苟不亏，在远分日亲。
何必同衾帱，然后展殷勤。忧思成疾疢②，无乃儿女仁。
仓卒骨肉情，能不怀苦辛③？苦辛何虑思，天命信可疑。
虚无求列仙，松子久吾欺。变故在斯须，百年谁能持？
离别永无会，执手将何时？王其爱玉体，俱享黄髪期。
收泪即长路，援笔从此辞④。

赏析

长篇组诗，感情激荡饱满、酣畅淋漓，气势贯透到底，这是一篇很能彰显建安风骨以及曹植诗歌特点的佳作。意义紧密的组诗的形式，特别考验诗人的写作能力。各章之间的连接与转折非常关键。这组诗用首尾相衔（每一章的末句和下一章的首句都是承接和呼应）的方法连接起来。第一章和第二章之间虽没有这样

---

① 唶：读如"借"，嗟叹的意思。
② 疢（chèn）：热病，泛指疾病。
③ 沈德潜《古诗源》评此句："此章无可奈何之词。人当极无聊后，每作此以强解也。"
④ 沈德潜《古诗源》评此句："末章如赋中之乱，几于生人作死别矣。"

的衔接，但是这两章韵脚一致，也因此有的古书上是将这两章视为一章的。诗人的情感，也如这诗一样，层层转折，愈转愈深。

曹植的诗歌，特别具有情感爆发力，这与他善于运用对偶、铺排和雕饰等修辞有直接的关系。这一组诗，篇幅有足够的容量，将这一特点表现得非常充分。

曹　植

野田黄雀行

高树多悲风，海水扬其波。
利剑不在掌，结友何须多？
不见篱间雀，见鹞自投罗。
罗家得雀喜，少年见雀悲。
拔剑捎罗网，黄雀得飞飞。
飞飞摩苍天，来下谢少年。

赏析

　　曹植的诗"工于起调"，就是说他的诗，开篇即能创造出足够的情境，酝酿出充沛的情感氛围。正如这首诗开篇的"高树多悲风，海水扬其波"，高风摧树，海水激荡，将那种激昂险峻、悲愤之慨尽显无遗。"利剑不在掌，结友何须多"则是生发如此之慨的原因。篱间雀、鹞、罗家、少年，一个简洁的故事，将诗人内心的感慨和盘托出。据说，这是曹植与曹丕争太子之位失败后，曹丕剪除其羽翼后而作的诗。但是，诗的好，本不在于诗背后的故事，而在于诗本身所能给予读者的感动。

曹植

名都篇

名都多妖女,京洛出少年。宝剑值千金,被服丽且鲜。
斗鸡东郊道,走马长楸间。驰骋未能半,双兔过我前。
揽弓捷鸣镝,长驱上南山。左挽因右发,一纵两禽连。
余巧未及展,仰手接飞鸢。观者咸称善,众工归我妍。
归来宴平乐,美酒斗十千。脍鲤臇胎鰕,炮鳖炙熊蹯①。
鸣俦啸匹侣,列坐竟长筵。连翩击鞠壤②,巧捷惟万端。
白日西南驰,光景不可攀。云散还城邑,清晨复来还。

赏析

这首诗,是两汉以来的京都大赋在诗歌中的遗响。繁华的都市,是为了烘托少年们的出身不凡,也为他们的奢华生活提供了保障。诗歌集中写京洛少年丽服宝马,连日里打猎纵酒的生活。李白《将进酒》中"陈王昔

---

① 脍(kuài):把肉切成细丝。臇(juǎn):把肉做成羹。胎鰕(xiā):有子的虾。鰕,通"虾"。炮鳖(biē):酱制的甲鱼。炙熊蹯(fán):烧烤的熊掌。
② 鞠壤:鞠和壤是古代两种游戏用具。鞠就是蹴鞠,类似现代足球的一种运动。击壤是一种古老的游戏,用两个一头大一头小的木块,把一块放在几十步外,持另一块投击,击中者为胜。

时宴平乐,斗酒十千恣欢谑"就是源于这首诗。诗中打猎是武艺高强的证明,饮酒是意气相投的写照。正如唐朝王维的"相逢意气为君饮,系马高楼垂柳边"一样。

王　粲

七哀诗三首（其一）

西京乱无象，豺虎方遘患。复弃中国去，委身适荆蛮。
亲戚对我悲，朋友相追攀。出门无所见，白骨蔽平原。
路有饥妇人，抱子弃草间。顾闻号泣声，挥涕独不还。
"未知身死处，何能两相完？"驱马弃之去，不忍听此言。
南登霸陵岸，回首望长安。悟彼下泉人，喟然伤心肝。

赏析

　　王粲是建安时期三曹之外成就最高的诗人。刘勰在其《文心雕龙》中称赞他是"七子之冠冕"。可惜其流传下来的诗赋不多。《七哀诗》是组诗，写王粲南下荆州途中的所见所感。王粲之所以离京南去荆州，本身是为避祸乱。一路之上，见到流民满途，都是人间惨剧。诗歌集中描写了一个饥饿的母亲弃子于草间，而诗人也只能满怀悲痛地驱马离开。真可谓"触目惊心"。

● 作者简介：
王粲，字仲宣。东汉末年文学家，"建安七子"之一。少时即有才名，深得著名学者蔡邕的赏识。因关中骚乱，投奔荆州牧刘表。后曹操南征荆州，刘表之子刘琮投降，王粲也随之归附曹操，深得曹氏父子信任。王粲善属文，与曹植并称"曹王"。

陈　琳

饮马长城窟行

　　饮马长城窟，水寒伤马骨。往谓长城吏，慎莫稽留太原卒！官作自有程，举筑谐汝声！男儿宁当格斗死，何能怫郁筑长城。长城何连连，连连三千里。边城多健少，内舍多寡妇。作书与内舍，便嫁莫留住。善侍新姑嫜，时时念我故夫子！报书往边地，君今出语一何鄙？身在祸难中，何为稽留他家子？生男慎莫举，生女哺用脯。君独不见长城下，死人骸骨相撑拄。结发行事君，慊慊心意关。明知边地苦，贱妾何能久自全？

赏析

　　《饮马长城窟行》是乐府诗题，所以有很多的同题之作。兵役徭役，是"安土重迁"的古人被迫离家的两大主要原因。因此，也就有很多的诗歌抒写这样的痛苦。本诗以修筑长城的惨痛，写徭役之沉重不亚于战乱，

● 作者简介：

陈琳，字孔璋，"建安七子"之一。曾入袁绍幕府，后归附曹操，署为司空军师祭酒，使与阮瑀同管记室。后又徙为丞相门下督。建安二十二年（217），与刘桢、应场、徐干等人因染疫疾而亡。

生人而作死别。诗歌以服役筑长城的边城健少与妻子之间的书信往还，控诉了徭役给广大役夫及其家庭带来的深重灾难，以及在这苦难深重的人生中征夫与思妇之间生死与共的深情。

刘　桢

赠从弟（其三）

凤凰集南岳，徘徊孤竹根。
于心有不厌①，奋翅凌紫氛。
岂不常勤苦？羞与黄雀群。
何时当来仪，将须圣明君。

赏析

《赠从弟》共有三首，是刘桢五言诗的代表作。"凤凰来仪"本身是盛世祥瑞之兆，凤凰栖止孤竹，羞与雀群，也是其志向孤高的象征。这首诗以凤凰自喻，既写出诗人洁身自好，又写出他期待遇明君。

● 作者简介：
刘桢，字公干，东汉末年名士，"建安七子"之一。建安年间被曹操招为丞相掾属，与曹丕、曹植兄弟颇友善。他的文学成就，主要表现在诗歌，特别是五言诗的创作方面，在当时负有盛名，后人以其与曹植并举，称为"曹刘"。如今存诗十五首，风格遒劲，语言质朴。

---

① 厌：满足。

应 场

别 诗

朝云浮四海。日暮归故山。
行役怀旧土。悲思不能言。
悠悠涉千里。未知何时旋。

赏析

古人本安土重迁，加之交通不便，所以每有离别，常作悲言。建安时期的这类诗歌，有一种特别的悲慨，仿佛离别之后再无相见之日一般。诗歌以飘浮四海的云为喻，朝浮四海，暮归故山。连看起来那么飘忽的云，都是有归处的。可是行役在外的人，却不知何日能够还乡。

● 作者简介：
应场（yáng），字德琏。东汉末年文学家，"建安七子"之一。曹丕任五官中郎将时，应场为将军府文学。应场擅长作赋，有文赋数十篇，诗歌亦见长。

阮　籍

咏怀八十二首（其一）

夜中不能寐，起坐弹鸣琴。
薄帷鉴明月，清风吹我襟。
孤鸿号外野，翔鸟鸣北林。
徘徊将何见？忧思独伤心。

◉ 作者简介：

阮籍，字嗣宗，曹魏正始时期的文学家，"竹林七贤"之一，是当时名士的代表人物之一。他所生活的时代，正是司马氏势力大盛，准备取代曹魏的时代。阮籍同情曹魏皇室，反对司马氏。但是在司马氏的高压政策下，不能直接表达自己的立场和情感。因此他以曲折隐晦的手法，抒发对时事的感慨，与对自身处境的焦虑和忧伤，形成了"言在耳目之内，情寄八荒之表"的特点。阮籍是曹植之后，对五言诗的发展贡献很大的诗人。

他的八十二首《咏怀诗》，与曹植的《赠白马王彪》不同，虽然是对同一主题的不同层面的反复吟咏，但各章之间没有明显的内在联系。沈德潜《古诗源》："阮公咏怀，反复凌乱，兴寄无端，和愉哀怨，杂集于中，令读者莫求归趣，此其所以为阮公之诗也。必求之时事以实之，则凿矣。"这给读者指出了一个解读阮籍诗的思路：体会诗中复杂的情感，而不要力图找寻诗歌背后的"本事"来解说。本事，古典诗论中指引发诗人写诗的那件事。

给孩子美的阅读

赏析

阮籍的八十二首《咏怀诗》，不是像曹植《赠白马王彪》那样的结构严谨的诗篇，他的诗只有这第一首是固定在首章，其他的诗都没有必然的顺序。之所以如此，是因为这首诗是一种非常无端的悲慨吧。正如曹丕所言"忧来无方，人莫之知"。诗人夜中不寐，起坐不宁，于是弹琴解忧。薄帷鉴月，清风拂襟。耳目所及，是孤鸿哀号，翔鸟悲鸣。"徘徊将何见？忧思独伤心"，忧戚彷徨，却无处可寻得栖止之处。这仿佛是阮籍一生处境的写照。他嘲笑刘邦、项羽"时无英雄，使竖子成名"，他能为青白眼。可是他也痛哭穷途，也醉酒避祸、口不臧否人物。

阮 籍

咏怀八十二首（其九）

步出上东门，北望首阳岑。
下有采薇士，上有嘉树林。
良辰在何许，凝霜沾衣襟。
寒风振山冈，玄云起重阴。
鸣雁飞南征，鶗鴂发哀音①。
素质游商声，凄怆伤我心。

赏析

伯夷叔齐叩谏文王伐纣之师，阻挡不成，于是不食周粟，最后饿死在首阳山。在魏晋易代之际，阮籍在夷齐安葬的首阳山想起了这个故事，感触颇深。而诗人也只写到"下有采薇士，上有嘉树林"，就转而写萧瑟的秋。"素质游商声，凄怆伤我心"仿佛是秋气伤怀。

---

① 鶗鴂（tí jué）：一种善于鸣叫的杜鹃类的鸟。

阮　籍

咏怀八十二首（其十九）

西方有佳人，皎若白日光。被服纤罗衣，左右佩双璜。
修容耀姿美，顺风振微芳。登高眺所思，举袂当朝阳。
寄颜云霄间，挥袖凌虚翔。飘飘恍惚中，流眄顾我傍。
悦怿未交接，晤言用感伤①。

赏析

　　阮籍的八十二首《咏怀诗》中，这一首是我私心偏爱的。生活在那样稍有不慎就会惹来杀身之祸的朝代，不愿与司马氏同流合污的阮籍，内心的苦闷与愤慨又不能明言。人与生俱来的禀赋，有时候是无法违拗的，如陶渊明所言"非矫励所得"。阮籍的内心深处，始终渴望着美好与光明。这首《西方有佳人》就是一种对美好与光明渴望的最好表达。虽然诗中说"悦怿未交接，晤言用感伤"，可是正是这一点期盼，才能让他有勇气、有力量抗衡那个黑暗的时代，能够坚持住而不同流合污。中国古代的传统，更喜欢以皎洁的月亮比喻美人，比如《诗经·月出》。而阮籍笔下的这个西方美人，却是光若白日。而且她"寄颜云霄间，挥袖凌虚翔"，如

---

① 悦怿（yì）：喜欢，爱慕。晤（wù）：遇见，会面。言：语气助词。

同仙子一般在明亮的天云间凌虚翱翔。这个美丽而明亮的女子,既是阮籍内心的期盼,也是他精神世界的写照。

阮　籍

咏怀八十二首（其七十九）

林中有奇鸟，自言是凤凰。
清朝饮醴泉，日夕栖山冈。
高鸣彻九州，延颈望八荒。
适逢商风起，羽翼自摧藏。
一去昆仑西，何时复回翔！
但恨处非位，怆悢使心伤。

赏析

　　这首诗，也是阮籍自伤所生非时，才华与抱负不能施展。凤凰和麒麟一样，是自古以来祥瑞的代表。传说孔子著《春秋》时，绝笔于获麟，因为麒麟出非其时，不成祥瑞，反遭杀身之祸。诗人笔下的凤凰也是一样，偏偏遭逢了衰飒的商业风，摧藏羽翼，以至于只能西去昆仑隐匿起来。诗人借此感慨"但恨处非位，怆悢使心伤"。

嵇 康

赠秀才入军（其九）

良马既闲①，丽服有晖。
左揽繁弱，右接忘归②。
风驰电逝，蹑景追飞。
凌厉中原，顾盼生姿。

◉ 作者简介：
嵇康，字叔夜，曹魏正始时期的文学家、音乐家，"竹林七贤"之一，也是"魏晋风度"的代表人物之一。官至曹魏中散大夫，故后世称他为"嵇中散"。嵇康娶妻曹操孙子之女，因此在曹魏与司马氏的权力争斗中，他态度坚决地站在曹魏的一边。也因此，司马氏最后找了他的一个错而杀了他：司马氏号称以"孝"治国，而嵇康在《与山巨源绝交书》中则公开声称"非汤武而薄周孔"。他临终前弹奏的《广陵散》，既表现了他视死如归的镇静与从容，也表现出了他作为一个天才音乐家对自己绝技的珍爱之情。他的诗，不是新兴的五言诗，而是古老的四言诗。《诗经》之后，四言诗有优秀之作的，先后有曹操、嵇康和陶渊明。嵇康虽然与阮籍同为"竹林七贤"，而且都是正始文学的代表人物，但是与阮籍诗的含蓄婉约不同。嵇康的诗，刘勰说他是"兴高而采烈"，叶嘉莹解释说"兴高"是指嵇康的诗有很强烈的情感感染力，读者很容易被感动，"采烈"是指他的诗文，文辞强烈，极富感情色彩。

---

① 闲：娴熟、熟练。
② 繁弱、忘归：良弓、利箭之名，据说为楚王所用。

给孩子美的阅读

赏析

  本诗选自组诗《赠秀才入军》。题目中的"秀才",是嵇康的哥哥。诗歌写良马丽服之人,武艺高强,打猎之乐。不但诗的题材与曹植的《名都篇》相仿,铺排、对偶的手法也非常相似,包括诗歌的气势也非常相似。但较曹植的诗,这首诗多了些从容的意味,仿佛这种田猎生活就是他的人生归宿一样;而对于曹植而言,似乎只是一种打发时间、展示身手、赢得名声的手段。"顾盼生姿""风驰电掣"也成了成语,流传后世。

嵇　康

赠秀才入军（其十四）

息徒兰圃，秣马华山。

流磻平皋①，垂纶长川。

目送归鸿，手挥五弦。

俯仰自得，游心太玄。

嘉彼钓叟，得鱼忘筌。

郢人逝矣，谁与尽言②。

赏析

　　嵇康在司马氏掌权之后，就不再做官了。因此诗中所写，常常是悠游

---

① 流磻：指把石弹投出后在空中形成的一个流线形的痕迹。磻，石弹上系着绳子。
② "嘉彼钓叟"四句，在讲庄子的故事。庄子曾经钓于濮水，"得鱼忘筌"也出自《庄子·外物》。庄子与惠施一生辩论，惠施死后，庄子颇感寂寞。他讲了一个"运斤成风"的故事，技艺高超的石匠（名为"石"）可以用斧头砍削人鼻尖上的一点白粉。然而，那个能和他密切配合的郢人死后，他这神奇的技能再也无法施展了。嵇康以此写出了"世无知音"的惆怅。

的生活状况。这首诗中的"目送归鸿,手挥五弦"时常被后人引用,作为魏晋风度的写照。也是因为这八个字,非常传神地写出了魏晋时期,那些心怀高远之士深邃而高洁的内心世界。

两晋南北朝诗

经过西晋短暂的统一，世间很快又陷入了混乱的局面。晋室南渡，在南京（当时的建康）立国，是为东晋。立国百年之后，被刘裕建立的宋取代，随后宋、齐、梁、陈四个朝代交替更迭，以长江天险作为保障，延续了两百余年。经过这个时期的大动荡、大碰撞之后，中国历史就进入了辉煌的隋唐时代。这个时期，是诗歌形式大力发展的时期。对偶、声韵、五言诗、七言诗、绝句等形式与技巧都在这个时期积累了丰富的经验，可谓唐诗的先声。同时也出现了许多有成就的诗人，特别是东晋时期的大诗人陶渊明——是诗歌史上足以与屈原、李白、杜甫等人并称的一流诗人。在陶渊明开创了田园诗派的同时，大诗人谢灵运也开创了山水诗派。至于齐梁时期的诗人谢朓、沈约等，在诗歌中有意识地运用汉语四声——平上去入协调诗歌声韵之美，更是为律诗的形成完成了最艰难的任务。从此之后，诗歌就进入了迅速发展演变的时期，做好了迎接诗歌的黄金时代——唐朝到来的准备。也因此，六朝诗人也成为唐朝诗人最乐于学习的对象，虽然他们的诗歌成就远远超越了六朝诗人。

陆　机

猛虎行

渴不饮盗泉水，热不息恶木阴。恶木岂无枝，志士多苦心。
整驾肃时命，杖策将远寻。饥食猛虎窟，寒栖野雀林。
日归功未建，时往岁载阴。崇云临岸骇，鸣条随风吟。
静言幽谷底，长啸高山岑。急弦无懦响，亮节难为音。
人生诚未易，曷云开此衿。眷我耿介怀，俯仰愧古今。

赏析

沈德潜评："起用六字句，最见奇峭。此士衡变体。"

诗歌所写，是古来诗人常写的主题：提醒自己慎独，忧心世多险恶，慨叹功名未建。

作者简介：

陆机，字士衡。陆机与其弟陆云，本是江东显贵，祖父陆逊是东吴丞相，父亲陆抗是东吴大司马。陆机"少有奇才，领父兵为牙门将"。东吴亡国后，年仅二十岁的陆机回乡隐居，闭门读书写作，撰写了一系列很有见地的文章，陆机才能遂为世人所知。晋武帝太康十年，与弟陆云同被征召北上洛阳，少年才子，轰动一时。后以四十三岁之盛年，亡于西晋内乱。陆机是西晋最有成就的诗人之一，除诗歌之外，还著有精心结撰的文论名篇《文赋》。

陆　机

为顾彦先赠妇

辞家远行游，悠悠三千里。京洛多风尘，素衣化为缁。
循身悼忧苦，感念同怀子。隆思乱心曲，沈欢滞不起。
欢沈难克兴，心乱谁为理？愿假归鸿翼，翻飞浙江汜。

东南有思妇，长叹充幽闼。借问叹何为？佳人渺天末。
游宦久不归，山川修且阔。形影参商乖，音息旷不达。
离合非有常，譬彼弦与筈①。愿保金石躯，慰妾长饥渴。

赏析

顾彦先，名荣，东吴丞相顾雍之孙，与陆机兄弟同赴洛阳，号为"洛阳三俊"，他们是西晋末年支持皇室南渡建康的江南士族的首脑人物。

诗显然应为赴洛之作。上章是代顾赠妇，下章是代顾妇应答，古有此体。素衣是平民之服，缁衣是显贵之裳。诗写出了顾彦先离家远赴京师的复杂心情，想来也是与他同赴洛阳的陆机的心声吧。答诗写出了一个深明大义而又深情的妇人形象。下面附陆机之弟陆云的同题诗，以资比较。

---

① 筈（kuò）：箭尾，即射箭时搭在弓弦上的部分。

我在三川阳，子居五湖阴。山海一何旷，譬彼飞与沉。目想清惠姿，耳存淑媚音。独寐多远念，寤言抚空衿。彼美同怀子，非尔谁为心？

悠悠君行迈，茕茕妾独止。山河安可逾，永路隔万里。京室多妖冶，粲粲都人子。雅步袅纤腰，巧言发皓齿。佳丽良可美，衰贱焉足纪。远蒙眷顾言，衔恩非望始。

与兄长同题之诗相比，陆云的诗更多地是从夫妻之情落笔，写了远行的顾彦先对妻子的深情，以及顾妻对丈夫的担忧与殷切叮咛，由此，也可见兄弟二人的不同。

潘　岳

悼亡诗三首（其一）

荏苒冬春谢，寒暑忽流易。之子归穷泉，重壤永幽隔。
私怀谁克从，淹留亦何益？僶俛恭朝命，回心反初役。
望庐思其人，入室想所历。帏屏无仿佛，翰墨有馀迹。
流芳未及歇，遗挂犹在壁。怅恍如或存，周惶忡惊惕。
如彼翰林鸟，双栖一朝只。如彼游川鱼，比目中路析。
春风缘隙来，晨霤承檐滴①。寝息何时忘，沉忧日盈积。
庶几有时衰，庄缶犹可击。

赏析

诗歌一点点地铺陈描写诗人失去妻子之后的所见、所感、所思。妻子虽然已经离开，但是举目所见，仿佛处处都有她留下的痕迹。"如彼翰林

● 作者简介：

潘岳，即潘安，字安仁，以貌美多才名噪一时。古人常以"才比子建，貌若潘安"来形容一个男子既有美貌且有才华。"潘安"是潘安仁的简称，代表美男子，为与代表才华横溢的"子建"对仗，是西晋重要诗人，以三首《悼亡诗》名垂青史。本来"悼亡"是悼念死者，但因为潘岳以之为题悼念妻子，从此之后，"悼亡"就成了诗歌史上丈夫悼念妻子的专称。

---

① 霤（liù）：通"溜"，屋檐流下来的水。

鸟，双栖一朝只。如彼游川鱼，比目中路析"，都是在比喻自己失去妻子后的伤痛。只是他不肯直接写出来，需要读者思索之后才能明白他真正想要说的是什么。叶嘉莹将这样的写法称为"思力安排"。最后的"庄缶犹可击"是用庄子妻死，鼓盆而歌的故事，来写希望自己有朝一日，丧妻之痛也会过去，从悲伤之中解脱出来。

左　思

咏史（其一）

弱冠弄柔翰，卓荦观群书。著论准过秦，作赋拟子虚。
边城苦鸣镝，羽檄飞京都。虽非甲胄士，畴昔览穰苴①。
长啸激清风，志若无东吴。铅刀贵一割，梦想骋良图。
左眄澄江湘，右盼定羌胡。功成不受爵，长揖归田庐。

赏析

　　诗歌铺写诗人少年时博览群书，才能堪比贾谊、司马相如。不仅如此，他还饱览兵书。穰苴是春秋末期齐国的军事家，他的军事思想对

● 作者简介：
左思，字太冲，寒门士子，西晋诗人。因为其妹左芬以才华出名被选入宫中，封为贵嫔而来到洛阳。史称他"尽锐于'三都'，拔萃于'咏史'"。"三都"是指左思花了十年时间写成，问世之后使得"洛阳纸贵"的《三都赋》，"咏史"就是指他的咏史诗。左思所处的是门阀世族的时代，出身寒微但富有才华的他，虽然因为妹妹的原因来到了京师，却依然无法施展自己的抱负，因此咏诸诗。本书选其《咏史》八首中的两首。

---

① 穰苴（ráng jū）：田穰苴或者司马穰苴，春秋末期齐国人。田穰苴是继姜尚之后，一位承上启下的著名军事家，曾率齐军击退晋、燕入侵之军，因功被封为大司马，子孙后世称司马氏。

后世影响很大。"铅刀贵一割,梦想骋良图",引自《后汉书·班超传》:"况臣奉大汉之威,而无铅刀一割之用乎?""铅刀"指钝刀,是自谦的表达。左思在诗中表达了想要施展自己的才能、实现人生价值的强烈愿望——即使是一把钝钝的铅刀,也希望有机会能割一次东西,不然怎么能称之为刀呢?而且,他渴望建功立业并非为了功名富贵,所以,他期待的人生是"功成不受爵,长揖归田庐"。

左 思

咏史（其五）

皓天舒白日，灵景耀神州。
列宅紫宫里，飞宇若云浮。
峨峨高门内，蔼蔼皆王侯。
自非攀龙客，何为欻来游①。
被褐出阊阖，高步追许由②。
振衣千仞冈，濯足万里流。

赏析

　　这是左思的《咏史》诗中特别著名的一首，这首诗不再借古讽今、托古抒怀，而是直接写诗人自己。左思本来是想"铅刀贵一割，梦想骋良图"之后，"功成不受爵，长揖归田庐"的，但是他在这首诗里，则表示要急流勇退。诗的前半部分写京城里皇宫巍峨，王侯蔼蔼。诗人自问："自非攀龙客，何为欻来游。"于是他就离开京城——阊阖，宫殿的正门——去追随上

---

① 欻（xū）：忽然。
② 阊阖（chāng hé）：天宫之门，多指皇宫之门，这里指代皇宫。许由：上古时期著名的隐士。

古的隐者许由了。然后，左思最有名的诗句出现了——"振衣千仞冈，濯足万里流"，写出了那个时代一个人所能拥有的高远而博大的胸襟，读罢真是有令"贪夫廉，懦夫立"之效，令人振奋。沈德潜评价说"俯视千古"。这是一首特别能表现左思的胸襟怀抱的诗。作者虽然选择了远离仕途，却拥有如此昂扬而振奋的心情。

张　协

杂诗（其二）

大火流坤维，白日驰西陆①。
浮阳映翠林，回飙扇绿竹②。
飞雨洒朝兰，轻露栖业菊。
龙蛰暄气凝，天高万物肃。
弱条不重结，芳蕤岂再馥。
人生瀛海内，忽如鸟过目。
川上之欢逝，前修以自勖③。

赏析

◉ 作者简介：
张协，字景阳，西晋文学家。张协与其兄、弟皆有文名。钟嵘《诗品》中评张协的诗，认为他"文体华净，少病累……风流调达，实旷代之高手。词采葱菁，音韵铿锵，使人味之亹亹（亹，wěi，勤勉不倦）不倦"。

---

① 大火：大火星，就是"七月流火"的大火星。坤维：西南方。西陆：秋天。
② 飙（biāo）：大风。
③ 勖（xù）：勉励之意。

给孩子美的阅读

  诗人写秋天的物候特征,借此来感叹时光倏忽、人生短暂。"川上之欢逝,前修以自勖",借《论语》中孔子慨叹"逝者如斯夫,不舍昼夜"的典故,自我勉励。

刘　琨

扶风歌

朝发广莫门，暮宿丹水山①。左手弯繁弱，右手挥龙渊②。
顾瞻望宫阙，俯仰御飞轩。据鞍长叹息，泪下如流泉。
系马长松下，发鞍高岳头。烈烈悲风起，泠泠涧水流。
挥手长相谢，哽咽不能言。浮云为我结，归鸟为我旋。
去家日已远，安知存与亡？慷慨穷林中，抱膝独摧藏③。
麋鹿游我前，猿猴戏我侧。资粮既乏尽，薇蕨安可食？
揽辔命徒侣，吟啸绝岩中。君子道微矣，夫子故有穷④。

● 作者简介：

刘琨，字越石，西晋末年在北方坚持战斗的重要军事首领。西晋灭亡后，刘琨和他的好友祖逖立志要收复失地，所以每天"闻鸡起舞"，在非常艰难的情况下坚持斗争，最后不幸被杀害。他的诗写得很好。金朝的大诗人元好问曾写诗评价他说："曹刘坐啸虎生风，四海无人角两雄。可惜并州刘越石，不教横槊建安中。"是说刘琨的诗有明显的建安诗歌慷慨悲凉的色彩，堪比曹操。

---

① 广莫门：河南洛阳的北门。丹水山：在今山西高平市北。
② 繁弱：良弓之名。龙渊：有名的剑。
③ 摧藏：内心非常忧伤的样子。
④ 君子道微矣，夫子故有穷：孔子困厄于陈蔡的故事。

惟昔李骞期,寄在匈奴庭①。忠信反获罪,汉武不见明②。我欲竟此曲,此曲悲且长。弃置勿重陈,重陈令心伤!

赏析

诗歌写军情紧急、粮草匮乏的情况下,诗人率队行军,同时又忧心自己会像西汉武帝时期的将军李陵一样遭遇谗言被祸。诗歌抒发了诗人内外交困的忧心如焚,以及在困难境遇中的担当精神。

---

① 惟昔李骞期,寄在匈奴庭:李陵投降匈奴的故事。
② 忠言反获罪,汉武不见明:司马迁为李陵辩护而受宫刑的故事。

王羲之

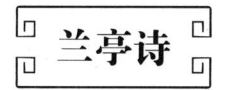

兰亭诗

三春启群品,寄畅在所因。
仰视碧天际,俯磐绿水滨。
寥朗无厓观①,寓目理自陈。
大矣造化功,万殊莫不均。
群籁虽参差,适我无非亲。

赏析

　　这首诗就是著名的《兰亭集序》所记载的那一次东晋文人的盛会上,王羲之的诗作之一。这首诗,固然充满了玄理,可是字里行间,却也满是人与天合所带来的那种喜悦之感。其中的奥秘就在于诗人置身在春天之中,既感受到"造化"的生生不息,又体会到春日的欣欣向荣。情理完美融合,所以成就佳作。

● 作者简介:
王羲之,字逸少,固然以书法家流芳百世,同时他也是东晋时期著名的文学家。王谢家族之王家的代表人物之一,与谢安同时。王谢家族之所以成为东晋士族的代表家族,除了在东晋立国的过程中有决定性的贡献,和这两个家族人才辈出,代表了当时的士族之家在文化传承上的贡献也有直接的关系。

---

① 寥朗:寂静的样子。

陶渊明

游斜川

　　辛丑正月五日，天气澄和，风物闲美，与二三邻曲，同游斜川。临长流，望曾城①，鲂鲤跃鳞于将夕，水鸥乘和以翻飞。彼南阜者②，名实旧矣，不复乃为嗟叹。若夫曾城，傍无依接，独秀中皋③，遥想灵山，有爱嘉名。欣对不足，率尔赋诗。悲日月之遂往，悼吾年之不留。各疏年纪乡里，以记其时日。

　　开岁倏五日④，吾生行归休。

◉ 作者简介：

陶渊明，名潜，字渊明。一说，名渊明，字元亮。生活在东晋刘宋时期，是中国诗歌史上与屈原、李白和杜甫等人并称的大诗人。他不但开创了田园诗派，对后世诗歌影响深远，更重要的是他的诗歌和他的人生互相诠释。他面对那样的一个时代，无法与现实妥协，因此用诗歌写出了他内心的悲慨与矛盾，写出了他对生与死、人生的意义和价值的追问与思考。他的诗，看起来是简单的语言，却表达了非常丰富的内容。北宋大诗人苏东坡曾经说陶渊明的诗"癯而实腴，质而实绮"，就是表面上看起来很"瘦"，事实上却很"丰腴"；表面上看起来很质朴，事实上却非常美丽。

---

① 曾城：传说中的昆仑山有曾城九重，上有不死树。这里指的是诗中的曾邱。曾：通"层"。
② 南阜：指庐山。
③ 皋：水边高地。
④ 倏（shū）：迅捷。

念之动中怀，及辰为兹游。
气和天惟澄，班坐依远流①。
弱湍驰文纺，闲谷矫鸣鸥。
迥泽散游目，缅然睇曾丘②。
虽微九重秀，顾瞻无匹俦。
提壶接宾侣，引满更献酬。
未知从今去，当复如此不③。
中觞纵遥情，忘彼千载忧④。
且极今朝乐，明日非所求。

赏析

诗与序对照可知，陶渊明的斜川之游，既是感慨时光流逝，又是珍惜光阴的美好。触目所及的美好的景物，既让他感受到欢愉之情，又生出不知良辰美景能否再现之慨。情感往复回环，令人动容。下面所选的《酬刘柴桑》，虽然时间不同，景色有别，但情感则一。

---

① 班坐：依次列坐。
② 迥泽：宽阔的水面。迥：远。缅然：沉思的样子。
③ 不：音义同"否"。
④ 中觞：酒喝到一半的意思。千载忧：引自《古诗十九首》中"人生不满百，常怀千岁忧。"

陶渊明

酬刘柴桑

穷居寡人用①,时忘四运周。
门庭多落叶,慨然知已秋。
新葵郁北牖,嘉穟养南畴②。
今我不为乐,知有来岁不?
命室携童弱,良日登远游。

赏析

　　陶渊明的诗歌,会反复地写生命之无常与时光之永恒之间的对比所引起的内心的触动,虽然这不是他诗歌的唯一主题,可是他很多诗歌都是因此而写,这一首也是一样。"穷居寡人用"和"结庐在人境,而无车马喧"的意思相差仿佛,只是这里更强调居住环境之简陋,因为穷居陋巷,人事不多,所以也很容易地就忘掉了时间的流逝、季节的变化。然而,"一叶落而知秋",桐庭之中,已经飘下来很多落叶了,所以知道秋天来了。不但知道,而且是"慨然",是看到了落叶之后,心中顿时生出了很

---

① 人用:人事。
② 穟(suì):通"穗",苗美好貌。或曰,禾成秀也,即禾苗抽穗。

多感慨。北窗之下，有很多新葵，长得郁郁葱葱，南亩之中，禾苗也正在抽穗，丰收可以期待。这样的好时光，我却不能好好地享受，谁知道明天的事情到底会怎样呢？这里写出了陶渊明对于生命无常的感慨——正因为深深地意识到了生命的无常，因此更要好好地在有生之时，珍惜每一个良辰。所以，"命室携童弱"，天气好时，立刻就要携带妻子，出去游玩，好好地欣赏、度过生命中的好日子（天气好的日子），对于陶渊明而言，是他珍惜光阴的最好表达。

陶渊明

九日闲居

余闲居,爱重九之名。秋菊盈园,而持醪靡由①,空服九华,寄怀于言。

世短意常多,斯人乐久生。
日月依辰至,举俗爱其名。
露凄暄风息②,气澈天象明。
往燕无遗影,来雁有余声。
酒能祛百虑,菊解制颓龄。
如何蓬庐士,空视时运倾。
尘爵耻虚罍③,寒华徒自荣。
敛襟独闲谣,缅焉起深情。
栖迟固多娱,淹留岂无成?

---

① 醪(láo):酒。
② 暄风:暖风。
③ 尘爵耻虚罍:没有酒喝。尘爵:落满了灰尘的酒杯。虚罍(léi),空的酒器。罍,古时候的盛酒器皿,多用青铜制作。

赏析

和后来者的伤春悲秋不同，在陶渊明的眼中、心中，四时嘉景，无一不美。面对美景如斯，手中无酒，空服九华（指的是菊花，因为在重九开放），仿佛辜负了这样的良辰美景。读陶渊明的诗，总能感受到陶渊明的心境的恬淡，不管是这首诗中的"缅焉起深情"，还是为世人所熟悉的"问君何能尔，心远地自偏"。生活在此处又不在此处，是为超越，所以为高。

诗开头的四句，是说人生苦短，人意偏多，渴盼长寿，所以都爱"重九"之名。随之四句描写重九这一天的天气以及物候：燕雁南飞。由季节的变化自然转到人的衰老，以及酒与菊的"祛虑制颓"的功效，所以自己在这特别的日子里，会很想喝酒。只是既然没有酒了，也就只好"敛襟独闲谣，缅焉起深情"，对不知在何处的远方有一份遐想。

陶渊明

和郭主簿二首

蔼蔼堂前林，中夏贮清阴。凯风因时来，回飙开我襟①。
息交游闲业，卧起弄书琴。园蔬有余滋，旧谷犹储今。
营己良有极，过足非所钦。春秫作美酒，酒熟吾自斟。
弱子戏我侧，学语未成音。此事真复乐，聊用忘华簪②。
遥遥望白云，怀古一何深！

赏析

诗写自己在夏日里自得其乐的生活，语气平和但态度坚决地表达了自己的人生选择。"此事真复乐，聊用忘华簪"无须富贵，人生即可满足。"遥遥望白云，怀古一何深"则写出了诗人高远浑厚之心怀。

---

① 凯风：和风，夏天的风。出自《诗经·邶风·凯风》："凯风自南，吹彼棘心。"回飙：回旋的风。
② 用：犹"以"。华簪：华美（贵）的簪子，富贵者所用。

和泽周三春①,清凉素秋节。露凝无游氛②,天高肃景澈。
陵岑耸逸峰③,遥瞻皆奇绝。芳菊开林耀,青松冠岩列。
怀此贞秀姿,卓为霜下杰。衔觞念幽人,千载抚尔诀。
检素不获展,厌厌竟良月④。

赏析

本诗描写秋景。在一片秋光中,天高山远,烘托而出的是林间耀目的芳菊,山岩上列成行的青松。诗歌由此转入"言志":"衔觞念幽人,千载抚尔诀","抚"是"持守"的意思,"诀"是"法"的意思,这诀就是"怀此贞秀姿,卓为霜下杰"。

郭主簿是仕宦中人,且能诗。陶渊明这两首和诗,从根本上与他自己的《归去来兮辞》是同一主旨,写出了他坚定的人生选择。"怀古一何深""衔觞念幽人",以古人自勉,未尝没有劝勉郭主簿之意。只是陶渊明生性敦厚,常与人留有余地。

---

① 和泽:温和润泽。
② 游氛:飘游的云气。
③ 陵岑:陵是大土山,岑是小而高的山。
④ 检素:简素,就是书信。厌厌:精神不振的样子。良月:《左传·庄公十六年》认为,"使以十月入,曰:'良月也……'"王叔岷在其《陶渊明诗笺证稿》中认为,"似不必执着为十月。陶公以幽人永守松菊贞秀之节操自喻。末二句盖谓收敛之情怀已不得舒展,将黯然尽此良好之岁月而已",似更符合陶诗之意。

给孩子美的阅读

陶渊明

癸卯岁十二月中作与从弟敬远

寝迹衡门下①，邈与世相绝。顾盼莫谁知，荆扉昼常闭②。
凄凄岁暮风，翳翳经日雪。倾耳无希声，在目皓已洁。
劲气侵襟袖，箪瓢谢屡设。萧索空宇中，了无一可悦！
历览千载书，时时见遗烈。高操非所攀，谬得固穷节。
平津苟不由，栖迟讵为拙③！寄意一言外，兹契谁能别④？

赏析

在陶渊明的笔下，一年四季各有其美。这首诗写冬日雪。冬日的雪景是如此的皓洁，可是，有个词叫作"饥寒交迫"，大雪带来的寒冷会加剧困境。"箪瓢谢屡设"意思是因为没有可吃可饮之物，"箪瓢"都不用摆出来。房间里是如此的空荡荡，只能看书消遣时光。（雪天幽居，汉代的高士袁安就是这样做的，为了不给别人添麻烦。）结尾六句是写自己坚守

---

① 衡门：横木为门，指的是简陋的房屋。出自《诗经·陈风·衡门》。
② 荆扉：荆棘做的门，也指房屋简陋。
③ 平津苟不由，栖迟讵为拙：如果不羡慕公孙弘之丞相封侯，栖迟山林，也不为拙。平津，公孙弘被汉武帝封为平津侯，这里指仕途。
④ 契：意志相合。别：明了。

"固穷"节。子曰:"岁寒,然后知松柏之后凋也。"冬日雪寒,是最艰苦的环境,"时穷节乃见"。所以,对于懂得他、了解他的从弟敬远,他才能倾诉自己的心事。

陶渊明

乞 食

饥来驱我去，不知竟何之。
行行至斯里，叩门拙言辞。
主人解余意，遗赠岂虚来。
谈谐终日夕，觞至辄倾杯。
情欣新知欢，言咏遂赋诗。
感子漂母惠，愧我非韩才①。
衔戢知何谢，冥报以相贻②。

赏析

陶渊明的家境贫寒，屡屡见于他的诗文，如"弱年逢家乏，老至更长饥"。这一首《乞食》，写他因为饥饿不得已出门乞讨。但是陶渊明从来不过多地描写他的窘况。这首诗更多地描写他乞食时遇到的主人是如何的善解人意，不但"遗赠"，而且置酒相待。"情欣新知欢，言咏遂赋

---

① 感子漂母惠，愧我非韩才：韩信微贱时的一个故事。一漂母怜他穷困，连续多日给他饭吃。韩信封侯之后回报漂母以千金。漂母，漂洗丝绵的老妇人。
② 衔戢（jí）：藏在心中不敢忘记。冥报：死后相报。

诗",以至于感动得诗人无以为报,只能寄希望于身后。所谓"固穷",就是"君子固穷,小人穷斯滥矣"。在困厄之境,依然能坚守着自己的操守,这是非常难得的境界。因为,谋求生存,乃是人的本能。

陶渊明

移居二首

昔欲居南村，非为卜其宅。闻多素心人，乐与数晨夕。
怀此颇有年，今日从兹役。敝庐何必广，取足蔽床席。
邻曲时时来，抗言谈在昔。奇文共欣赏，疑义相与析。

春秋多佳日，登高赋新诗。过门更相呼，有酒斟酌之。
农务各自归，闲暇辄相思。相思则披衣，言笑无厌时。
此理将不胜，无为忽去兹。衣食当须纪，力耕不吾欺。

赏析

　　根据历代学者的研究，陶渊明之移居，因遭火灾。可是，诗中丝毫不见遭遇火灾之后的懊丧不安的情绪，反而写得如同主动的迁居一般。第一首写他移居南村乃是多年的夙愿，今日终于得偿所愿。为何？"闻多素心人，乐与数晨夕"哪怕居所简陋而狭小，也愿与邻居往来，"奇文共欣赏，疑义相与析"第二首也一样是写与邻里之间淡如水的友好关系，并勉励自己"衣食当须纪，力耕不吾欺"。

　　读陶渊明写他躬耕生活的诗，时常会想到现代西方哲人海德格尔喜欢引用荷尔德林的诗句"虽然充满了劳绩，但诗意地栖居"。而正因为这样的劳作与这样的诗意，陶渊明的诗才如此丰厚。

陶渊明

癸卯岁始春怀古田舍二首

在昔闻南亩，当年竟未践。
屡空既有人，春兴岂自免？
夙晨装吾驾，启涂情已缅。
鸟弄欢新节，泠风送馀善。
寒竹被荒蹊，地为罕人远。
是以植杖翁，悠然不复返。
即理愧通识，所保讵乃浅。

先师有遗训，忧道不忧贫。
瞻望邈难逮，转欲志长勤。
秉耒欢时务，解颜劝农人。
平畴交远风，良苗亦怀新。
虽未量岁功，既事多所欣。
耕种有时息，行者无问津。
日入相与归，壶浆劳近邻。
长吟掩柴门，聊为陇亩民。

赏析

癸卯岁，晋安帝元兴二年（403），这一年，陶渊明已经开始躬耕（此后又曾出仕彭泽令）。诗中言及田舍，以及《论语》中的荷蓧丈人、长沮、桀溺事，故名。陶渊明曾经用"箪瓢屡空"形容自己的穷困。"植杖翁"就是《论语·微子》中的荷蓧丈人，是一位隐者。第二首中的"耕种有时息，行者无问津"用的也是《论语·微子》中孔子命子路问津长沮、桀溺的故事。

诗歌写春来之后，躬耕南亩。既有耕种的辛劳，也有对丰收的期待："平畴交远风，良苗亦怀新。"当然，更有对自己人生之路的思索。所谓"先师有遗训，忧道不忧贫。瞻望邈难逮，转欲志长勤"，以及"长吟掩柴门，聊为陇亩民"。"长吟"是心中多感慨，"聊为"是姑且这样之意。所以，诗中写出了虽然躬耕是他自己主动的选择，但也含蓄地写出了这种选择是那么的不甘心、不得已——长沮、桀溺之隐，是因为"滔滔者天下皆是"。

陶渊明

饮 酒（其四）

余闲居寡欢，兼比夜已长。偶有名酒，无夕不饮。顾影独尽，忽焉复醉。既醉之后，辄题数句自娱。纸墨遂多，辞无诠次。聊命故人书之，以为欢笑尔。

栖栖失群鸟，日暮犹独飞。
徘徊无定止，夜夜声转悲。
厉响思清远，去来何依依。
因值孤生松，敛翮遥来归。
劲风无荣木，此荫独不衰。
托身已得所，千载不相违。

赏析

诗言志，但是诗不是志本身，所以本诗不是那种誓言一样的表达，而是以明白无误为目标。诗中所言之志，更重要的是诗人以怎样的情言志。这首诗，以一只失群鸟的形象，写出了陶渊明的痛苦、孤寂；孤生松的"劲风无荣木，此荫独不衰"所表达出来的那种抗拒严酷环境的坚贞的精神，以及失群鸟"敛翮（收拢起翅膀）遥来归"的坚定，形象地写出了陶渊明内心的渴盼；"托身已得所，千载不相违"则是一旦选择之后的坚定和无悔。诗之为诗，就在于诗能以精练的语言令读者领会到无法言说的意蕴，引领读者进入意义深远之境。

饮 酒（其七）

秋菊有佳色，裛露掇其英①。
泛此忘忧物，远我遗世情。
一觞虽独尽，杯尽壶自倾。
日入群动息，归鸟趋林鸣。
啸傲东轩下，聊复得此生。

赏析

菊花与陶渊明的关系非常密切，连周敦颐写《爱莲说》的时候都要提一句陶渊明之爱菊。但是我们看陶渊明的诗文发现，他真正写菊花的文字并不多，而且基本上没有刻画菊花的形貌。《归去来兮辞》中写过"松菊犹存"，《九日闲居》序中写过"秋菊盈园"，诗中写过"菊为制颓龄""寒花徒自容"，《和郭主簿》中写过"芳菊开林耀，青松冠岩列。怀此贞秀姿，卓为霜下杰"，《饮酒（其五）》中写过"采菊东篱下"，等等。这些诗句，单独摘出来看并无特别之处，但是与陶渊明的诗、陶渊明的一生结合在一起，就可看出菊花是陶渊明人格最好的写照。这就是大诗人的境界——他不是因为写出来漂亮的诗句，而是因为在诗中写出了他的人格，写出了他的生命之感，同时这种人格与感受，又可以印证他的人生，所以他才

---

① 裛（yì）：通"浥"，沾湿。

成为伟大的诗人。诗人采菊饮酒,但意不在酒,而在"远我遗世情"。他一个人喝酒,体会着"日入群动息,归鸟趋林鸣",自己就"啸傲东轩下,聊复得此生"。这里有一种非常微妙的意味,仿佛他的人生选择,就如同鸟倦归林一样自然。

饮 酒（其九）

清晨闻叩门，倒裳往自开。
问子为谁与？田父有好怀。
壶浆远见候，疑我与时乖。
褴缕茅檐下，未足为高栖。
一世皆尚同，愿君汩其泥。
深感父老言，禀气寡所谐。
纡辔诚可学①，违己讵非迷。
且共欢此饮，吾驾不可回。

赏析

通读《饮酒》我们会发现，也许序言中说的"偶有名酒"就是缘于这一首诗所记录的故事。"壶浆远见候"，"田父"带着美酒，远道而来问候诗人，"疑我与时乖"，疑惑诗人与时代相违背。因此劝诗人"一世皆尚同"。但是陶渊明语气谦和、态度坚决地回绝了"田父"之劝，"且共欢此饮，吾驾不可回"。这首诗，能表现出陶渊明的敦厚之质——他领受他人的好意，但坚持自己的选择。

---

① 纡（yū）辔：掉转马头，指改变行进的方向。纡，回转。辔，马缰绳。

饮 酒（其十）

在昔曾远游，直至东海隅。
道路迥且长，风波阻中途。
此行谁使然？似为饥所驱。
倾身营一饱，少许便有馀。
恐此非名计，息驾归闲居。

赏析

  这首诗紧接上一首，是《饮酒》组诗中的第十首。虽然陶渊明坚决地拒绝了"田父"的好意，然而，这件事还是在他内心引起了波澜。于是他在这首诗中以象征性的描写，写了去往东海之滨的艰难远行，扼要地回顾了自己归隐田园之前的人生：为饥饿所驱使，而奔波仕途。但"恐此非名计，息驾归闲居"。回顾之后，更坚定了自己的选择。归隐的决定容易做，但归隐的人生却要一天天地过。真正归隐后，世无知音的精神寂寞，原本就穷困的日常生活，各种非常现实的生计问题，日复一日地出现在他的面前，需要他去面对。他回顾过往，依然还是坚定地肯定了自己的选择。

饮 酒（其二十）

羲农去我久，举世少复真。
汲汲鲁中叟，弥缝使其淳。
凤鸟虽不至，礼乐暂得新。
洙泗辍微响，漂流逮狂秦。
诗书复何罪？一朝成灰尘。
区区诸老翁，为事诚殷勤。
如何绝世下，六籍无一亲。
终日驰车走，不见所问津。
若复不快饮，空负头上巾。
但恨多谬误，君当恕醉人。

赏析

　　这是《饮酒》组诗中的最后一首。诗人以孔子为核心，回顾了过往的历史，悲哀地叹息"如何绝世下，六籍无一亲。终日驰车走，不见所问津"，是世事已经无可为，能做的就只有饮酒了。"若复不快饮，空负头上巾。"可是，即便喝了很多酒，他依然记得说"但恨多谬误，君当恕醉人"，与序言中说的"辞无诠次"遥相呼应，是这样的小心翼翼，不想因为自己的言语而得罪世人。《饮酒》

给孩子美的阅读

组诗是陶渊明非常重要的作品。只有全部通读，才能更好地了解陶渊明。这里选择了序和其中几首，以达管窥蠡测之效。我们记得陶渊明在《归去来兮辞》等诗文中写的田园生活之乐，可是在《饮酒》的序言中他说自己"闲居寡欢"。这不是陶渊明自相矛盾，而是写出了他内心的复杂与微妙——田园之乐是真，闲居寡欢也是真。

陶渊明

杂诗（其一）

人生无根蒂，飘如陌上尘。
分散逐风转，此已非常身。
落地为兄弟，何必骨肉亲！
得欢当作乐，斗酒聚比邻。
盛年不重来，一日难再晨。
及时当勉励，岁月不待人。

赏析

对人生的思考与追问，是陶渊明诗歌中经常出现的一个主题。正因为认真思考了人生，所以对怎样度过一生，他才有非常坚定而执着的选择。在这首诗里，陶渊明感慨着人与人之间缘分之难得，所以他珍惜着和邻里的和睦相处。而且，特别值得思考的是，在以往诗歌里终日"闲居"的陶渊明对时光的流逝分外敏感，以至于在这首诗中他说"及时当勉励，岁月不待人"。

陶渊明

拟挽歌辞三首（其三）

荒草何茫茫，白杨亦萧萧。

严霜九月中，送我出远郊。

四面无人居，高坟正嶣峣①。

马为仰天鸣，风为自萧条。

幽室一已闭，千年不复朝。

千年不复朝，贤达无奈何。

向来相送人，各自还其家。

亲戚或余悲，他人亦已歌。

死去何所道，托体同山阿。

赏析

　　陶渊明除了写有三首《拟挽歌辞》，还写过《自祭文》。诗与文，应该都是他在人生最后时期写下的。这是他一生思考生命问题给出的最后答案，是有关生死的旷达之言。诗人在诗中想象他出殡的季节是严霜的九月，高坟耸立，风自萧条。诗人想象着自己葬入墓室，再也不会看到这个

---

① 嶣峣（jiāo yáo）：高耸峻峭的样子。

世界。而来给他送行的人，各自还家。亲戚或许还存留着悲伤，而别的人应该很快就会恢复如常了。"死去何所道，托体同山阿"，既知道人死之后仿佛万事皆空，又仿佛身死之后化身为山阿。

释慧远

庐山东林杂诗

崇岩吐清气，幽岫栖神迹。
希声奏群籁，响出山溜滴。
有客独冥游，径然忘所适。
挥手抚云门，灵关安足辟。
流心叩玄扃，感至理弗隔。
孰是腾九霄，不奋冲天翮。
妙同趣自均，一悟超三益。

赏析

释慧远是东晋时期著名的高僧，著名的庐山东林寺就是在他的主持下兴建起来的。他精通佛、儒、玄学，与当时的社会名流诸如桓玄、谢灵运等人都有密切的交往，是当世名士，对佛法的发展有很大的贡献。

东晋时期，玄言诗盛行。而玄言诗与后来的山水诗之间有非常密切

● 作者简介：
释慧远，东晋时期著名的僧人、名士。

的关系。释慧远的这首诗,无须借助佛典,只是通过他在山中之所见,体会到山水之间所蕴含的至理。沈德潜在《古诗源》评论这首诗说:"高僧诗,自有一种清奥之气。"

谢道韫

泰山吟

峨峨东岳高，秀极冲青天。
岩中间虚宇，寂寞幽以玄。
非工复非匠，云构发自然。
器象尔何物？遂令我屡迁。
逝将宅斯宇，可以尽天年。

赏析

　　谢道韫留下的诗歌不多。这首《登山》写东岳写得非常有气势，同时也写出了谢道韫的胸襟和气度，"巾帼不让须眉"这句话，谢道韫当之无愧。

● 作者简介：
谢道韫，字令姜，是宰相谢安的侄女，安西将军谢奕的女儿，大书法家王羲之的儿媳。她是中国历史上有名的才女，称赞女子诗才隽永的"咏絮之才"，就是缘自她与叔父及兄弟们闲谈咏雪的名句"未若柳絮因风起"。

颜延之

阮步兵

阮公虽沦迹,识密鉴亦洞。
沉醉似埋照,寓词类托讽。
长啸若怀人,越礼自惊众。
物故不可论,途穷能无恸。

赏析

  这首诗,既写出了阮籍一生的行迹,也写出了诗人对阮籍的崇敬之情和深深的理解。在诗人的笔下,阮籍有高超的洞察力,也有无以言表的哀恸之情。诗咏阮籍,又未尝不是诗人内心世界的投射。

● 作者简介:
  颜延之,字延年。东晋刘宋时期著名的诗人之一,最终官至金紫光禄大夫,故世称"颜光禄"。他与陶渊明是好友,在当时的诗坛与谢灵运齐名。钟嵘《诗品》:"汤惠休曰:'谢诗如芙蓉出水,颜诗如错采镂金。'颜终身病之。"

谢灵运

登池上楼

潜虬媚幽姿①，飞鸿响远音。
薄霄愧云浮，栖川怍渊沉②。
进德智所拙，退耕力不任。
徇禄反穷海③，卧疴对空林。
衾枕昧节候，褰开暂窥临。

● 作者简介：
谢灵运，原名公义，字灵运，小字客儿，以字行于世。谢灵运出身于东晋的世家，是淝水大战的指挥官大将谢玄的孙子，袭封康乐县公。入宋以后，他曾任永嘉太守、临川内史等职，后因谋反的罪名，在广州被杀。谢灵运少即好学，博览群书，是东晋时期的大诗人、山水诗派的开创者，与陶渊明齐名。他在诗歌中运用各种对仗的手法，充分展示了他渊博的学问；他的作品对后世的诗歌有深远的影响。沈德潜在《古诗源》中对谢灵运的诗有非常中肯的评价："大约经营惨淡，钩深索隐，而一归自然，山水闲适。时遇理趣，匠心独运，少规往则。"并对比陶谢之诗，一则曰："陶诗合下自然，不可及处，在真在厚。谢诗追琢而返于自然，不可及处，在新在俊。千古并称，厥有由夫。"再则曰："陶诗高处在不排，谢诗胜处在排，所以终逊一筹。"

---

① 虬：头上有两只角的龙。
② 怍：惭愧。
③ 徇：谋求。

倾耳聆波澜，举目眺岖嵚①。
初景革绪风②，新阳改故阴。
池塘生春草，园柳变鸣禽。
祁祁伤豳歌，萋萋感楚吟③。
索居易永久，离群难处心。
持操岂独古，无闷征在今。

赏析

　　这是谢灵运的诗中名气最大的一首，因为诗中特出的一联："池塘生春草，园柳变鸣禽。"金代诗人元好问说："池塘春草谢家春，万古千秋五字新。"谢灵运自己也很得意于此联，他说他能写出这样的诗句是有神助。谢灵运是在永嘉太守任上写的这首诗，那时其实已经是刘宋的时代。他于冬季到任后就病倒了，病好时已经是春天。和陶渊明态度坚决地选择了归隐田园不同，谢灵运是退不能隐、进不能用，"进德智所拙，退耕力不任"，内心充满了各种苦闷和焦虑。

　　诗的开头采用了"对举"的手法，写潜藏深水的虬龙有美好的姿态，高飞云霄的飞鸿有响亮的鸣声。可是诗人自己想靠近云霄却无法高飞，想栖息于深渊却无法潜沉。所以，只能"徇禄反穷海"，为了得到一点

---

① 岖嵚（qū qīn）：山势高峻的样子。
② 初景：初春的阳光。绪风：这里指冬末的风。
③ 祁祁伤豳歌：化用《诗经·豳风·七月》"春日迟迟，采蘩祁祁。女心伤悲，殆及公子同归"。萋萋感楚吟：化用《楚辞·招隐士》"王孙游兮不归，春草生兮萋萋"。这两句都是化用古典诗句，写春天的到来引发的伤感之情。

俸禄来到这穷困之地（那个时候的永嘉，还是非常偏远之地），病卧在床只能对着空空的树林。等到他好转，已经是春天。于是就"池塘生春草，园柳变鸣禽"了。诗的最后，诗人表示自己也可以如古人一样独居而"无闷"。

这首诗，除了光耀古今的那句"池塘生春草"，形式上也很值得注意。几乎诗中每一联都是对仗的，而且对仗的手法灵活丰富，整齐而不呆板，将诗人内心仕隐的"交战"以及久病初愈的心情细腻而充分地表达了出来。

谢灵运

石门岩上宿

朝搴苑中兰，畏彼霜下歇。
暝还云际宿，弄此石上月。
鸟鸣识夜栖，木落知风发。
异音同致听，殊响俱清越。
妙物莫为赏，芳醑谁与伐？
美人竟不来，阳阿徒晞发。

赏析

诗人写诗，尤其是像谢灵运这样饱读诗书又才华横溢的诗人，写诗的时候，会有很多巧思。

细味本诗可见，诗的前四句构成一个大的对仗，就是前两句对后两句，以朝暝引起。屈原在《离骚》中说"朝饮木兰之坠露兮"，这里就说"朝搴苑中兰"。早晨摘下苑中的兰花，担心兰花会因霜落；晚上回来宿在云际，暗示栖息处之高，赏玩石上月。用朝暝对举的方式，写出一天的生活都是如此脱俗。随后的四句又写山中的各种声响，虽然千差万别，却都如此清越，引发了诗人的感叹："妙物莫为赏，芳醑谁与伐？"这样美好的世间之物，没有人和他一起欣赏，也没有人和他一起饮芳醇的美酒。诗人怅然:"美人竟不来,阳阿徒晞发。"这里是用了《楚辞·九歌·少司命》里的诗句:"与女沐兮咸池,晞女发兮阳之阿。望美人兮未来,临风祝兮好歌。"美人是指自己倾慕的人。我所等待的美人没有来,我白白地在山阳之处晾干了我的头发。写出了诗人内心的寂寞。景色描写生动鲜活,情感的抒发也是自然而然。

  谢灵运的诗,在当时就有"出水芙蓉,清新可爱"的美誉,而这一首也许是最能体现他这一风格的诗。

谢 瞻

九日从宋公戏马台集送孔令诗

风至授寒服,霜降休百工。繁林收阳彩,密苑解华丛。
巢幕无留燕,遵渚有归鸿。轻霞冠秋日,迅商薄清穹。
圣心眷嘉节,扬銮戾行宫。四筵沾芳醴,中堂起丝桐。
扶光迫西汜,欢馀宴有穷。逝矣将归客,养素克有终。
临流怨莫从,欢心叹飞蓬。

赏析

《世说新语·言语》:"谢太傅(安)问诸子侄:'子弟亦何预人事,而正欲使其佳?'诸人莫有言者。车骑(谢玄)答曰:'譬如芝兰玉树,欲使其生于庭阶耳。'"谢家子弟杰出者众多,擅长诗文者亦多。这里选择了谢瞻的一首诗,以感受一二。本诗是诗人奉刘裕之命而作,从题目可见,其时刘裕尚未称帝。诗从秋风送寒写起,如同工笔画一样,渲染了秋天的气息,由"轻霞冠秋日,迅商薄清穹"自然转到送行的宴会,由宴会的欢乐写到"欢馀宴有穷",远行者终将离开,送行者遗憾不能随

● 作者简介:
谢瞻,字宣远。谢灵运族弟。

行，叹息他前路仿若飞蓬。虽是奉命而作，但是由于景色渲染充分，酝酿出浓郁的氛围，故虽然描写离别只有寥寥数语，依然有不尽之意。沈德潜《古诗源》记载说："宋高祖游戏马台送孔靖，命僚佐赋诗，瞻作冠于一时。"

鲍　照

拟行路难（其一）

奉君金卮之美酒，玳瑁玉匣之雕琴。
七彩芙蓉之羽帐，九华蒲萄之锦衾。
红颜零落岁将暮，寒光宛转时欲沉。
愿君裁悲且减思，听我抵节行路吟。
不见柏梁铜雀上，宁闻古时清吹音？

赏析

　　这是《拟行路难》中的第一首。诗歌开头四句铺陈华丽的生活，而在第五句便陡然一转，以"红颜零落"写时光之迅飞，由此唤起读者倾听他

● 作者简介：

鲍照，字明远，因曾任前军参军，所以世称"鲍参军"。他是南朝刘宋时期的著名诗人，所生活的时代稍后于陶渊明和谢灵运，是中国诗歌史上第一个大力写七言诗的诗人，对于七言诗的发展有很大的贡献。沈德潜《古诗源》："明远乐府，如五丁凿山，开人世所未有。后太白往往效之。五言古亦在颜（延之）、谢（灵运）之间。"沈所说的"乐府"指的就是鲍照的七言诗。《拟行路难》是鲍照的组诗，是其杰出的代表作，共有十八首，以"行路难"寓意人生道路艰难。诗写得非常慷慨悲壮，酣畅淋漓。

的行路吟。所吟何事？汉武帝的柏梁台、魏武帝的铜雀台是人去台空，昔年的清吹之音，而今何在？将个人的生命悲慨，融入于历史的长河之中，也为整组诗奠定了情感基调。

鲍　照

拟行路难（其四）

泻水置平地，各自东西南北流。
人生亦有命，安能行叹复坐愁？
酌酒以自宽，举杯断绝歌《路难》。
心非木石岂无感？吞声踯躅不敢言。

赏析

　　沈德潜《古诗源》："妙在不曾说破，读之自然生愁。起手无端而下，如黄河落天走东海也。若移在中间，犹是恒调。"这是《拟行路难》组诗中流传最广的一首诗。诗歌以"泻水置平地，各自东西南北流"起兴，写人生命运的难以预料，以及自己的万千感慨。鲍照的诗，最突出的特点是情感的饱满与强烈，仿佛蕴蓄已久的火山爆发，非常富有感染力。

鲍　照

梅花落

中庭多杂树，偏为梅咨嗟。
问君何独然？念其霜中能作花，
霜中能作实。摇荡春风媚春日，
念尔零落逐寒风，徒有霜华无霜质。

赏析

梅花是在赵宋一朝才从各种花花草草中脱颖而出的诗人的宠儿，而鲍照的这首《梅花落》，则是很早吟咏梅花的诗。诗人抓住了梅花霜中作花、作实的特点，将之与其他"摇荡春风媚春日"的花进行对比，表达了诗人对梅花的偏爱。当然，咏物都是咏人，爱某种花草，也常常是因为在花草身上看到了诗人自己崇尚的品质。

鲍　照

赠傅都曹别

轻鸿戏江潭，孤雁集洲沚。
邂逅两相亲，缘念共无已。
风雨好东西，一隔顿万里。
追忆栖宿时，声容满心耳。
落日川渚寒，愁云绕天起。
短翮不能翔，徘徊烟雾里。

赏析

离别是古典诗歌中的一大主题。悲欢离合，无人可以幸免，而每个人写来都会有所不同，而且对于交通不便、通信手段不佳的古人而言，"人世死前唯有别"，总是能引发很多感慨，因此佳作层出不穷。这首诗中，诗人以孤雁自喻，既写出了旅途的孤寂与艰难，也写出了两个人萍水相逢，一见如故。以"短翮不能翔"来写自己无法追随傅都曹远行，以及离别之后的无尽思念。

鲍 照

行京口至竹里

高柯危且竦,锋石横复仄。
复涧隐松声,重崖伏云色。
冰闭寒方壮,风动鸟倾翼。
斯志逢凋严,孤游值曛逼①。
兼途无憩鞍,半菽不遑食。
君子树令名,细人效命力。
不见长河水,清浊俱不息。

赏析

　　这首诗写的是"行役"之慨。诗人以路途的艰险和天气的寒苦来渲染行路的艰辛。"兼途"是说行程非常紧张,"半菽"是说补给不足。诗人的愤慨集中在"君子树令名,细人效命力","君子"是指显贵,"细人"是指卑微之人。鲍照是一个内心需求特别强烈的人,狂歌纵酒的生活,建功立业的梦想,都是他强烈追求的。这首诗,本质上就是五言的"行路难"——眼前的路艰难,人生的路亦艰难。

---

① 曛:落日的余光;日暮。

鲍 照

玩月城西门廨中

始出西南楼，纤纤如玉钩。末映东北墀，娟娟似蛾眉。
蛾眉蔽珠栊，玉钩隔琐窗。三五二八时，千里与君同。
夜移衡汉落，徘徊帷户中。归华先委露，别叶早辞风。
客游厌苦辛，仕子倦飘尘。休澣自公日①，宴慰及私辰。
蜀琴抽白雪，郢曲发阳春。肴干酒未阕，金壶启夕沦②。
回轩驻轻盖，留酌待情人。

赏析

诗从月缺月圆开始写起，首先写新月弯弯、残月弯弯，仿佛美人的蛾眉和珠帘的玉钩。然而，真正赏玩的是三五、二八时的满月。自古秋月最明，所以写秋月映照之景象来抒发游子仕宦之慨。也才有"休澣"，也就是休息日宴会的通宵畅饮。阳春、白雪自是诗人与朋友赏鉴不凡之意。明月将落但意犹未尽，已经准备启程，又回转来，与朋友继续饮酒。这首诗，描写月色，清丽动人；描写友情，纸短情长，本诗是鲍照诗中风格婉丽之作。

---

① 休澣（huàn）：公休。澣通"浣"，洗衣服。
② 金壶起夕沦：这一句是说漏中沙已经漏尽，夜晚即将过去。金壶，古时的计时器，又叫漏。

鲍令晖

古意赠今人

寒乡无异服，毡褐代文练①。
日月望君归，年年不解綖②。
荆扬春早和，幽冀犹霜霰。
北寒妾已知，南心君不见。
谁为道辛苦？寄情双飞燕。
形迫杼煎丝，颜落风催电。
容华一朝尽，惟馀心不变。

赏析

征夫思妇的主题，诗人写来别有幽怀。诗人处处抓住北地南乡的不同，写出思妇的愁肠百转，以及她的坚贞情怀。"北寒妾已知，南心君不见"，思妇深深地了解北方的种种辛苦，而她自己的万千柔情却无法让身处北地的人知晓。所以想到寄情于双飞燕，捎去消息。结尾的四句，写时光如飞，容华难久，唯有此心不变。

● 作者简介：
鲍令晖，鲍照之妹，当时有名的女诗人。生平不详。

① 毡褐：北方游牧民族的服饰。文练：南朝人穿戴的美丽的丝质衣服。
② 綖（yán）：帽子上的饰品，这里指代帽子。

陆　凯

赠范晔

折梅逢驿使，寄与陇头人。

江南无所有，聊赠一枝春。

赏析

　　这首诗的作者陆凯到底是什么人，一直是个谜，我们今天能看到的史料已经很难查清楚。范晔则是南朝刘宋时期著名的史学家、文学家，著有《后汉书》。事实上，作者是谁，诗写给谁，并不是很重要。重要的是这首诗中所表达的友情，像春天里第一缕融化寒冰的阳光一样，如此温暖，又如此灿烂。诗人虽然没有刻画形容梅花，但是梅花却仿佛是江南的无边春色，照亮了整个世界。

● 作者简介：

陆凯，无明确资料记载。

谢 朓

之宣城郡出新林浦向板桥

江路西南永,归流东北骛。
天际识归舟,云中辨江树。
旅思倦摇摇,孤游昔已屡。
既欢怀禄情,复协沧洲趣。
嚣尘自兹隔,赏心于此遇。
虽无玄豹姿,终隐南山雾。

赏析

　　这首诗的题目比较长,其实意思很简单,就是写坐船去宣城,从新林浦出发朝板桥方向走时,一路上的所见与所感。如果对比"大小谢"的山水诗,会发现一个微妙的变化:"大谢"谢灵运笔下所写的山水,都是那些人迹罕至之处,是他专程去游玩的地方。而"小谢"谢朓笔下的山水,常常是他仕宦所经之处。他去宣城,相当于后世的贬谪,诗人因为卷入权力的纷争而被迫外仕。这首诗,前四句写景,诗人逆流而上,所以说"江路西南永",而水流本身是向着东北方向的。这两句也暗示着江行的艰难与诗人内心的复杂。"天际识归舟,云中辨江树"屡次被后世的诗人化用,写那种江上远望所见。由此兴起旅思。"摇摇",《诗经·王风·黍离》有"中心摇摇",写内心的悲伤。"怀禄情"是指出仕,"沧洲趣"是指归隐。诗人期待能从此远离政治的旋涡。"玄豹"是指一种爱惜毛皮的豹子,为了避免被害,隐身在南山之雾中。这个典故出自刘向《列女传》,文中以玄豹表示爱惜自己美丽的皮毛而全身远祸,以贪吃的犬彘比喻贪婪不顾性命之人。谢朓在这里是想表达自己的全身远祸之意。

谢　朓

晚登三山还望京邑

灞涘望长安，河阳视京县。
白日丽飞甍，参差皆可见。
馀霞散成绮，澄江静如练。
喧鸟覆春洲，杂英满芳甸。
去矣方滞淫，怀哉罢欢宴。
佳期怅何许，泪下如流霰。
有情知望乡，谁能鬒不变？

赏析

　　这是谢朓的名篇。特别是其中的"馀霞散成绮，澄江静如练"两句，李白曾经赞美说"解道澄江净如练，令人长忆谢玄晖"。这是诗人在离开都城建康之时，眷恋京华而写下的诗篇。因为长安古老都城的历史，在古诗中常常用来指称都城。回望京城，宫阙壮丽，"甍（méng）"（就是屋脊）在阳光的映照下，参差错落。自然风光也美好可爱。可是，诗人正在离开京城的路上，所以诗的后半部，就是伤怀远离京师，滞留他乡。"鬒（zhěn）"是指须发黑而密。"谁能鬒不变"，已经预知因为远离家乡，会伤心得须发皆白。京城的华美景象，与远离京师落寞失意的忧伤，相互映衬，让人倍感诗人内心的伤感。

谢　朓

送江兵曹檀主簿朱孝廉还上国

方舟泛春渚，携手趋上京。
安知慕归客，讵忆山中情。
香风蕊上发，好鸟叶间鸣。
挥袂送君已，独此夜琴声。

赏析

　　这是一首为送别而写的诗，送别的人有三个：江兵曹、檀主簿、朱孝廉，"还上国"指回京城。诗人送别了结伴还京的三人，内心有很多感慨。谢朓出身世族大家，却被迫远离京师。因此，对朋友三人有机会回京非常羡慕。用"香风蕊上发，好鸟叶间鸣"来写山中景象，可是，这景象却无法让他的内心安宁。于是，"挥袂送君已，独此夜琴声"，送行归来，他独自在夜间弹琴。阮籍曾说："夜中不能寐，起坐弹鸣琴。"谢朓之词，亦是此意。

谢　朓

和王中丞闻琴

凉风吹月露，圆景动清阴。
蕙风入怀抱，闻君此夜琴。
萧瑟满林听，轻鸣响涧音。
无为澹容与，蹉跎江海心。

赏析

　　描写音乐，抒发听乐曲的感受，是唐朝诗人喜欢的题目。不过，唐朝诗人更喜欢描写音乐本身，而谢朓这首诗，则重点在于听琴的环境与感受。在凉风吹露、月圆影清的夜晚，听到了动人的琴声，让诗人的心也变得安宁淡泊起来。

谢　朓

王孙游

绿草蔓如丝，杂树红英发。
无论君不归，君归芳已歇。

赏析

这是一首非常美丽的小诗。诗的主题不过是延续了"春草生兮萋萋，王孙游兮不归"，诗人写春景，草姿花色，如在眼前。可是这么美丽的景色，"君"，也就是题目中的王孙，却无法看到。"无论君不归"，不要说不回来，但是即使回来，春芳也已经过去了，有无限的怅然之意。

南朝乐府民歌

东吴定都建康（现在的南京），随后的东晋、宋齐梁陈等四个朝代，亦定都建康。由此，建康有了六朝古都的称号，与北方政权隔长江而治。建康，也因此成为当时的政治文化中心。以建康为中心的江南地区的地域文化，以"南朝乐府民歌"的名字，也得以走上诗歌史的舞台。这些诗歌，柔情似水，充分体现了江南水乡的风土人情。这些诗歌不仅有很独特的文学成就，而且对于南朝文人文学的风格，也有极大的影响。

西洲曲

忆梅下西洲,折梅寄江北。单衫杏子红,双鬓鸦雏色。
西洲在何处?两桨桥头渡。日暮伯劳飞,风吹乌臼树。
树下即门前,门中露翠钿。开门郎不至,出门采红莲。
采莲南塘秋,莲花过人头。低头弄莲子,莲子青如水。
置莲怀袖中,莲心彻底红。忆郎郎不至,仰首望飞鸿。
鸿飞满西洲,望郎上青楼。楼高望不见,尽日栏杆头。
栏杆十二曲,垂手明如玉。卷帘天自高,海水摇空绿。
海水梦悠悠,君愁我亦愁。南风知我意,吹梦到西洲。

赏析

吴国、东晋以及南朝四朝,都定都建康(即今天的南京)。因此,吴声西曲成了南朝最流行的音乐形式,而且也对这一时期的诗歌风格有明显的影响。这首《西洲曲》就是这一时期的杰作。我们今天已经无法知晓这首诗的作者是谁,但是毫无疑问,这是中国诗歌史上一首非常美丽的诗篇。诗中以季节的变换写四季相思之情,每一个季节都用最有时节特征的物候——花鸟来表现,梅——杏——伯劳——乌臼——红莲——飞鸿。季节与季节之间的转换,则用地点的变化来达成,西洲——桥头渡——树下门前——南塘——西洲。在这时间与地点的不断变化中,始终不变的是抒情主人公温柔而坚定的爱情。这份深情是结合了每个季节最美丽的花鸟来表达的，让读者可以非常直观地感受到爱情的美丽。把相思之情写得如此美好，虽然也免不了忧伤，但即使是忧伤，也是美丽的。

诗从"忆梅"写起，却结束于海阔天空，将绵绵的相思之情，融入高远阔大的空间。这样的表达，使得通常纤弱的相思之情，在保证了深情的同时，也有了深深的高远之感，一下子使人的心境开阔了。诗起于西洲，结束于西洲；起于"忆梅"，结束于梦境。回环往复的同时，赋予了诗以梦幻之感。

这首诗，不但文字美丽，声韵也非常美丽。首先，这首诗大体上是四句一换韵，但是韵脚比较接近。其次，很多诗句的第一个字，都是前一句的最后一个字。而且，诗人并不是呆板地使用这样的手法，有的时候也是交错使用的，上一句诗中的字，会出现在下一句中，这也让诗歌读起来非常流畅。此外，还有很多叠字。这些声韵上的用心，是真正的"声情并茂"。谢朓说"好诗圆美流转如弹丸"，这首诗可谓是最佳典范。

河中之水歌

河中之水向东流,洛阳女儿名莫愁。
莫愁十三能织绮,十四采桑南陌头。
十五嫁为卢家妇,十六生儿字阿侯。
卢家兰室桂为梁,中有郁金苏合香。
头上金钗十二行,足下丝履五文章。
珊瑚挂镜烂生光,平头奴子擎履箱。
人生富贵何所望,恨不早嫁东家王。

赏析

莫愁是六朝时期备受世人宠爱的女子,一直到今天,南京还有一个莫愁湖。有关莫愁的故事不甚清楚,可是有关莫愁的诗歌却流芳千古。有人说这首诗的作者是梁武帝萧衍,只是"事出有因查无实据"——那个时期,上层社会非常喜欢民歌,但也有大量的仿作。但是《玉台新咏》《艺文类聚》均题为无名氏所作。尤其是《玉台新咏》,它的编撰者徐陵本身是梁、陈时期著名的宫廷诗人。

这首诗,以河中之水起兴,集中笔墨、不避烦琐地描写莫愁的生活。诗的前半部分集中写莫愁的人生经历:织绮、采桑、嫁人、生子,后半部分集中描写莫愁嫁入之家是如此奢华。"织绮采桑"在古代是女工的代表,用在这里象征着莫愁女德无缺,人生富贵是很多人的向往,莫愁嫁人后又第一时间生了儿子。如此看来,莫愁的一生,可谓完满。然而,诗人要写的却不是她人生的美满,而是她如河中之水东流一般无法消除的憾恨——"恨不早嫁东家王"——没有嫁给东邻姓王的意中人。

萧　纲

折杨柳

杨柳乱成丝，攀折上春时。
叶密鸟飞碍，风轻花落迟。
城高短箫发，林空画角悲。
曲中无别意，并是为相思。

赏析

　　南朝皇帝多爱文学。梁简文帝萧纲是其中的代表人物之一，也是在文学史上非议颇多的宫体诗的开创者之一。宫体诗的特色是"声色大开"。这首诗，体物细致（描写物象非常精致），描写春光的特点时，细腻如工笔花鸟，很能代表那个时期的诗歌特点。

◉ 作者简介：
萧纲，南朝梁简文帝，编选《文选》的昭明太子萧统的同母弟，因萧统早死而立为太子，是宫体诗的推动者。

沈　约

夜夜曲

河汉纵且横，北斗横复直。
星汉空如此，宁知心有忆？
孤灯暧不明，寒机晓犹织。
零泪向谁道，鸡鸣徒叹息。

◆ 赏析

　　虽然是写诗，但是用的却是"赋"的构思方法，将长夜无眠之人囊括于笔下，写出了诗中之人夜晚的寂寞与辛劳。织布是女子之事，所以应该是为天下的女子代言。开头两句写了星空的广阔，时间的流逝。夜愁人置身于这宇宙之中，是如此的渺小与微不足道，越发写出了愁怀的无法慰藉。

● 作者简介：

沈约，字休文，南朝文学家、史学家。沈氏是江南望族，但他幼时孤贫。沈约历仕南朝宋、齐、梁三代，与谢朓交好。

沈　约

伤谢朓

吏部信才杰，文锋振奇响。
调与金石谐，思逐风云上。
岂言陵霜质，忽随人事往。
尺璧尔何冤？一日同丘壤。

赏析

谢朓一代英才，被杀时不过三十六岁而已。沈约既深爱其才，又与其交情甚笃，因此写诗哀悼于他。本诗的前四句，充分肯定了谢朓的诗思与才华；而后四句，写诗人痛惜其亡，犹如尺璧埋土。

江　淹

古离别

远与君别者，乃至雁门关。
黄云蔽千里，游子何时还？
送君如昨日，檐前露已团。
不惜蕙草晚，所悲道里寒。
君在天一涯，妾身长别离。
愿一见颜色，不异琼树枝。
菟丝及水萍，所寄终不移。

赏析

诗的题目是"古离别"，写的不是自己的事情，是游子思妇的主题。从游子远行雁门关开始写起，写到秋日渐寒，不伤离别之久，但念游子衣单。又祈祷他日或可相见，游子容颜依旧。结尾以菟丝、浮萍自喻，来表达卑微而坚贞之意。

作者简介：

江淹，字文通，南朝文学家。历仕南朝宋、齐、梁三代。他最高的成就是赋，他是南朝赋的代表人物，《恨赋》《别赋》为其名篇。"江郎才尽""梦笔生花"都是和他出众的文采有关的故事。

王　融

有所思

如何有所思，而无相见时。
宿昔梦颜色，阶庭寻履綦。
高张更何已，引满终自持。
欲知忧能老，为视镜中丝。

赏析

依旧是抒发离别之情。"履綦（qí）"，足迹的意思。分别日久，相见无期。所思入梦，起寻足迹。"高张更何已，引满终自持"这两句略为含糊。"高张"既可以是书画高张，就是打开欣赏；也可以是琴弦高张，即调紧琴弦。"引满"也一样，既可以是开弓满满，也可以是高举酒杯。但是不管怎样，都是写"情人"离开之后，一个人寂寞的样子。因此，诗就结束于"欲知忧能老，为视镜中丝"，因为忧伤而憔悴。这首诗应该是朋友相思之作。其一，朋友对于古人，是非常重要的，是五伦"君臣、父子、兄弟、夫妇、朋友"之一。如果是夫妻分别之作，那么通常都是从妻子的角度抒发忠贞与幽怨。而这首诗只是写思念。

● 作者简介：
王融，字元长，南朝齐大臣、文学家，东晋宰相王导的六世孙，庐陵太守王道琰的儿子。举秀才出身，名列"竟陵八友"之一。

范　云

送沈记室夜别

桂水澄夜氛，楚山清晓云。
秋风两乡怨，秋月千里分。
寒枝宁共采，霜猿行独闻。
扪萝正忆我，折桂方思君。

赏析

沈记室，指沈约。桂水楚山，指分别之地和即将去往之地。夜别此地，晓至他乡。秋风随人，秋月遥共。"寒枝、霜猿"两句是想象路途上的场景与心情。"扪萝、折桂"两句，是说君我两相思。送别的诗，不总是凄苦的离别，也有温暖的友情。

◉ 作者简介：
范云，字彦龙，哲学家范缜从弟。南朝文学家，历仕齐、梁两朝，是当时的文坛领袖之一，与沈约、谢朓等人交好。钟嵘《诗品》中列他的诗为中品，评其诗"轻便婉转，如流风回雪"。

范　云

别　诗（其一）

洛阳城东西，长作经时别。
昔去雪如花，今来花似雪。

> **赏析**

　　抒情，能够写出情感的柔软，才是高手。这首诗虽然短小，却让人唏嘘不已。洛阳历来是重镇，一直是宦游人汇聚之地，所以，才有诗开头的两句"洛阳城东西，长作经时别"，就是说这里常常会有长期的别离。"昔去雪如花，今来花似雪"，花与雪回环之间，又见悲喜之情。与《诗经·采薇》中的名句"昔我往矣，杨柳依依。今我来思，雨雪霏霏"，各有妙境。

任 昉

出郡传舍哭范仆射（其三）

与子别几辰，经途不盈旬。
弗睹朱颜改，徒想平生人。
宁知安歌日，非君撤瑟晨①。
已矣余何叹，辍舂哀国均②。

赏析

这首诗写得很朴素，也许真挚的情感无须修饰，悲伤的情感无法修饰。自己刚刚离开京师赴任，就接到了范云辞世的消息。诗人非常遗憾自己没有见到范云最后一面，想着也许正在自己安然而歌的时候，就是他撒手人寰之际。

● 作者简介：
任昉，字彦升，南朝文学家，历仕宋、齐、梁三朝。任昉是当时首屈一指的文书作者，时称"任笔"，一时名流，咸叹服。为官颇有政绩。

---

① 撤瑟：语出《仪礼·既夕礼》，后用以称疾病危笃或死亡。
② 舂：语出《礼记·曲礼》"邻有丧，舂不相"。意思是邻居有丧事的时候，舂米不能唱歌，或者发出声音。国均：秉国之钧，语出《诗经·小雅·节南山》，指有权位的大臣。

这样强烈的对比,更因其时的无知无觉,得知消息后的后知后觉而倍感心痛。可是,即使"我"再痛苦,"我"的哀叹又算什么呢?举国上下,都因为范云的离去而伤心,非常契合范云的地位和当时的影响力。

丘　迟

侍宴乐游苑送张徐州应诏

诘旦阊阖开，驰道闻凤吹。轻荑承玉辇，细草藉龙骑。
风迟山尚响，雨息云犹积。巢空初鸟飞，荇乱新鱼戏。
实惟北门重，匪亲孰为寄？参差别念举，肃穆恩波被。
小臣信多幸，投生岂酬义？

赏析

《史记》："齐威王曰：'吾吏有黔夫者，使守徐州，则燕人祭北门。'"是说张徐州是一个能如黔夫一样镇守徐州的将军。张徐州，出守徐州的张姓刺史。

这首应诏诗，是在皇帝为即将赴任徐州刺史举行的送行宴会上写的。诗的开头的八句写皇帝亲临宴会的场景，同时也写出了宴会的环境。"实惟北门重，匪亲孰为寄"，点明即将赴任徐州刺史的人，是深得皇帝信任的能臣。结尾四句落实到送别。因为是应诏而作，故需要落实到皇恩。一则是皇

● 作者简介：

丘迟，字希范，南朝文学家，历仕齐、梁两朝。他写有《与陈伯之书》，情理俱佳，是千古名篇。钟嵘《诗品》与范云同列中品，评其诗"丘诗点缀映媚，似落花依草"。

帝为之践行，本身是恩波深厚；再则作为臣子，要表示为朝廷解忧。因此托言幸运，表示不会轻易"投生酬义"，换言之就是有能力很好地完成徐州刺史镇守边疆的使命。诗写得从容不迫，非常契合应诏之作的体制，也很好地表达了君臣之间的恩与义。

给孩子美的阅读

庾肩吾

乱后行经吴御亭

邮亭一回望，风尘千里昏。青袍异春草，白马即吴门。

獯戎鲠伊洛，杂种乱镮辕①。辇道同关塞，王城似太原②。

休明鼎尚重，秉礼国犹存③。殷牖多虽赜，尧城吏转尊④。

泣血悲东走，横戈念北奔⑤。方凭七庙略，誓雪五陵冤。

人事今如此，天道共谁论⑥？

● 作者简介：

庾肩吾，字子慎，南朝梁文学家，宫体诗的有力推动者，大诗人庾信的父亲。

---

① 獯戎鲠伊洛，杂种乱镮辕：是以厌恶的称谓，写北方来的叛军搅得天下大乱。獯（xūn）：夏代对北方少数民族的称呼，就是后来的匈奴。鲠：骨头卡在嗓子。镮（huán）辕：山名，在河南。
② 辇道同关塞，王城似太原：写京师也遭遇战乱。
③ 休明鼎尚重，秉礼国犹存：意思是天下虽乱，国祚犹存。
④ 殷牖多虽赜（zé）：是说周文王被拘而演的《周易》内涵深奥。殷牖（yǒu）：指殷商的羑（yǒu）里，今河南汤阴，是羁押周文王的监狱。尧城吏转尊：是原本卑贱之人转为尊贵，似乎暗指陈霸先。尧城：今安徽东至县境内。传说当年舜躬耕于此，尧闻其贤，千里来访，故称"尧城"。
⑤ "泣血"两句写乱后的场景。
⑥ "方凭""人事"句誓言报仇，并怀疑天道何在。

赏析

这是一首非常沉痛的诗。东吴孙权大帝,是认为"天下英雄,唯使君与操耳"的曹操视为敌手的英雄人物、守成之君。东吴在他的带领下,足以与魏、蜀鼎足而立。因此大乱之后,行经孙权留下来的御亭,诗人不免有很多感慨。"风尘千里昏"是眼中所见之景,但未尝不是国势的写照。随后以寥寥数句,就将大乱带来的灾难与乱后的国事描写得如同亲见。本诗感情沉痛,却不颓丧,有一种从灾难中重新恢复的决心与力量。

何　逊

别沈助教诗

可怜玉匣剑，复此飞舄舄①。
未觉爱生憎，忽见双成只。
一朝别笑语，万事成畴昔。
道道若波澜，人生异金石。
愿君深自爱，共念悲无益。

赏析

　　诗的开始，劈空用比喻的方式，表示离别的突然。剑本来好好地放在玉匣之中，突然如舄舄一样飞走了。"未觉爱生憎，忽见双成只"，进一步写离别的突兀。"畴昔"是"从前"的意思，"一朝别笑语，万事成畴

● 作者简介：
何逊，字仲言，南朝齐梁时期的诗人，前辈诗人沈约、范云都很欣赏他。《南史·何逊传》："逊……弱冠，州举秀才。南乡范云见其对策，大相称赏，因结忘年交。"这就是"忘年交"的来历。沈德潜《古诗源》论其诗："虽乏风骨，而情词婉转，浅语俱深。"

---

① 舄舄（xì）：仙人所穿的可以飞翔的鞋子。舄，木底鞋。古时阴雨天贵人所穿的鞋子。亦泛指鞋。

昔",“笑语"写两个人之间愉快的交流,而这些随着离别的到来都将成为过去。于是,写别后的惆怅:"道逴若波澜,人生异金石","逴"本身是"坚固,有力"之意,在这里是指路途的艰难。"道逴若波澜,人生异金石",在感叹人生短暂的同时,也含有生命脆弱的意思。这两句诗一方面感叹即将远行之人路途的艰难,一方面想到再次相会的渺茫。所以,"愿君深自爱",希望远行人多多保重,"共念悲无益",我们都要记得,悲伤是没什么用处的。这是诗人劝勉友人,也是自我勉励的话。更能体现出两人之间深厚的情意。

短短一首诗,情感写得跌宕起伏,读者若能"披文入情(顺着文章去体会诗人之情)",则很容易体会到诗人内心的激荡。

陶弘景

诏问山中何所有赋诗以答

山中何所有？岭上多白云。
只可自怡悦，不堪持赠君。

赏析

　　陶弘景不以诗名，但是这首诗却是名篇。原因就在于：一、非常契合他隐士的身份，除不卑不亢之外，还有一份洒脱；二、既回答了皇帝之问，又婉转而坚定地表达了自己志在青山白云的隐居之志，拒绝了邀他出山之请。诗能取得如此之效，与诗人选取了意象"白云"有根本的关系。白云洁白纯净，飘荡高天，又自由自在、无拘无束，是诗人最喜欢表达自由与高远之志的象征，大诗人陶渊明也有"云无心以出岫"之句。

◉ 作者简介：
陶弘景，字通明，经历南朝宋、齐、梁时期，是那时有名的隐士，为相当有影响的人物。梁武帝对其礼遇有加，朝廷有事，常常咨询于他，号称"山中宰相"。但是武帝佞佛，而陶弘景是道士，曾被迫剃度。他是著名的医药家、文学家。这里所选的，就是他回答皇帝诏问他何故不出山做官的诗。

阴　铿

江津送刘光禄不及

依然临送渚，长望倚河津。
鼓声随听绝，帆势与云邻。
泊处空余鸟，离亭已散人。
林寒正下叶，钓晚欲收纶①。
如何相背远，江汉与城闉②。

赏析

　　诗的题目就与众不同，不是"送别"，而是"送别不及"。所以，诗写的不是临别时的依依深情，而是远行人已经离开之后才赶到江边的诗人，所看到的空旷，所感到的孤寂。"如何相背远，江汉与城闉"，更是怅然：为什么越来越远呢？一个是远赴江汉，一个要回城。

● 作者简介：
阴铿，字子坚，南朝梁、陈时期的诗人，诗风与何逊相近，后人并称"阴何"。

---

① 纶：钓鱼用的线。
② 闉（yīn）：城门。

徐　陵

关山月

关山三五月，客子忆秦川。
思妇高楼上，当窗应未眠。
星旗映疏勒，云阵上祁连。
战气今如此，从军复几年？

● 赏析

"关山月"是乐府诗题，写戍边将士与闺中思妇的主题。诗的前四句分别写征夫思乡、思妇念远。第五、六句写边关战事，感叹战争的无休止。

● 作者简介：

徐陵，字孝穆，历仕南朝梁、陈两代，与庾信齐名，同为宫体诗的代表诗人，编有《玉台新咏》。

古诗词

庾　信

拟咏怀（其一）

步兵未饮酒，中散未弹琴。
索索无真气，昏昏有俗心。
涸鲋常思水，惊飞每失林。
风云能变色，松竹且悲吟。
由来不自得，何必往长岑。

◉ 作者简介：

庾信，字子山，小字兰成，是南北朝最后一位大诗人，庾肩吾之子。他幼时即随父出入宫廷，后来与徐陵一起成为宫体文学的代表作家，其文学风格被称为"徐庾体"。他累官右卫将军，封武康县侯。侯景之乱时，庾信逃往江陵，后奉命出使西魏。后梁为西魏所灭，庾信既是被强迫，又是被很受器重而一向倾慕南方文学的北朝君臣留下，官至车骑大将军、开府仪同三司。北周代魏后，更迁骠骑大将军、开府仪同三司，封侯，世称其为"庾开府"。时陈朝与北周通好，流寓人士，并许归还故国，唯有庾信与王褒不得回南方。庾信屈仕北朝，虽然官高爵显，但非其心愿。故国之思，仕虏之慨，常常使他内心痛愧交加。因此入北之后，诗歌风格有了很大的变化。杜甫形容他："庾信文章老更成，凌云健笔意纵横。""庾信平生最萧瑟，暮年诗赋动江关。"庾信成为南北诗风融合的第一人，也成为南北朝成就最高的诗人。代表作如《拟咏怀二十七首》，仿效阮籍写《咏怀》诗以抒发内心之愤懑。

赏析

避世，阮籍以酒，嵇康以琴。诗人以未饮酒、未弹琴的阮籍、嵇康自比，"无真气""有俗心"，既像枯水的鲋鱼（也就是现在的鲫鱼），也像失去了栖息之地而惊飞的鸟。如此情状，如何排遣？古人向来喜欢以山水解愁闷，但是，庾信认为风云之色变化无穷，风过竹林悲吟动心。眼前的声色变化无穷，也无须专程前往山林了。这里，似乎暗用了阮籍"恸哭穷途"的典故。

庾　信

拟咏怀（其七）

榆关断音信①，汉使绝经过。
胡笳落泪曲，羌笛断肠歌。
纤腰减束素，别泪损横波。
恨心终不歇，红颜无复多。
枯木期填海，青山望断河。

赏析

　　诗人开宗明义，身在北方，得不到故国、故乡的消息。听到胡笳、羌笛吹奏的异域之音都让他落泪断肠，因忧伤而消瘦，因流泪而眼伤。内心的憾恨永远无法停止，可是我的生命却已经来日无多。"枯木期填海，青山望断河"，填海，指精卫填海的故事。"青山望断河"引自《水经注·河水》："华、岳本一山，当河，河水过而曲行。河神巨灵手荡脚蹋，开而为两。"以此来表达回归南方的无望。

---

① 榆关：这里泛指北方。

庾　信

拟咏怀（其十八）

寻思万户侯，中夜忽然愁。琴声遍屋里，书卷满床头。
虽言梦蝴蝶，定自非庄周。残月如初月，新秋似旧秋。
露泣连珠下，萤飘碎火流。乐天乃知命，何时能不忧。

赏析

　　庾信作为当时优秀的诗人，也是有一番抱负的，也曾想过觅封侯之事，可是屈仕帝国，让他全部的抱负都化为了泡影。现在已经是夜半时分，愁绪来袭。结合下文的"虽言梦蝴蝶，定自非庄周"，可以推想这愁绪应是来自梦中，因此夜半惊醒。阮籍说他是"夜中不能寐，起坐弹鸣琴"，而庾信说"琴声遍屋里，书卷满床头"，却意味着不管是琴声，还是书卷都无法让他的心情安宁下来。庄生梦蝶，庄子自述梦中为蝴蝶，则栩栩然蝴蝶也；而醒来之后，分不清到底是庄周梦为蝴蝶，还是蝴蝶梦为庄周。以此来写出梦境与现实之间的模糊。庾信在这里反其意而用之，梦中之事，就是梦，也是诗人无法忘怀的心事。残月，每月的下弦月；新月，每月的上弦月。"残月如初月，新秋似旧秋"，时光流逝，年复一年，愁怀依旧，悲哀难遣。由此写到眼前的秋夜之景。写露水，用一个"泣"字，而且说露水如同连珠，这分明是诗人的眼泪；写流萤，用"飘"字，流萤飘荡，碎火流空，仿佛内心无法实现的愿望。诗人的忧伤无法承受,所以他劝慰自己"乐天乃知命",自己何时才能不忧伤呢?庾信乃饱学之士,诗歌中惯于用典。这首诗,融情入境,身世之慨,秋夜之色融为一片,表现得极为清雅自然。

庾　信

拟咏怀（其二十六）

萧条亭障远，凄惨风尘多。
关门临白狄，城影入黄河。
秋风别苏武，寒水送荆轲。
谁言气盖世，晨起帐中歌。

赏析

　　这首诗是典型的庾信的风格，叠用典故，高度写意，仿佛唐代以后的文人山水画，非是自然实有之山，而是画家胸中丘壑一般。亭堠是用于守望的简易建筑，堡障则是用来驻兵的小城，它们都是长城的附属建筑。开篇即写战事连绵，萧条凄怆。长城之建，是为防御北方游牧民族的入侵，"白狄"是春秋时期狄人的一支，这里指代长城所防御的来犯之敌，也是为了与下一句中的"黄河"在色彩上相对。雄伟的长城，倒映在黄河水中。"秋风别苏武，寒水送荆轲"，以李陵与归汉的苏武诀别、荆轲易水送别的典故，来隐喻自己的长留无归、伤痛绝望。所以结尾用项羽霸王别姬时的歌"力拔山兮气盖世"之典，写自己的末路穷途之慨。北方的萧瑟荒寒，战事的连绵不断，与诗人内心的绝望与不甘，融为一体。

庾　信

梅　花

当年腊月半，已觉梅花阑。
不信今春晚，俱来雪里看。
树动悬冰落，枝高出手寒。
早知觅不见，真悔著衣单。

赏析

沈德潜《古诗源》中评论说："古人咏梅，清高越俗，后人愈刻画，愈觉粘滞。古人取神，后人取形也。"这首诗以踏雪寻梅不见，来反衬对梅花的渴望，暗示梅花之美。"早知觅不见，真悔著衣单"，进一步写出渴盼与失望之情。虽无一笔描写梅花，但诗人冒着风雪来寻，已经足以调动读者去想象雪中梅花的清丽。

庾　信

寄徐陵

故人倘思我,及此平生时。
莫待山阳路,空闻吹笛悲。

赏析

这既是极悲伤的一首诗,也是极有庾信特点的一首诗。全诗短短二十字,化用了"竹林七贤"之一的向秀怀念被杀的嵇康的《思旧赋》,写他无法南归的彻骨悲伤。因为是写给故交旧友,所以他的心情毫不掩饰。伤痛之深似遗言。

庾　信

秋夜望单飞雁

失群寒雁声可怜，夜半单飞在月边。
无奈人心复有忆，今暝将渠俱不眠。

赏析

　　这首七言四句的小诗，以口头语写眼前景，语近情遥，含吐不露。首两句可谓"先声夺人"，尤其是"夜半单飞在月边"，描写的画面犹如剪影一般，刻印在读者心头。孤雁哀鸣，夜半独飞，唤起诗人深深的同情的同时，也唤起了他的伤心事，所以"今暝"（今夜）"渠"（你，这里指代孤飞的大雁），"我"和你一样都无法入眠。这失群哀鸣的夜飞雁，就是庾信的写照。

虞世南

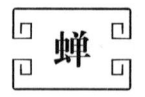

蝉

垂绥饮清露①,流响出疏桐。
居高声自远,非是藉秋风。

赏析

本诗抓住了蝉餐风饮露的习性,以及蝉的形状来写。"垂绥饮清露",见其饮露时的从容之态。餐风饮露,足以展示蝉之清高,栖于梧桐,更见其不俗。梧桐高耸,着一"疏"字,更见其枝干挺拔,且与后文中的"秋风"相互呼应。"流响出疏桐"亦得其声音之响亮及自得之态。咏物诗自然要状物言志,状物是为言志。在李商隐笔下凄厉伤心的蝉,在虞世南的笔下却是如此清华隽朗。"居高声自远,非是藉秋风",继续对蝉鸣发出议论,蝉鸣远传,并非借助秋风之力,而是因为蝉自身所处之高。沈德潜说:"咏蝉者每咏其声,此独尊其品格。"诗人的精神境界,也由蝉而见。

● 作者简介:
虞世南,字伯施,越州(今属浙江)人。历经陈隋入唐,官至秘书监,封永兴县子(爵名,正五品)。能文工书,是初唐时期的重要文人。

---

① 绥(ruí):古时帽带打结后下垂的部分。此处用来形容蝉的触须。

宋之问

送沙门弘景道俊玄奘还荆州应制

三乘归净域，万骑饯通庄。
就日离亭近，弥天别路长。
荆南旋杖钵，渭北限津梁。
何日纡真果，还来入帝乡。

赏析

沈德潜《唐诗别裁集》："弘景、道俊未详。玄奘于贞观中历西域取经归，翻译入藏。高宗敕还荆州。群僚饯之。弥天犹遥天，此僧家语。"诗人送别玄奘等人还荆州，期待着他们修成真果之后，再入帝京。诗写得中规中矩，一则契合玄奘等人的沙门身份，再则符合应制诗的格调。"就日离亭近"说明是皇帝为他们送行，很好地体现了送别之慨。

● 作者简介：
宋之问，字延清，唐汾州隰城（今山西汾阳）人，初唐时期的诗人，与沈佺期并称"沈宋"。

王　勃

滕王阁诗

滕王高阁临江渚，佩玉鸣鸾罢歌舞。
画栋朝飞南浦云，珠帘暮卷西山雨。
闲云潭影日悠悠，物换星移几度秋。
阁中帝子今何在？槛外长江空自流。

赏析

　　这首诗是王勃为滕王阁集会而作的序《滕王阁序》篇末所附录的。本诗的内容即是序文的高度概括。长江永恒，人生短暂，而雕梁画栋、气吞山河的滕王阁，也只能徒劳地空对长江，感念昔日的主人。

● 作者简介：
王勃，字子安，"初唐四杰"之首。年少才高，是当时著名的骈文作者。诗歌长于五律和五绝。《送杜少府之任蜀州》中的"海内存知己，天涯若比邻"是唐诗中脍炙人口的诗句。

刘希夷

代悲白头翁

洛阳城东桃李花，飞来飞去落谁家。
洛阳儿女惜颜色，坐见落花长叹息。
今年花落颜色改，明年花开复谁在？
已见松柏摧为薪，更闻桑田变成海。
古人无复洛城东，今人还对落花风。
年年岁岁花相似，岁岁年年人不同。
寄言全盛红颜子，应怜半死白头翁。
此翁白头真可怜，伊昔红颜美少年。
公子王孙芳树下，清歌妙舞落花前。
光禄池台文锦绣，将军楼阁画神仙。
一朝卧病无相识，三春行乐在谁边？
宛转蛾眉能几时？须臾鹤发乱如丝。
但看古来歌舞地，惟有黄昏鸟雀悲。

◉ 作者简介：
刘希夷，一名庭芝，字延之。初唐时期著名的诗人，其诗以歌行见长。

给孩子美的阅读

赏析

　　诗歌以桃李花的明媚与鲜艳比喻少年的红颜美貌,以白头翁的凄惨现状来写少年时光的短暂。诗人由此发出了凄厉的人生之问,我们应怎样对待自己的少年时光呢?而"年年岁岁花相似,岁岁年年人不同",更是因其振聋发聩,而被视为"泄露天机"的诗句。这首诗也是唐诗歌行的佳作之一。

苏味道

正月十五夜

火树银花合，星桥铁锁开。
暗尘随马去，明月逐人来。
游伎皆秾李，行歌尽落梅。
金吾不禁夜，玉漏莫相催。

赏析

　　正月十五是元宵节，是中国各种传统节日中最热闹、最喜庆，也最放松的节日之一。辛苦忙碌了一年，这是最后一个放松休息的日子，之后就要再度进入新一年的劳作当中去了。而且，这一天，也是一年之中的第一个月圆之夜。两个理由加到一起，就让这个夜晚变成了"白夜"。唐朝元宵节期间，长安城大放花灯三天，夜间也不戒严。本诗就是写这热闹喜庆的夜晚景象。唐宋时期，有关元宵节的诗词很多，苏味道的这一首，成为后人绕不过去的诗篇。"火树银花""暗尘随马""明月逐人"都成为元宵节的特有意象。诗的前两句，写元宵节的灯火辉煌，烟花灿烂。中间

● 作者简介：

　　苏味道，初唐诗人，与杜审言、崔融、李峤并称为"文章四友"，诗虽不及沈佺期、宋之问，亦是一时之选，但《正月十五夜》是传世佳作。

四句写游人之盛。其中又特别突出艳如秾李的游伎,她们边走边唱《梅花落》。这是个彻夜狂欢的夜晚,守城的金吾将军也不禁止夜行(所以护城河的桥上也挂满了灯笼而成为星桥),希望计时的玉漏不要漏得那么快。

杜审言

和晋陵陆丞早春游望

独有宦游人，偏惊物候新。
云霞出海曙，梅柳渡江春。
淑气催黄鸟，晴光转绿蘋。
忽闻歌古调，归思欲沾巾。

赏析

　　诗的开篇，如晴空霹雳。"独有宦游人，偏惊物候新"，因为身在他乡而带来的与故乡的物候对比，尤其能使人敏锐地感受到季节的微妙变化，更激发起诗人的思乡之情。中间两联以工整的对句，写出了春天的气息。尾联却陡然一转，"末二句指陆丞之诗，言陆怀归，并动己之归思也。"沈德潜如是说。不过思乡之情，却写得一波三折，动人心弦。

● 作者简介：
杜审言，字必简，初唐时期的著名诗人，与苏味道、崔融、李峤并称为"文章四友"，是大诗人杜甫的祖父，对五言律诗的发展做出了较大的贡献。

七岁女

送 兄

别路云初起,离亭叶正稀。
所嗟人异雁,不作一行归。

赏析

以云起叶飞,营造离别之境。将与兄长离别时内心的波澜寓于景物,这样,三四句的感叹才顺理成章。感叹人不如雁:大雁南飞的时候,犹能排成行,而自己却不能随兄长同去。惜别之意,憾恨之情,构思之妙,都尽显无遗。

● 作者简介:

唐如意(武则天的年号)中,有女子七岁能诗,则天令赋之,皆应声而就。其兄别之,则天令作诗送兄。

陈子昂

感遇·兰若生春夏

兰若生春夏，芊蔚何青青。
幽独空林色，朱蕤冒紫茎。
迟迟白日晚，袅袅秋风生。
岁华尽摇落，芳意竟何成？

赏析

　　这是一首非常典型的采用了"比兴"手法的诗，以芳草自喻，芬芳悱恻，极富有（国）风（离）骚之意。诗的前四句描写花的美丽，兰若是兰花和杜若，"芊蔚"是草木茂盛的样子。"青青"通"菁菁"，指草木繁茂。"幽独空林色"是说兰、若盛开，林间所有的草木都会为之失色。"朱蕤冒紫茎"是写花枝美丽。"迟迟白日晚，袅袅秋风生"则是写时光流逝，夏去秋来，秋风袅袅，万物萧条。曾经"菁菁"的兰与若，也不免摇落。宋玉《九辩》开篇："悲哉，秋之为气也！萧瑟兮草木摇落而

● 作者简介：

陈子昂，字伯玉，曾任右拾遗，世称"陈拾遗"，初唐时期杰出的大诗人，唐朝诗歌革新的先驱，对唐诗的发展有很大的贡献。他的诗，以古体诗为主。除了众口流传的《登幽州台歌》，组诗《感遇三十八首》和《蓟丘览古》等作品也是其代表作。

变衰。""空林色"的兰与若,就这样芳华凋零,芳意落空。美丽的兰、若,就是诗人的自我写照,借"芳意无成"来表达生命落空的无限悲慨。陈子昂非常渴望建功立业,可是他一生不遇。此外,这首诗形式上的特点也值得一提:形似五言律诗,实则是五言古诗。

陈子昂

感遇·林居病时久

林居病时久,水木澹孤清。
闲卧观物化①,悠悠念无生。
青春始萌达,朱火已满盈②。
徂落方自此③,感叹何时平。

赏析

沈德潜《唐诗别裁集》:"有生必化,不如无生也。况春夏交迁,凋落旋尽,能无感叹耶?"这首诗,是陈子昂久病卧床后写的。人在病弱中,难免会有很多感慨,何况陈子昂那样有抱负、也有能力建功立业的人。诗人病卧闲居,看林中清华的水木,随着季节的变化从繁盛到开始凋

---

① 物化:指万物从生到死的过程。语出《庄子》"圣人之生也天行,其死也物化"。
② 萌达:萌,直生者。语出《礼记》"季春之月,生气方盛,阳气方泄,句者毕出,萌者尽达"。朱火:夏天。化用《尔雅》"夏为朱明"。郭璞注:"气赤而光明。"
③ 徂(cú)落:凋谢;衰落。语出《羽猎赋》"万物权舆于内,徂落于外"。李善注:"徂落,犹凋落也。"

零，感叹着生命的短促：春天才开始萌生，到了夏天达到生命的鼎盛时期，之后就开始零落了。这让诗人感叹不已。事实上，诗人是从植物的春生秋萎，想到了自己的生命短暂。

张九龄

感遇·兰叶春葳蕤

兰叶春葳蕤，桂华秋皎洁。
欣欣此生意，自尔为佳节。
谁知林栖者，闻风坐相悦。
草木有本心，何求美人折？

赏析

张九龄因被李林甫和宇文融等人排挤而罢相，是唐玄宗政治的转折点。组诗《感遇十二首》就是他遭谗贬谪后所写，诗意朴素遒劲，寄慨遥深。这里所选是其中的第一首。作为古体诗，只有八句，篇幅已经是非常短小了。可是尺幅之内，波澜迭起。诗人首先全力描写兰桂的生意盎然，各有天命、各有其美。可是，波澜陡生，不相干的林栖者——也就是隐士闻风而相悦——也就是喜欢上了兰桂。但是"兰生幽谷，不以无人而不芳"，草木自有本心，兰春日葳蕤，桂秋风皎洁，是其质性如此，并非要以其芬芳而求得美人折赏。这是写兰桂，更是张九龄自身品质的写照，君子进德修业，是为完善自己，非有他求。

● 作者简介：
张九龄，字子寿，盛唐时期著名的宰相，杰出的政治家，开元盛世的缔造者之一，也是当时很有影响的诗人。《望月怀远》和《感遇十二首》都是他的代表作。

张九龄

登荆州城望江

滔滔大江水,天地相终始。
经阅几世人,复叹谁家子。
东望何悠悠,西来昼夜流。
岁月既如此,为心那不愁。

赏析

　　张九龄罢相后,曾被贬谪荆州刺史。荆州面对长江,是江汉重镇。诗人登上城楼,面对大江,不禁感慨万千。滔滔江水,与天地相始终。这就有了孔子川上之叹的意味。只有有了人,时间才有意义。所以"经阅几世人,复叹谁家子",这滔滔长江,见识过那么多的人与事,还会为谁而叹息?"东望何悠悠,西来昼夜流"两句,讲江水的无始无终,仿佛就是时间的无始无终。相比时间的长河,短暂的人生又如何能让人不生愁怀?这里是诗人以有限的生命,面对无限的宇宙时的慨叹。

张九龄

望月怀远

海上生明月,天涯共此时。
情人怨遥夜,竟夕起相思。
灭烛怜光满,披衣觉露滋。
不堪盈手赠,还寝梦佳期。

赏析

　　这首诗,是唐诗中的佳作。整首诗情感温厚绵长而清丽,纯净美好得如同那海上明月的清辉。"情人"是指有情之人,不是现在一般意义上的男女情人。

张九龄

折杨柳

纤纤折杨柳,持此寄情人。
一枝何足贵,怜是故园春。
迟景那能久,流芳不及新。
更愁征戍客,鬓老边城尘。

赏析

"折杨柳"不是送别,而为赠远。杨柳随处可见,有何可贵?因为这是故园春色。眼前的柳枝,让诗人感叹春光难久,送至远方,也将枯萎。"芳菲不及新",指看不到它新鲜美丽的样子。更让诗人感慨的,是征戍客的容颜,因为沾染了太多的边尘而衰老。诗中的深情,不仅是友情,还有诗人温厚的同情心。

张九龄

自君之出矣

自君之出矣,不复理残机。
思君如满月,夜夜减清辉。

赏析

"自君之出矣"是乐府旧题,题名取自东汉末年徐幹的《室思》诗句,《室思》第三章:"自君之出矣,明镜暗不治。思君如流水,何有穷已时。"自六朝至唐代,拟作者不少,如南朝宋时的刘裕、刘义恭、颜师伯,陈朝陈后主,隋代陈叔达等,其中唐代作者尤多,见于宋代郭茂倩的《乐府诗集》。这些拟作,不仅题名取自徐幹的诗,技法也仿照徐幹的诗。

张九龄的这一首,也同样是仿照徐幹的诗。巧妙的诗思,全从一个"满"字生出。"不复理残机",纺织是古代女性重要的工作,无法完成已经开始了的工作是因为无心于此。《古诗十九首》之"迢迢牵牛星"写别离中的织女也是"终日不成章",所以接下来就状写自己的思念。武则天有诗曰:"不信比来长下泪,开箱验取石榴裙。"以及"为伊消得人憔悴",都是古人表达思念的基本思路。在这首诗里,张九龄巧妙地借助月圆月缺的变化,不仅写出自己的思念如同满月变残月一样,日减清辉,日渐憔悴,而且也让读者能想象到这是一个皎如月光的美丽女子。

王　维

春夜竹亭赠钱少府归蓝田

夜静群动息，时闻隔林犬。
却忆山中时，人家涧西远。
羡君明发去，采蕨轻轩冕。

赏析

这是一首赠别诗。钱少府将于第二天回蓝田，王维写诗相赠。开篇十字，写出了夜晚的深寂与安然。诗人与即将离开的人回忆起山中往事，只有"人家涧西远"五个字，越发的幽静。而最后对于即将离开的朋友，王维表达了自己的羡慕："羡君明发去，采蕨轻轩冕。"友人将去过那种清幽自在的生活，而不为"轩冕"，也就是官位所束缚。沈德潜《唐诗别裁集》："五言用长易，用短难。右丞工于用短。"所以工者，语短情长，余韵不尽。

● 作者简介：
王维，字摩诘，盛唐时代的大诗人。诗风高华明朗，是盛唐气象的杰出代表人物。才华富赡，精通诗、画、音乐等。尤其擅长五言诗各体，五言绝句可与李白相提并论。苏轼评他："味摩诘之诗，诗中有画。味摩诘之画，画中有诗。"

王　维

观别者

青青杨柳陌，陌上别离人。
爱子游燕赵，高堂有老亲。
不行无可养，行去百忧新。
切切委兄弟，依依向四邻。
都门帐饮毕，从此谢宾亲。
挥泪逐前侣，含凄动征轮。
车从望不见，时时起行尘。
吾亦辞家久，看之泪满巾。

赏析

子曰："父母在不远游。"但是，谋生与侍亲，一直是一对矛盾："不行无可养，行去百忧新。"所以，"切切""依依"地拜托兄弟与四邻。这里写出了远行人的不舍、牵挂与无奈。"都门帐饮毕"，"帐饮"是古人远行时设帐饯行。行人"挥泪""含凄"上路，送行者则不忍归去，直到只能看到车行溅起的尘土。而旁观了这一切的诗人则是"吾亦辞家久，看之泪满巾"。推己及人，由人观己，写的是一次具体的人和事，叹的却是人生的无奈。

王 维

辋川闲居赠裴秀才迪

寒山转苍翠,秋水日潺湲。

倚杖柴门外,临风听暮蝉。

渡头余落日,墟里上孤烟。

复值接舆醉,狂歌五柳前[①]。

赏析

这首诗,淡淡的笔墨,描画出了夏秋之际的物候变化。寒山"转"苍翠,秋水"日"潺湲,随着时间的流逝,夏日渐远,秋意渐浓。可以想见,诗人拄着手杖,在风中听暮蝉的鸣叫,是一种怎样的心情。诗人一边聆听,一边看到渡头的落日和墟里袅袅升起的一缕孤烟。这么温暖的秋天傍晚,一切仿佛都是那么宁静。可是,这世间有楚狂接舆这样的人呀!他喝醉了,就跑到五柳居士跟前来狂歌。宁静而温暖的秋日黄昏,一下子因为这个狂人的醉歌而变得热烈起来。这就是唐诗,尤其是盛唐的诗,看似简单,却意蕴丰富。

[①] 接舆:春秋时楚国著名隐士。典出《论语·微子》"楚狂接舆歌而过孔子,曰:'凤兮凤兮!何德之衰?往者不可谏,来者犹可追。已而已而!今之从政者殆而!'孔子下,欲与之言。趋而辟之,不得与之言"。五柳:陶渊明曾写有《五柳先生传》,因此用以作为陶渊明或者隐士的代称。

王　维

归嵩山作

清川带长薄①,车马去闲闲。

流水如有意,暮禽相与还。

荒城临古渡,落日满秋山。

迢递嵩高下,归来且闭关。

赏析

　　诗人写归还嵩山的一路之上的所见所感。所谓雍容华贵,所谓娴雅,王维的这首五律就是最好的诠释。沈德潜赞叹说:"写人情物性,每在有意无意间。"

---

① 薄:草木交错曰薄。

王　维

晚春严少尹与诸公见过

松菊荒三径,图书共五车。
烹葵邀上客,看竹到贫家。
鹊乳先春草①,莺啼过落花。
自怜黄发暮②,一倍惜年华。

赏析

"松菊荒三径,图书共五车。"写自己的庭院虽寂寞,但有书香为伴。"烹葵邀上客,看竹到贫家。"葵,有不同的品种,嫩叶可食。采摘新鲜的时蔬招待客人,请他们到我这清贫的家中欣赏竹子。这两句诗,一则是表达自己待客之诚意,再则是赞美客人们气度不凡,为竹来访。这里是暗用王子猷(yóu)爱竹的典故。"鹊乳先春草,莺啼过落花"是写晚春景致,最后两句是写自己年华老大,倍感时光可贵。诗的题目是"晚春严少尹与诸公见过",就是晚春的时候,严少尹和一群同僚一起来严少尹的

---

① 鹊乳:鸟兽生子曰"乳"。
② 黄发:年老的象征。

家。诗人没有着笔于严少尹和客人之间的情意如何深挚，而是写严少尹的家境之清雅，以及客人们的雅洁。由此写出彼此之间是淡然的君子之交，不言情而情自现。

王 维

送邢桂州

铙吹喧京口,风波下洞庭。

赭圻将赤岸,击汰复扬舲①。

日落江湖白,潮来天地青。

明珠归合浦,应逐使臣星②。

赏析

这是诗人送友人赴桂州(即今广西桂林)上任的诗。诗人想象着友人的行程,从京口乘船离开,一路风波取道洞庭湖去往桂州,沿途将经过赭圻、赤岸。"日落江湖白,潮来天地青"两句,既为这艰苦的行程增添了壮丽的景致,又为诗歌增添了昂扬的情绪,这样,结尾的"明珠归合浦,应逐使臣星"才顺理成章,鼓励友人在桂州做一个关心百姓的清廉之官。诗写得含蓄而流畅,余味绵长。"日落"一联,更是王维诗中名句,写出了洞庭湖的浩瀚之势。

---

① 赭圻(zhě qí):山名,在今安徽省繁昌县西北。赤岸:山名,在今江苏省南京市六合区东南。击汰:以桨击水。扬舲(líng):快速划船前进。舲,有窗的船。
② 合浦:唐之桂州,即汉之合浦。使臣星:典出《后汉书》,意思是使者奉命出境,天上的星宿会显示他们的行踪。

王 维

江汉临泛

楚塞三湘接,荆门九派通①。
江流天地外,山色有无中。
郡邑浮前浦,波澜动远空。
襄阳好风日,留醉与山翁②。

赏析

　　这是王维五律中的名作,"江流天地外,山色有无中"一联尤其有名。诗写王维在襄阳临泛汉江的壮丽景象。开篇一联,写出了襄阳地理位置的独特性;第二联(颔联)写视野之广阔,江水好像流出了天地之外,而山色似有似无,以苍茫的山色,衬托出水势的浩瀚空阔,这是写远景;下一联(颈联)写近观,好像眼前的城郭、远处的天空,都随着江中的波

---

① 楚塞:指汉水流域,古时属于楚国边境。三湘:古诗文中,三湘泛指今洞庭湖南北、湘江一带。荆门:荆门山,在今湖北省宜都市西北的长江南岸。九派:长江的九个支流,长江在浔阳分为九个支流。
② 山翁:指山简,"竹林七贤"之一山涛的幼子,西晋将领,镇守襄阳,有政绩,好酒,每饮必醉。

涛在起伏一样,将汉江的浩渺水势进一步渲染出来。如斯壮丽,诗人用襄阳当地名人——喜欢醉酒的山简来轻轻收束,仿佛山简之醉,皆因江山之丽。典型的举重若轻。

王 维

被出济州

微官易得罪，谪去济川阴。
执政方持法，明君照此心。
闾阎河润上，井邑海云深①。
纵有归来日，各愁年鬓侵。

赏析

　　王维状元及第后，曾任大乐丞，负责管理朝廷的歌舞之事。因为伶人（古代乐人）违规舞黄狮子而获罪，贬谪济州。诗的前四句就是叙述这件事。对"执政方执法，明君照此心"一联，沈德潜评论说："亦周旋，亦愤慨。"也是在为自己获罪而鸣冤。济州在济水畔，颈联即描述其地貌，和白居易《琵琶行》中"住近湓江地低湿，黄芦苦竹绕宅生"是相同的用意，都是写贬谪之地的艰苦。尾联想象自己总有归来之日，但那时怕已是霜染鬓发。诗人对自己的前途倍感无望。

　　这首诗，与唐朝诗人，比如韩愈、柳宗元等人遭遇贬谪的诗做对比，

---

① 闾阎：里巷之意。井邑：本义是城镇、乡村，在这里是市井之意。

给孩子美的阅读

就可以看到，王维那种"晚年唯好静，万事不关心"的性格，在这个时候已经有了隐约的表现。而这样的王维，也会写"相逢意气为君饮，系马高楼垂柳边"，这才是令人感叹的盛唐之气。

王 维

冬晚对雪忆胡居士家

寒更传晓箭①,清镜览衰颜。
隔牖风惊竹,开门雪满山。
洒空深巷静,积素广庭闲。
借问袁安舍②,翛然尚闭关。

赏析

揽镜自照,唯见镜中衰颜,含蓄地写出了夜晚的清寂。随后听见风雪之声,"洒空深巷静,积素广庭闲",写景如画,是王维"诗中有画"的佳句,描绘出了雪中的清旷与寂寥。而所忆的友人胡居士,在这样的雪天,该是如东汉袁安一样的悠然闭门吧?将雪天的寒冷、清寂和友人的品质,以及诗人对友人的情意都写得意味深刻。沈德潜评论说:"写对雪意,不削而合,不绘而工。'忆胡居士',只末一见。"

① 晓箭:拂晓时漏壶中指示时刻的箭,常借指凌晨这段时间。箭,古代计时仪器漏壶中的箭标,上面刻有度数,随着漏壶里的水不断下滴,箭标上的刻度依次显露出来,依据时刻报更。
② 袁安:东汉高士。雪天太守巡行,袁安家门前积雪未除,以为他冻饿而死,打开门才发现他在家。问他为何不出门,回答说"大雪人皆饿,不宜干人"。后世遂以"袁安卧雪"为贫士清高之操的象征。

王　维

积雨辋川庄作

积雨空林烟火迟，蒸藜炊黍饷东菑。
漠漠水田飞白鹭，阴阴夏木啭黄鹂。
山中习静观朝槿，松下清斋折露葵。
野老与人争席罢，海鸥何事更相疑①。

赏析

　　王维在盛唐诗坛是一个全面发展的人物，诗歌也各体兼善，这首七律就是他的代表作之一。辋川庄在今陕西省西安市蓝田县终南山中，是王维隐居之地，他曾写过很多与之相关的诗歌。诗的前四句写辋川的田家生活。首先写积雨之后空林上的烟火，一个"迟"字写出烟火之静谧，"迟"在这里不是晚，而是"缓慢"的意思，也就是说风很小，甚至无风。烟火袅袅升起，那是因为"蒸藜炊黍饷东菑"，准备好了饭菜送到东

---

① 争席：典出《庄子·杂篇·寓言》"其（杨朱）往也，舍者迎将，其家公执席，妻执巾栉，舍者避席，炀者避灶。其反也，舍者与之争席矣"。海鸥何事更相疑：典出《列子·黄帝》"海上之人有好鸥鸟者，每旦之海上，从鸥鸟游，鸥鸟之至者百往而不止。其父曰：'吾闻鸥鸟皆从汝游，汝取来，吾玩之。'明日之海上，鸥鸟舞而不下也。"

边的田地。接下来就是对田野的描写:"漠漠水田飞白鹭,阴阴夏木啭黄鹂",广漠的水田上白鹭飞翔,夏木繁盛,黄鹂啼鸣。水田之广漠与夏木之繁茂;白鹭之飞翔与黄鹂之婉转;明亮与阴暗、动作与声音,交织出了一幅辋川烟雨图。在这宁静而充满生机的辋川,诗人的生活则是"山中习静观朝槿,松下清斋折露葵",朝观木槿,饿食露葵,过着清寂而自乐的生活。诗的尾联,野老是诗人自称,连用两个典故写出了自己淡泊自然之心。

王 维

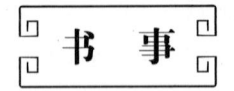

书 事

轻阴阁小雨,深院昼慵开。
坐看苍苔色,欲上人衣来。

赏析

"书事",就是即景诗的意思。"轻阴阁小雨",不是雨后初晴,而是轻阴"搁"住了小雨("阁"通"搁",停止的意思),很内敛的感觉,所以就"深院昼慵开"了。一个人独享这份清幽,心情和天色很吻合。轻阴"搁"住了小雨,可是恰恰是因为那小雨的润泽,深院里的苍苔才如此的青翠,仿佛要沾染到人的衣服上来。王维是杰出的画家,对于颜色非常敏感,也特别能注意到不同的环境里颜色的微妙变化。植物因为饱吸了水分而产生的那种饱满鲜活的绿色,特别得他的喜爱。他在《山中》也写过,"山路元无雨,空翠湿人衣。"这里也一样写出了那种微微的喜悦之情。

王　维

送沈子福归江东

杨柳渡头行客稀，罟师荡桨向临圻①。
惟有相思似春色，江南江北送君归。

赏析

　　七绝之妙，在于含蓄不尽。这首小诗，前两句在叙事，交代沈子福去江东。同时，"渡头"的杨柳，自有深意。一则是留恋，杨柳渡头，杨柳依依，不胜恋恋；再则交代季节是春天，为诗的后两句埋下伏笔。"罟师荡桨向临圻"，画面上是船行远方，实际上却是目送行者坐着船离开。所以，才有最后的神来之笔。这满眼的春色，江南江北的春色，都是"我"的思念，伴君归去。诗写得情深意长，感人至深。

---

① 罟（gǔ）师：船夫。临圻（qí）：近岸之处。圻，岸边。

孟浩然

夏日南亭怀辛大

山光忽西落,池月渐东上。
散发乘夕凉,开轩卧闲敞。
荷风送香气,竹露滴清响。
欲取鸣琴弹,恨无知音赏。
感此怀故人,终宵劳梦想。

◉ 作者简介:

孟浩然,名浩,字浩然,襄阳(今湖北襄阳)人,一生未仕,世称"孟襄阳"。他的诗与王维的诗齐名,二人常常并称为"王孟"。孟浩然多写五言诗,是唐朝山水田园诗派的代表人物。沈德潜《唐诗别裁集》载:"襄阳诗从静悟得之,故语淡而味终不薄,此诗品也。"闻一多则以他诗人的笔调,这样论述:"淡到看不见诗了,才是孟浩然真正的诗,不,说是孟浩然的诗,倒不如说是诗的孟浩然,更为准确。在许多旁人,诗是人的精华,在孟浩然,诗纵非人的糟粕,也是人的剩余。"孟浩然的一生,基本上生活在盛唐时期。这是一个充满了理想与希望的时代,整个时代的氛围是乐观向上的。然而,孟浩然虽不求仕之举,却终究一生布衣。他的诗,最可贵的不是"不才明主弃,多病故人疏"这样的感叹,而是自然山水的美好,以及这美好的自然山水与他的心灵之间的那种一致。唯有盛世,才能有如此从容的胸襟和心态来欣赏世界。

赏析

孟浩然以山水田园诗留名青史,所写诗篇,自然以风景最佳。但正如王国维所说"一切景语皆情语",景中有情,才是诗之高境。诗人在日落月出之后,轩敞乘凉。嗅到的是风过荷花带来的清香,听到的是竹叶坠露发出的清响。良辰美景,欲弹琴但知音不在,不由得怅然怀人,辗转难眠。诗写得如夏夜一般清新,让能读得懂的人都随着诗人一起,沉浸在那无边的清香与夜色之中。沈德潜《唐诗别裁集》中有句非常欣赏"荷风"一联:"荷风、竹露,佳景亦佳句也。"

孟浩然

晚泊浔阳望庐山

挂席几千里,名山都未逢。
泊舟浔阳郭,始见香炉峰。
尝读远公传,永怀尘外踪。
东林精舍近,日暮空闻钟。

赏析

"远公",东晋高僧慧远,东林寺的建立者。"挂席"就是挂帆,指行船。"浔阳",今天的江西省九江市。本诗写因对慧远的倾慕而对东林寺的向往之情。前四句,以几千里未逢名山来突显"始见香炉峰"的喜悦。"尝读远公传,永怀尘外踪"写为何向往庐山。结尾两句写出东林精舍已经近在咫尺。沈德潜《唐诗别裁集》评论说:"此天籁也,已近远公精舍,而但闻钟声,写'望'字意,悠然神远。"

孟浩然

与诸子登岘山

人事有代谢，往来成古今。
江山留胜迹，我辈复登临。
水落鱼梁浅，天寒梦泽深。
羊公碑尚在，读罢泪沾襟。

赏析

　　岘山又名"岘首山"，在今湖北襄阳以南。西晋羊祜镇守襄阳时，常与友人到岘山饮酒作诗，有过江山依旧、人世短暂的感伤。羊祜爱护百姓，襄阳百姓为纪念他，特建庙立碑，原名为"晋征南大将军羊公祜之碑"，简称"羊公碑"。每逢时节，周围的百姓都会来祭拜他，睹碑生情，莫不流泪。羊祜的继任者、西晋名臣杜预因此把它称作"堕泪碑"。孟浩然的这首诗，就是围绕着这样的历史背景而生发的感慨。

　　盛唐气象，阔大而充实。孟浩然此诗，即如此。开头四句，将已经成为过去的历史与现在紧密地联系在一起。"水落鱼梁浅，天寒梦泽深"，"鱼梁"是沙洲名，在襄阳鹿门山的沔水中。"梦泽"就是云梦湖。这一联交代了登山之所见，写出"天寒"的景象，是如此深沉，自然生发出尾联的感慨。当年羊祜感叹："自有宇宙，便有此山。由来贤达胜士，登此

给孩子美的阅读

远望如我与卿者多矣,皆湮灭无闻,使人悲伤!"羊祜颇有政绩,留名青史,与山长存。这尚在的羊公碑,仿佛见证着过往。抚今追昔,诗人无法不联想到自己的一生。然而,诗就在此处戛然而止,令人深思。

孟浩然

寻梅道士

彭泽先生柳,山阴道士鹅。
我来从所好,停策汉阴多。
重以观鱼乐,因之鼓枻歌。
崔徐迹未朽,千载揖清波。

赏析

诗歌中借一系列古代隐者的故事,来写梅道士的生活,以此见其精神。彭泽先生是陶渊明,最后一任官职是彭泽令,曾写过自传性的《五柳先生传》。山阴道士想请大书法家王羲之写《黄庭经》,可是王羲之不肯写。山阴道士得知王羲之喜欢鹅,于是就养了一批很好的鹅,王羲之听说了果然来看,山阴道士就以鹅换他写的《黄庭经》。鼓枻(yì)歌:《楚辞·渔父》:"渔父莞尔而笑,鼓枻而去,乃歌曰……"崔徐:《三国志·蜀志·诸葛亮传》:"(亮)每自比于管仲、乐毅,时人莫之许也。惟博陵崔州平、颍川徐庶元直与亮友善,谓为信然。"梅道士过着这样鹅柳相伴的生活,而诗人"我来从所好",显然与之志趣相投。清波千载,诸多隐士的故事,留给后人成为传说。

孟浩然

留别王维

寂寂竟何待,朝朝空自归。
欲寻芳草去,惜与故人违。
当路谁相假,知音世所稀。
只应守寂寞,还掩故园扉。

赏析

　　诗人与王维是好友,据《旧唐书·文苑传》记载,这首诗是孟浩然应试不第后的留别之作。盛世华年,诗人也曾想有一番作为,然而,"当路谁相假,知音世所稀",这个世界上真的懂得他、欣赏他的人实在是少之又少啊!既然如此,"只应守寂寞,还掩故园扉。"所以,寂然的等待没有结果。"欲寻芳草去",却不得不与故人即王维分别。这是诗人的遗憾,也是诗人与王维之间的深情。诗中所写,有落第后的失意怅然,有不得不与友人分别的遗憾,也有一份坚守寂寞的固执之情。

孟浩然

初出关旅亭夜坐，怀王大校书

向夕槐烟起，葱茏池馆曛①。
客中无偶坐②，关外惜离群。
烛至萤光灭，荷枯雨滴闻。
永怀芸阁友，寂寞滞扬云③。

赏析

事实上，"关"是不是潼关，于诗歌而言，并不重要。重要的是，这是诗人在路途之上写给友人王昌龄的诗。诗人在旅亭独坐，思念王昌龄。现实中的自己是这样的寂寞，滞留秘书省的王昌龄，也如同扬雄一样，壮志难酬。自己与友人，虽然处境不同，但寂寞则一。葱茏池馆，雨滴枯荷，都成为引发、见证以及抒发诗人寂寥情怀的因素。

---

① 向夕：傍晚。槐烟：槐林为暮霭所笼罩，故称槐烟。葱茏：青盛貌。曛：落日之光。
② 偶坐：对坐。
③ 芸阁：藏书处，即秘书省。《全唐诗》校："芸，一作蓬。"按，芸阁与蓬阁义同，皆指秘书省。时王昌龄为秘书省校书郎，故称"蓬阁友"或"芸阁友"。扬云：扬雄，字子云。

孟浩然

送友东归

士有不得志,栖栖吴楚间。
广陵相遇罢,彭蠡泛舟还。
樯出江中树,波连海上山。
风帆明日远,何处更追攀?

赏析

孟浩然曾经游历于广陵(即扬州),这首诗,就是他离开扬州的时候写给朋友的。彭蠡是鄱阳湖。诗中景象写得阔大豪迈,一叶风帆,在这江海之上是这样的逍遥。结句的"风帆明日远,何处更追攀?"既写出了别后不知所终,也写出了别后相忆,更写出了逍遥自在的人生。所以,虽然是惜别,但同时也有一种属于盛唐的洒脱境界。孟浩然一生未仕,但他终究是盛世的隐者,自有一番疏朗的气象。

孟浩然

早寒江上有怀

木落雁南度，北风江上寒。
我家襄水曲，遥隔楚云端。
乡泪客中尽，孤帆天际看。
迷津欲有问①，平海夕漫漫。

赏析

　　这首诗，孟浩然大约作于漫游吴越时期。孟浩然一生未仕，仕与隐的矛盾始终未曾解决。这首诗，就是客游他乡，秋日早寒，诗人迷津无渡的情怀的写照。一句"平海夕漫漫"，将那种辽阔的愁怀尽显无遗。

---

① 迷津：据《论语·微子》，孔子使子路问津，长沮、桀溺不说，反而嘲讽了孔子与子路；后世遂以问津、迷津表示人生道路的选择。

孟浩然

夜渡湘水

客舟贪利涉，暗里渡湘川。
露气闻芳杜，歌声识采莲。
榜人投岸火①，渔子宿潭烟。
行侣时相问，浔阳何处边？

赏析

　　这首诗是诗人夜渡湘江时的所见所闻。因为是夜间行船，唯有鼻嗅耳听，夜色是那样的清新美好。"岸火""潭烟"既写渔家的生活状况，也进一步摹写夜行所见之景——唯有渔火，照亮了眼前的夜色。但是诗人毕竟是在赶路行船，所以不时地打听"浔阳何处边"，到底浔阳在什么地方？还有多远呢？全诗写得淡然恬静，全无挂碍。虽急于赶路，诗中却不见焦灼。

---

① 榜人：船夫。

孟浩然

夜归鹿门歌

山寺钟鸣昼已昏,渔梁渡头争渡喧。
人随沙岸向江村,余亦乘舟归鹿门。
鹿门月照开烟树,忽到庞公栖隐处①。
岩扉松径长寂寥,惟有幽人自来去。

赏析

孟浩然最擅长写五言诗,这首七言诗,却也是佳作。诗人写自己夜归鹿门,却从黄昏渡头的喧嚣写起。白日的喧嚣随着黄昏月升而退去,仿佛舞台上的大幕拉开一样。庞公栖隐之地在月色中浮现出来,在这清幽的月色下,岩扉松径是如此寂寥,只有幽人——和庞德公一样怀有幽栖之意的孟浩然独自出现在这里。

---

① 庞公:庞德公,东汉末年襄阳人,隐居鹿门山。荆州刺史刘表曾请他做官,拒绝不久后,携妻登鹿门山采药,一去不回。

孟浩然

宿建德江

移舟泊烟渚,日暮客愁新。
野旷天低树,江清月近人。

赏析

诗中的建德即今浙江省建德市,江指钱塘江。这是一首典型的触景生情之作。天色渐晚,移舟就岸,暮霭淡荡,诗人的心中不免涌起客愁。在舟中四望,则是"野旷天低树,江清月近人",四野空旷,天宇低垂,仿佛要垂落到树上一般。江水清澈,明月初升,离人好像很近。这样的情景,让客愁新生的诗人似乎襟怀开阔了一些。

所以,在这首诗中,移舟烟渚、心怀愁绪的诗人,看见眼前的清旷之景,似乎要将他心底的惆怅徐徐吐出。

孟浩然

送杜十四之江南

荆吴相接水为乡，君去春江正渺茫。
日暮征帆何处泊？天涯一望断人肠。

赏析

唐朝人喜欢漫游四方，所以送别之作特别多，且各有深情。孟浩然的这首诗，借荆吴之地水乡的特色，写出一片春江的空蒙之感。让读者感受到远行者心底的孤单。这样，后两句的强烈的感叹就有了理由。日暮时分，孤帆何处？望天涯，断尽人肠。

给孩子美的阅读

高　适

人日寄杜二拾遗

人日题诗寄草堂，遥怜故人思故乡。
柳条弄色不忍见，梅花满枝空断肠。
身在南蕃无所预，心怀百忧复千虑。
今年人日空相忆，明年人日知何处？
一卧东山三十春，岂知书剑老风尘。
龙钟还忝二千石，愧尔东西南北人。

赏析

　　人日，农历正月初七。上元二年，杜甫居于四川成都草堂的时候，在蜀州刺史任上的高适寄给他一首诗。杜甫与高适早有交谊，安史之乱后，二人浮沉异势，各有感慨。高适既深深理解流寓成都的杜甫的心情，同时也感慨自己"身在南蕃无所预，心怀百忧复千虑"。"预"是参与朝政之意。其时安史之乱未平，国家正值多事之秋，富有文才武略的高适只能偏安一隅，因此内心颇为感慨。一方面忧虑国事，一方面身在乱世，也为个人的命运忧心。"今年人日空相忆，明

● 作者简介：
高适，字达夫、仲武，盛唐时期边塞诗人，与岑参并称"高岑"。曾任刑部侍郎、左散骑常侍、渤海县侯，世称"高常侍"，是唐朝诗人中的显达者。《燕歌行》是其代表作。

年人日知何处?"世事艰难之感尽显。结尾的四句,回首平生,壮年时曾长年渔樵隐身,如今老迈(其时高适六十岁)反而辱居刺史之位,国家多事但不能有所作为,愧对四处漂泊的友人杜甫。这既是对自己报国无路的愤慨,也是对友人境遇的深切关注。同时也可见两人情意之深——可以推心置腹。这首诗,是高适晚年的佳作。

岑　参

凉州馆中与诸判官夜集

弯弯月出挂城头，城头月出照凉州。
凉州七里十万家，胡人半解弹琵琶。
琵琶一曲肠堪断，风萧萧兮夜漫漫。
河西幕中多故人，故人别来三五春。
花门楼前见秋草，岂能贫贱相看老。
一生大笑能几回，斗酒相逢须醉倒。

赏析

凉州，今甘肃武威。诗歌开篇写凉州的异域风情，集中在月下琵琶声。琵琶声荡气回肠，令人肠断。由此又引出从军者的感慨。远离家乡、渴求功业，春秋虚度，功名难成，种种悲慨，不一而足。

● 作者简介：

岑参，盛唐时期边塞诗人，与高适并称"高岑"，两度从军边塞，先后为安西节度使高仙芝、安西北庭节度使封常清幕僚，唐代宗时官至嘉州刺史，后世称"岑嘉州"。岑参以七言歌行最为擅长。《白雪歌送武判官归京》是其代表作。

岑 参

胡笳歌送颜真卿使赴河陇

君不闻胡笳声最悲,紫髯绿眼胡人吹。
吹之一曲犹未了,愁杀楼兰征戍儿。
凉秋八月萧关道,北风吹断天山草。
昆仑山南月欲斜,胡人向月吹胡笳。
胡笳怨兮将送君,秦山遥望陇山云。
边城夜夜多愁梦,向月胡笳谁喜闻?

赏析

　　唐玄宗天宝七年（748）八月,唐代著名书法家颜真卿充河西陇右（在今陕、甘交界区域）军试覆屯交兵使,前往河西、陇右一带。临行前,当时在长安的岑参写了这首诗赠他。诗歌将胡笳的悲鸣与边塞的萧瑟融为一体,在幽怨的胡笳声中,送别颜真卿去往河陇之地。正如沈德潜所言:"只言笳声之悲,见河陇之不堪使,而惜别在言外矣。"

岑 参

高冠谷口招郑鄠

谷口来相访,空斋不见君。
涧花然暮雨,潭树暖春云。
门径稀人迹,檐峰下鹿群。
衣裳与枕席,山霭碧氛氲。

赏析

郑鄠(hù),作者友人,其时隐居在高冠谷口。诗人专程去拜访友人,却扑了个空。于是诗人就观赏起友人居处的景色来。"涧花然暮雨","然"通"燃"。经过了暮雨的洗濯,涧中之花仿佛在燃烧一般耀眼。"潭树暖春云",虽然语法上与前一句一致,但是解释起来却相对复杂。这个"暖"用得非常新颖贴切。相比冬天的云,春云要柔软轻盈得多。潭边的树长得如此茂盛,那低垂的云仿佛也因此而变得更加轻柔。总而言之,这一句是写枝繁叶茂的树与水汽氤氲的云相互映衬,而形成的那种暖暖的氛围。"门径稀人迹,檐峰下鹿群"写出友人居所的幽静以及山峦与屋宇相映衬的景象,鹿群仿佛是从屋檐下走过一样。"衣裳与枕席,山霭碧氛氲",诗人的目光由远及近,从谷口的景色,转到了友人的居所，最后落在了友人的日常之物上：衣裳、枕席都笼罩在云气之中。不过是平常山居，却写得丝毫不染世俗之气。"涧花"一联，是很能证明岑参写景功力深湛的诗句。由此可以想象出他的边塞诗为何那么出色。

岑　参

赵少尹南亭送郑侍御归东台

红亭酒瓮香，白面绣衣郎。
砌冷虫喧坐，帘疏雨到床。
钟催离兴急，弦逐醉歌长。
关树应先落，随君满鬓霜。

赏析

岑参的诗歌，善于用色。南亭送行，绣衣白面，红亭酒香，令人顿生留恋之感。中间两联写离别场景，时光短暂，别意满满。结尾想象郑侍御一路上的景象，仿佛追随着他上路一般，不言情而情自现：既体贴他路上的风霜艰难，又写出了满心的关切之情。

岑 参

山房春事

梁园日暮乱飞鸦,极目萧条三两家。
庭树不知人去尽,春来还发旧时花。

赏析

梁园,又名"兔园、竹园",西汉梁孝王刘武所建。是西汉时期的名园,占地方圆三百多里,奇山异水,宫观相连;奇树佳木,珍禽异兽具备。梁孝王曾在此设宴,一代文豪枚乘、司马相如等都应召而至。人才之盛,一时无两。所以,本诗是一首怀古之作。

曾经无比繁华的梁园,现在极目望去,所见唯有暮鸦乱飞,萧条的三两人家。唯有庭树,仿佛不知道昔日曾经在这里游玩的人都已经"去尽",春天来了,还会开出一树和旧日一样的繁花,更加令人生出今昔对比之慨。昔日桓温看到手植之树已经长到合围,曾经感叹:"树犹如此,人何以堪!"这里,一样可以引用桓温的感叹:"树犹如此,人何以堪!"只是这"不堪",与桓温之"不堪"迥异。

王昌龄

同从弟南斋玩月忆山阴崔少府

高卧南斋时，开帷月初吐。
清辉澹水木，演漾在窗户。
荏苒几盈虚，澄澄变今古。
美人清江畔，是夜越吟苦。
千里共如何，微风吹兰杜。

赏析

正如题目所说，本诗写赏月与怀人，从月色写起。月华初上，清辉澄澈，由眼前的月色，联想到月亮的盈虚，今古之变，自然转到远方清江之畔的"美人"。想象着他一个人苦吟，诗人不觉感叹"千里共如何"，相距如此遥远，能怎样呢？"微风吹兰杜"，这既是思绪转回到现实的美好场景，又写出了对"美人"，也就是友人的情谊，如这月色里兰花与杜若的芬芳一样，无法让他知晓。

● 作者简介：

王昌龄，字少伯，因曾任江宁丞、龙标尉，故世称"王江宁""王龙标"。盛唐时期著名的诗人，其边塞诗尤为著名，有"诗家天子王江宁"之誉。最擅长七绝，号称"七绝圣手"，可与李白七绝相颉颃。其诗风爽朗有力，含义不尽。

王昌龄

从军行（其五）

大漠风尘日色昏，红旗半卷出辕门。
前军夜战洮河北，已报生擒吐谷浑。

赏析

　　作为唐代杰出的边塞诗人，王昌龄的边塞诗常常显示出英雄主义的气概。这首诗写的就是一场恶战之后传来的胜利消息。"大漠风尘日色昏"，渲染出战斗之前紧张激烈的氛围；"红旗半卷出辕门"，写的是唐军将士昂扬的斗志，出征时的勇敢果决。这是由第三、四两句可以证明的，"前军夜战洮河北"，军队还没有完全投入，只是前军的夜战；"已报生擒吐谷浑"，就已经生擒了敌酋。诗歌写得如同一阵旋风一般，干净利落，充分表现了唐朝军队的英勇善战。

王昌龄

长信秋词（其四）

真成薄命久寻思，梦见君王觉后疑。
火照西宫知夜饮，分明复道奉恩时。

赏析

王昌龄的诗，除边塞诗之外，宫怨也是一大主题。《长信秋词》共有五首，这是第四首。既然是宫怨，自然是失意者的哀伤。"真成薄命久寻思"，语气中还不能接受"薄命"的事实，似乎应该是个不久之前还曾承恩的人。"梦见君王觉后疑"，梦见君王，自然是梦中重得恩宠，而醒来之后还在怀疑，真的就这么薄命失宠了吗？对第三、四两句，有不同的理解。沈德潜认为："下'分明'二字，写梦境入微。"而刘学锴等人主编的《唐诗鉴赏辞典》赏析这首诗，认为是写君王新宠奉恩。细玩诗意，我认同沈德潜的解释。梦境中分明是君王无比的恩宠，现实的冷酷就越发无法接受。曲折含蓄而又非常充分地抒发了一个失意者内心的痛苦。

张 谓

送卢举使河源

故人行役向边州，匹马今朝不少留。
长路关山何日尽？满堂丝竹为君愁。

赏析

《西域传》载："河（黄河）有两源，一出葱岭，一出于阗。"

诗的前两句叙事。故人也就是卢举，要出使边州，就是题目中的河源，单人独骑，很快就要踏上征途。路程之遥，任务之急，行程之孤单，都在这两句中交代了出来。第三、四两句转而抒发别情："长路关山何日尽"，这是对友人一路行程的牵挂与忧虑，可是既不能陪伴友人前往，也无他法可想，剩下的也就只有"满堂丝竹为君愁"了，意味着送行的人都对友人即将踏上征途充满了挂念。既写出了与友人深厚的情谊，也让读者对卢举出使的路途艰难得以更进一步了解。

● 作者简介：

张谓，字正言，河内（今河南沁阳）人。天宝进士，入封常清安西幕府，后官至礼部侍郎。《全唐诗》存诗一卷。

李 颀

登首阳山谒夷齐庙

古人已不见,乔木竟谁过。
寂寞首阳山,白云空复多。
苍苔归地骨,皓首采薇歌。
毕命无怨色,成仁其若何。
我来入遗庙,时候微清和。
落日吊山鬼,回风吹女萝。
石门正西豁,引领望黄河。
千里一飞鸟,孤光东逝波。
驱车层城路,惆怅此岩阿。

赏析

伯夷、叔齐是古代的两位圣者,这首诗写的就是诗人登上首阳山——伯夷、叔齐不食周粟、采薇而食,最后饿死的地方,拜谒夷齐庙的过程。

● 作者简介:
李颀,字、号不详,盛唐时期的著名诗人,与王维、高适、王昌龄等人皆有唱和。其诗风豪放,慷慨悲凉,边塞诗尤高。

诗人一路写来，首先是首阳山的苍翠与空寂。"古人已不见，乔木竟谁过"，山上高大的乔木，阅尽人世沧桑变化，仿佛见证着夷齐隐居首阳山以来的全部历史。寂寞的首阳山上，只有白云舒卷变幻，去而复来；这是写山上的景象，同时也不无深意。"苍苔归地骨，皓首采薇歌"，前一句继续写景，满山乔木，满空白云，满地苍苔，下一句则顺势转入夷齐之往事。由此引入感慨，就是孔子所感叹的"求仁得仁，又何怨哉"。入仁者之庙，思圣人遗言，其心若何？转而写自己入庙，"时候微清和"，天气略清明和暖，和首阳山那清寂肃穆之感非常吻合。"落日吊山鬼，回风吹女萝"，沈德潜赞叹说"二句中精灵如在"，仿佛山中的景与物都在深情忆古人。诗人站在山上，西望黄河。唯见碧空千里，一鸟高飞。"层城"乃高山的意思，结尾两句写诗人怀着无限的惆怅，驱车离开了首阳山。虽然诗人没有追溯历史，但是苍茫的历史感却溢满字里行间。正如沈德潜所言："谒夷齐庙，何容复下赞语耶？淡淡著笔，风骨最高。"

李　白

子夜吴歌·秋歌

长安一片月，万户捣衣声。
秋风吹不尽，总是玉关情。
何日平胡虏，良人罢远征？

赏析

　　李白的五言古诗，唯有四个字能形容：行云流水。"长安一片月"笼罩了"万户捣衣声"。虽然是文字，可是像电影全景镜头一样展示着：在月光笼罩之下，整个长安城的千家万户里传出捣衣声声。更妙的是这"秋风吹不尽"，连接起长安和玉关，将月下捣衣人的思念和牵挂，借着月光与秋风，传到边关，传到千年之后读诗人的心里。

● 作者简介：
李白，字太白。唐朝大诗人，中国历史上的天才诗人之一，盛唐气象的最佳典范。

李　白

关山月

明月出天山①，苍茫云海间。
长风几万里，吹度玉门关。
汉下白登道，胡窥青海湾②。
由来征战地，不见有人还。
戍客望边色，思归多苦颜。
高楼当此夜，叹息未应闲。

赏析

《关山月》本身是乐府旧题，感叹因战争而带来的离别，有非战之意。开篇四句点题，逐一交代题目中的关、山、月。然而，这四句诗真正值得赞叹的，是明月映照之下辽阔苍茫的边关大地。李白的诗，不管是怎样大跨度的时空转换，他都能信手拈来一般丝毫不费力气。而正是在这浩瀚的空间里，自古以来，就发生着接连不断的战争："汉下白登道，胡窥青海湾""由来征战地，不见有人还"，既写战争延续之久，又写伤亡之重。由此引出反战之意：

---

① 天山：祁连山。
② 汉下白登道：汉高祖率兵与匈奴交战，被困于白登山七天七夜，依靠陈平的计谋才得以解围。下，去，往的意思。青海湾：青海。

戍守边关的将士思归,高楼独居的思妇长夜无眠。写出战争带来的沉重的痛苦。这不是针对某一场战争,而是对自古以来的战争的反省,对不断遭遇战争之痛的广大的征夫思妇的深切同情。

李　白

寄东鲁二稚子

吴地桑叶绿①，吴蚕已三眠。
我家寄东鲁，谁种龟阴田②？
春事已不及，江行复茫然。
南风吹归心，飞堕酒楼前③。
楼东一株桃，枝叶拂青烟。
此树我所种，别来向三年。
桃今与楼齐，我行尚未旋。
娇女字平阳，折花倚桃边。
折花不见我，泪下如流泉。
小儿名伯禽，与姐亦齐肩。
双行桃树下，抚背复谁怜。
念此失次第，肝肠日忧煎。

---

① 吴地：今江苏一带。
② 东鲁：今山东一带。龟阴田：《左传·哀公十年》写道，"齐国归还鲁国龟阴田"；杜预注，"泰山博县北有龟山，阴田在其北也"；这里借指李白在山东的田地。
③ 酒楼：据《太平广记》记载，李白在山东居所建有酒楼。

给孩子美的阅读

裂素写远意,因之汶阳川。

赏析

说起李白,人们心目中的他,不是"谪仙",就是"酒仙""诗仙",总之是仰视赞叹的。然而,仙气满满的李白,同时也是一位父亲。也许他不是一位慈父,但是当他提笔写下他对儿女的思念的时候,也同样令人感动。这首诗,就是李白在金陵(今南京)时,思念在东鲁兖州(今山东济宁)的女儿平阳和儿子伯禽写下的诗篇。春天来了,诗人赶不及在春天回到家里,他的心却乘着春风回到了家。诗人从最能代表春天的桃树写起,这是诗人手种之桃,诗人由桃树的生长,想到自己离家之久,想到心爱的女儿平阳,想到小儿伯禽,在明媚的春光里,在灿烂的桃树旁,却没有他们思念的父亲来陪伴他们。念及此,诗人也乱了心思,倍觉煎熬。于是"裂素写远意",将自己的思念寄到汶阳之川(汶水)。"裂素",我们仿佛能通过这个撕裂素绢的动作,感受到诗人内心的煎熬。

李　白

战城南

去年战，桑干源；今年战，葱河道。
洗兵条支海上波，放马天山雪中草。
万里长征战，三军尽衰老。
匈奴以杀戮为耕作，古来唯见白骨黄沙田。
秦家筑城备胡处，汉家还有烽火燃。
烽火燃不息，征战无已时。
野战格斗死，败马号鸣向天悲。
乌鸢啄人肠，衔飞上挂枯树枝。
士卒涂草莽，将军空尔为。
乃知兵者是凶器，圣人不得已而用之。

赏析

　　《战城南》是乐府旧题，铙歌十八曲之一。本诗写战争的残酷，表达了反战之意。李白的这首诗，较之汉乐府之作描写战斗后战场的惨状，更深刻，更能令人感受到战争带来的巨大伤痛，诗人对于战争的反省也更令人警醒。古来评论家常结合盛唐史实，认为这首诗是批评天宝年间的唐玄宗轻启战端、征伐无已。此事固然有很强的现实针对性，同时更具备高度的历史概括性。正如诗中所言，"匈奴以杀戮为耕作，古来唯见白骨黄沙田"，是自古以来绵延至今的状况。末两句"兵者是凶器，圣人不得已而用之"，不是简单的反战，而是意识到了战争的不可避免，以及"圣人"要慎重用兵，因为杀戮太重。

李　白

日出入行

日出东方隈，似从地底来。

历天又入海，六龙所舍安在哉①？

其始与终古不息，人非元气，安得与之久徘徊？

草不谢荣于春风，木不怨落于秋天。

谁挥鞭策驱四运②？万物兴歇皆自然。

羲和！羲和！汝奚汨没于荒淫之波③？

鲁阳何德，驻景挥戈④？

逆道违天，矫诬实多。吾将囊括大块，浩然与溟涬同科⑤。

---

① 六龙：语出《初学记》卷一引《淮南子·天文训》："爰止羲和，爰息六螭，是谓悬车。"注曰："日乘车，驾以六龙，羲和御之。日至此而薄于虞泉，羲和至此而回六螭。"
② 四运：春夏秋冬。
③ 汨没：隐没。荒淫之波：大海。荒淫，浩瀚无际的样子。
④ 鲁阳：指鲁阳公。《淮南子·冥览训》说鲁阳公与韩构战酣，日暮，援戈而挥之，日为之反三舍。
⑤ 大块：指的是天地之间。溟涬：元气。

赏析

　　李白此诗，想象太阳的运行，质疑神话中羲和驾驭六龙御日的传说，认为时间是与元气一样无始无终的存在，以草木的春荣秋落，来揭示生命的兴歇自然。对于鲁阳驻景挥戈的传说不以为然，斥责其为"逆道违天"。然而，如果仅止于此，那么不过是一篇枯燥的有关时间的文章。李白的天才之处在于，他能以极其简练的语言，表达他的观点与感受，更重要的是，整首诗的气势，完全可以"与日月同辉"。如此，结尾的"吾将囊括大块，浩然与溟涬同科"才是这样的水到渠成。这看起来与前文的观点有些悖谬的"志向"也才能变得理所当然。这就是李白"谪仙人"的天才之处。别的诗人也许想得到，可是不一定能写出这样大跨度的时空感受。

李　白

侍从宜春苑奉诏赋龙池柳色初青听新莺百啭歌

东风已绿瀛洲草，紫殿红楼觉春好。
池南柳色半青青，萦烟嫋娜拂绮城。
垂丝百尺挂雕楹，上有好鸟相和鸣。
间关早得春风情。
春风卷入碧云去，千门万户皆春声。
是时君王在镐京，五云垂晖耀紫清。
仗出金宫随日转，天回玉辇绕花行。
始向蓬莱看舞鹤，还过茝若听新莺。
新莺飞绕上林苑，愿入箫韶杂凤笙。

赏析

　　诗的题目有两个意思，"侍从宜春苑奉诏赋"说明这是奉皇帝之命作诗，"龙池柳色初青听新莺百啭歌"是诗的内容。这个题目，就是要赞美皇宫里的春天。春天的标志，一是柳色初青，一是新莺婉转。写皇宫里的春天，除了描绘春的生机无限，还需要写出皇家的富丽气象。李白的本领，就在于他能把无趣的题目，写得非常有格调。何况，春天本身终究是美丽的，皇家的气派也是非常堂皇的，李白行云流水般地将这两种不同的美完美地融为一体。

李　白

灞陵行送别

送君灞陵亭①，灞水流浩浩。
上有无花之古树，下有伤心之春草。
我向秦人问路歧，云是王粲南登之古道②。
古道连绵走西京，紫阙落日浮云生。
正当今夕断肠处，骊歌愁绝不忍听③。

赏析

　　送别，是古典诗歌里的一大重要主题，唐诗佳作如林。诸如《送元二使安西》《别董大》《送杜少府之任蜀州》、李白自己的《送孟浩然之广陵》等，不胜枚举。相形之下，这首《灞陵行送别》则是另一种意义的精彩。长安自古以来就是名利场，无数的人在这里踌躇满志，更有无数的人从这里失意离开。春天原本该是春光明媚的，可是"无花之古树，伤心之春草"却让这个春天显得这样的悲壮。送别眼前失意的人离开长安，却勾

---

① 灞陵：汉文帝的陵寝，在今西安东郊。古时出长安东门送行之地。
② 王粲南登之古道：当年王粲离开长安，投奔荆州刘表。这是古典诗词中常用的才子失意的典故。
③ 骊歌：告别的歌。典出《汉书·王戎传》。

给孩子美的阅读

连起历史上表现才子失意的王粲下荆州的故事,让古来类似的故事从历史的尘埃中清晰地浮现出来,是一个人,更是连绵不断的一群人。从而使得结尾的"正当今夕断肠处,骊歌愁绝不忍听",有"曲终收拨当心画,四弦一声如裂帛"之效。

李　白

赠孟浩然

吾爱孟夫子，风流天下闻。
红颜弃轩冕，白首卧松云①。
醉月频中圣②，迷花不事君。
高山安可仰，徒此揖清芬。

赏析

　　李白一生的梦想，就是他在《代寿山答孟少府移文书》中说的"申管、晏之谈，谋帝王之术。奋其智能，愿为辅弼，使寰区大定，海县清一。事君之道成，荣亲之义毕，然后与陶朱、留侯，浮五湖，戏沧洲，不足为难矣"那样，成就一番大事业，功成身退。因此，对于那些隐士，他有一种天然的亲近仰慕之感。诗人孟浩然一生布衣，李白对他倾慕不已。这首诗就写出了这样的感情。诗开宗明义，表明诗人对孟浩然的倾慕。中间两联展示了孟浩然的风流清芬。他不爱仕途，月下饮酒，留恋繁花。最

---

① 红颜：少壮之时。轩冕：高官与车马的意思。白首：白头，指晚年的时候。
② 中（zhōng）圣：曹魏时徐邈喜欢喝酒，称酒清者为"圣人"，酒浊者为"贤人"。此为饮清酒而醉，故曰"中圣"。

后诗人再次表达了对他的倾慕之情。虽然是律诗，但是情深词显，出乎自然，有古诗的自然流走之势。

李　白

寄淮南友人

红颜悲旧国，青岁歇芳洲①。
不待金门诏②，空持宝剑游。
海云迷驿道，江月隐乡楼。
复作淮南客，因逢桂树留。

赏析

　　诗人写诗寄给在淮南的友人，抒发自己虚度盛世年华的悲愤。得不到赏识，无人任用，于是四处游历。海云江月，漫游之中充满了迷茫之感。终于在淮南遇到了芬芳的桂树而停留下来。诗歌写出了诗人才华不得施展的苦闷。但是迷茫与苦闷不能让他消沉，依然执着地追寻着生命中的美好。

---

① 青岁：青春。
② 金门诏：皇帝的诏书。

李　白

渡荆门送别

渡远荆门外，来从楚国游。
山随平野尽，江入大荒流。
月下飞天镜，云生结海楼。
仍怜故乡水，万里送行舟。

赏析

　　这是李白非常著名的五律诗，是他出蜀时所作。诗人写出了青年时离开蜀国，来到天高地阔的世界准备大展身手的心情。仿佛整个世界都准备好了，在等待着他的到来："山随平野尽，江入大荒流。"李白跟随着大江，走出了重峦叠嶂的蜀地，一起来到了无限宽广的世界，云与月在这里呈现出一种奇妙的场景。诗人不说自己留恋故乡，反而说是故乡的江水万里相送。诗人的天真烂漫以及他对未来的信心满怀，一览无遗。

　　下面这首诗是陈子昂写的《度荆门望楚》：

　　遥遥去巫峡，望望下章台。巴国山川尽，荆门烟雾开。城分苍野外，树断白云隈。今日狂歌客，谁知入楚来。

　　比较一下就可以明白，为什么李白是诗仙。那种大跨度的空间感受与表现，不作第二人想。

李　白

谢公亭

谢公离别处，风景每生愁。
客散青天月，山空碧水流。
池花春映日，窗竹夜鸣秋。
今古一相接，长歌怀旧游。

赏析

　　本诗为纪念宣城太守谢朓而作。谢公亭在宣城北的敬亭山，据说是当年谢朓送别范云的地方。谢朓是李白一生中最倾慕的诗人，每每提及谢朓，李白总是"一往情深"。所以，现在他到了谢朓曾经到过的地方，睹景伤怀。"谢公离别处，风景每生愁"，"生愁"就是诗的核心情感。而之所以会"生愁"，是因为这里是谢公与友人分别之处。接下来就"愁"点染。谢公不在，唯见孤月，映照空山，碧水长流，天地山川，无不寂寞。因为谢公不在，春花秋竹也不免失色。"今古一相接"，时空的阻隔在这里消失了，从谢朓到李白，几百年的时光仿佛不在，仿佛昔日是李白与谢朓在这里分别一样，所以李白"长歌怀旧游"。李白对于谢朓的怀念，李白的精神风貌，都由此得到了充分的展示。

李　白

中丞宋公以吴兵三千赴河南，军次寻阳，脱余之囚，参谋幕府，因赠之

独坐清天下①，专征出海隅。
九江皆渡虎，三郡尽还珠②。
组练明秋浦③，楼船入郢都。
风高初选将，月满欲平胡。
杀气横千里，军声动九区。
白猿惭剑术，黄石借兵符④。
戎虏行当翦，鲸鲵立可诛。

---

① 独坐：《后汉书·宣秉传》载，"光武特诏御史中丞与司隶校尉、尚书令会同并专席而坐，故京师号曰'三独坐'"。唐人因此以"独坐"作为御史中丞别名。
② 渡虎：比喻地方官治理有方，灾害不兴。事见《后汉书·宋均传》。还珠：意为为官清廉，政绩卓著。事见《后汉书·循吏传·孟尝》。
③ 组练：组甲和被练的简称。组甲，用丝绳带连缀皮革或金属的甲片。被练，古代徒兵的一种披在甲外的练（白绢）袍。
④ 白猿：传说古代善剑术的人。事见汉赵晔《吴越春秋·勾践阴谋外传》。黄石：指黄石公，授汉代张良兵法兵书的人。事见《史记·留侯世家》。

自怜非剧孟①,何以佐良图?

赏析

由于"诗仙""酒仙""谪仙人"的响亮名气,很多人想象中的李白是一个我行我素、无所顾忌的人。但是事实上,在与他人交往的时候,李白是一个心地纯真的人。他的很多作品,都足以展现出他的赤子之心。比如他的五律《宿五松山下荀媪家》,五绝《哭宣城善酿纪叟》。而这首五言排律,亦如此。

至德二载(757)秋,在御史中丞宋若思和宰相崔涣的营救下,李白被释出狱,并留宋军中参赞军务,此诗即作于此时。诗的前四句,用各种典故,赞美宋中丞为官之能。第五、六两句通过楼船、衣甲写出他治下部队的严明,侧面表明他是一个出色的统帅,同时顺势带出了军队已经开进了郢都。"风高初选将,月满欲平胡",诗的开头展现出来的那种平稳之势渐渐风起云涌。"杀气横千里,军声动九区",练兵的时候,军队的战斗力就已经得到了充分的体现。"白猿惭剑术",讲武功之精;"黄石借兵符",讲兵法之强。"戎虏",指安史乱军;"鲸鲵",有多重意思,在这里比喻凶恶的敌人,也指安史乱军。行文至此,蓄势已足。诗人自己出场了:"自怜非剧孟,何以佐良图?"

这首诗,诗人信手挥洒,从容自如,对宋中丞及其所部给予了高度肯定。这一切都在证明着宋中丞的能力与魄力,也就不动声色地表明:宋中丞之所以愿意出手援救诗人,不是因为诗人声名显赫,而是因为他懂得

---

① 剧孟:典出《史记·剧孟传》"吴楚反时,条侯为太尉,乘传车将至河南,得剧孟,喜曰:'吴楚举大事而不求孟,吾知其无能为已矣'"。

诗人乃是他进军河南、完成讨贼大业所要倚重的力量。诗人也深深地懂得这一点,所以在最后,谦虚地说,可叹"我"不是能佐良图的剧孟啊。不言谢而谢意自现,也婉转地表达了自己深深地懂得宋中丞的一片好意,不是单纯地认为诗人的境遇可怜。虽是言谢,既见其诚,又见其尊——尊重他人,尊重自己。所以沈德潜《唐诗别裁集》评论说:"诗中不多感谢脱囚,而第言己非剧孟,立言有体。"

五言排律需要对仗,李白却能写得行云流水,不负"诗仙"之名。

李　白

忆东山（其一）

不向东山久，蔷薇几度花。
白云还自散，明月落谁家。

赏析

　　李白的五绝，独步天下。众多佳作中到底选择哪一首，是个很棘手的问题。最终选择这一首，一则是因为流传相对不那么广泛（对比下《静夜思》），再则，这首看起来只有风花雪月的诗，却大有深意。谢安在历史上是一个大名鼎鼎的人物。他基本上就是各种历史演义小说中所说的那种"挽狂澜于既倒，扶大厦之将倾"的股肱重臣，支撑起了东晋的半壁江山。他所指挥的淝水之战，更是著名的以少胜多的战役，而且稳定了东晋的局势。而东山，则是谢安出山做东晋宰相之前的隐居之地。当时他名望很高，有"安石不出如苍生何"的说法。李白，非常倾慕谢安。一则是谢安的盖世功勋，再则是谢安的不恋权力，不仅在出山之前隐居东山，当他匡扶晋室，建立殊勋，受到昏君和佞臣算计时，也曾一再辞退，打算归老东山。可以说，谢安的一生正是李白所向往的人生：要建立不世之功，然后功成身退，飘然归去。李白在诗中也曾多次以谢安自比："谢公终一起，相与济苍生。"（《送裴十八图南归嵩山》）"但用东山谢安石，为君谈笑静胡沙。"(《永王东巡歌》)所以,通过这首诗,李白表达了自己的归去之志。

整首诗,是由"不向东山久"一句展开的。诗人想象着不管是蔷薇花,还是那山间的白云、明月,皆因自己的长久离开而显得如此寂寥。事实上,是诗人自己向往东山,才作如此之想。那么,是要决然归去吗？尚未实现建功立业的梦想,就此归去,似乎又辜负了白云与明月。

明月白云,天下皆有,看似泛泛而写,但是如果读过《会稽志》就知道,位于浙江省绍兴市上虞区西南的东山,山旁有蔷薇洞,相传是谢安游宴之处；山上有谢安所建的白云堂、明月堂。所以,诗中景物,皆语带双关。即使不了解这些有关东山的细节,一样会感受到李白内心对于归隐的自由生活的向往。

李　白

闻王昌龄左迁龙标遥有此寄

杨花落尽子规啼，闻道龙标过五溪①。
我寄愁心与明月，随风直到夜郎西②。

赏析

　　李白的七绝，脍炙人口的佳作特别多，唯有王昌龄可与之相提并论。这首诗，正如题目所示，写的是听闻王昌龄被贬官龙标时的心情。诗的首句写景，看起来似乎是在交代时节，可是物象的选择却大有深意。杨花落尽，仿佛是春天的消失；子规啼鸣，似乎在呼唤着"不如归去"，伤感的氛围已经酝酿得非常充分，之所以如此，是因为诗人听闻王昌龄已经过了五溪的消息。诗人的心情无法言喻，只能寄愁心与明月，随着风一直到夜郎西。这其实是在说，自己的心跟着王昌龄一起到了夜郎西。诗人寄明月，随长风，不但可以让读者非常真切地感受到诗人的焦虑心情，对友人的牵挂之深，更可以让读者感受到诗人的情感如清风明月一样纯净。

---

① 龙标：唐朝县名（现在湖南怀化一带）。五溪：今湖南西部五条溪流的总称。
② 夜郎：唐代在今贵州桐梓和湖南沅陵等地设过夜郎县。诗中指湖南的夜郎。

李　白

黄鹤楼闻笛

一为迁客去长沙，西望长安不见家。
黄鹤楼中吹玉笛，江城五月落梅花。

赏析

　　本诗写于乾元元年（758），是李白流放夜郎，途中经过武昌时游黄鹤楼所作。李白因为永王李璘事件受牵连而被流放夜郎。而"迁客""长沙"令人无法不想到汉文帝时期因为年少才高而被排挤贬谪到长沙的贾谊，"一为迁客去长沙，西望长安不见家。"诗人的口吻，让我们感受到他在迁谪的路上，回望长安而不能见时的伤感。既写出长沙与长安之间距离遥远，也写出远离长安的冤屈和不舍。正是因为怀着这样的心情，有着这样的遭遇，所以当诗人在黄鹤楼上听到笛声的时候，五月的江城，仿佛落满了梅花。历来解释这首诗的人都说是因为有《梅花落》的笛曲，诗人巧借曲名来抒发内心的情感。这样的解释固然很有道理，但却未必是正确的解释。我们换一种思路，满腹惆怅的诗人来到了黄鹤楼上，听到幽怨的笛声，内心的感情一下子借助这优美的乐声得到了宣泄，种种复杂的感受涌出，仿佛江城里满城的梅花纷纷凋落。美丽至极，也哀伤至极。

杜 甫

奉赠韦左丞丈二十二韵

纨绔不饿死，儒冠多误身。
丈人试静听，贱子请具陈。
甫昔少年日，早充观国宾。
读书破万卷，下笔如有神。
赋料扬雄敌，诗看子建亲①。
李邕求识面，王翰愿卜邻②。
自谓颇挺出，立登要路津。
致君尧舜上，再使风俗淳。
此意竟萧条，行歌非隐沦。
骑驴十三载，旅食京华春。
朝扣富儿门，暮随肥马尘。

◉ 作者简介：

杜甫，字子美，唐朝大诗人，中国历史上最伟大的诗人之一。他的诗近乎完美地呈现了儒家思想的理想主义情怀，因此，毫无争议地赢得了"诗圣"的美名。

① 扬雄：西汉文学家。子建：曹植，曹魏时期的著名诗人。
② 李邕：唐朝著名的书法家，是杜甫同时期的前辈。王翰：盛唐时期著名的边塞诗人，《凉州词》的作者。

残杯与冷炙，到处潜悲辛。

主上顷见征，欻然欲求伸。

青冥却垂翅，蹭蹬无纵鳞。

甚愧丈人厚，甚知丈人真。

每于百僚上，猥诵佳句新。

窃效贡公喜，难甘原宪贫①。

焉能心怏怏？只是走踆踆②。

今欲东入海，即将西去秦。

尚怜终南山，回首清渭滨。

常拟报一饭③，况怀辞大臣。

白鸥没浩荡，万里谁能驯？

赏析

此诗作于唐玄宗天宝七载（748），杜甫时年三十七岁，居长安。韦左丞指韦济，时任尚书省左丞。他很赏识杜甫的诗，并曾表示过关怀。天宝六载（747），唐玄宗下诏令天下有一技之长的人入京赴试，李林甫命尚书省试，对所有应试之人一概不录，并上书朝廷已经"野无遗贤"。杜甫自二十四岁在洛阳应进士试落选，到写此诗的时候已有十三年，特别

---

① 贡公：典出《汉书·王吉传》"吉与贡禹为友，世称'王阳在位，贡禹弹冠'"。杜甫说自己曾自比贡禹，并期待韦济能荐拔自己。甘：甘心，甘于。原宪：孔子的学生，因以贫穷而快乐出名。
② 踆（qūn）：时走时停的样子。
③ 常拟报一饭：韩信微贱时，曾得漂母惠饭，韩信封侯之后，报之以千金。

是到长安寻求功名也已三年，结果却是处处碰壁，素志难伸。青年时期的豪情，化为满腹的牢骚激愤，在赏识自己的韦济面前发泄出来。今存最早的杜集版本（如宋王洙本、九家注本、黄鹤补注本等）都把此诗置于第一首。虽然现在文学史家都认为这并非杜甫最早的作品，但却公认这是杜甫最早、最明确地自叙生平和理想的重要作品。

  选择这首诗，首先因为这是杜甫五言古体诗中的佳作之一。如此披肝沥胆地剖白自己的内心，是典型的"诗言志"，非常直接地上溯到《诗经》的传统。更重要的是，杜甫以其一生的行事，在践行着这首诗中所说的一切。正是因为他怀抱着"致君尧舜上，再使风俗淳"的志向，所以后来才能写出"安得广厦千万间"等一系列优秀的诗作。杜甫以其一生，做到了"人如其诗"。

杜 甫

赠卫八处士

人生不相见，动如参与商①。
今夕复何夕，共此灯烛光！
少壮能几时？鬓发各已苍。
访旧半为鬼，惊呼热中肠。
焉知二十载，重上君子堂。
昔别君未婚，儿女忽成行。
怡然敬父执，问我来何方？
问答乃未已，儿女罗酒浆。
夜雨剪春韭，新炊间黄粱。
主称会面难，一举累十觞。
十觞亦不醉，感子故意长。
明日隔山岳，世事两茫茫。

---

① 参与商：参星和商星，在天空中一东一西，一出一没，永不同时出现。

赏析

  本诗约作于唐肃宗乾元二年（759），当时安史之乱已经持续了三年多。我们应该还记得杜甫写的《春望》："白头搔更短，浑欲不胜簪。"在经过了那样的一场大动乱之后，诗人在回乡的路上，拜访了旧时的朋友卫八处士。乱世得与多年未见的故人重逢，又得其殷勤款待，诗人感慨万千，写下了这首真挚的诗。短短的一首诗，包含了非常丰富的内容：命运无常，相见不易；时光流逝，世事沧桑；故人情意，温厚绵长；相聚短暂，别后茫茫。无常的人生，因为故人的殷勤相待，而有了足以照亮黑暗的温暖和感动。

杜 甫

佳 人

绝代有佳人，幽居在空谷。自云良家子，零落依草木。
关中昔丧乱，兄弟遭杀戮。官高何足论，不得收骨肉。
世情恶衰歇，万事随转烛。夫婿轻薄儿，新人美如玉。
合昏尚知时，鸳鸯不独宿。但见新人笑，那闻旧人哭。
在山泉水清，出山泉水浊。侍婢卖珠回，牵萝补茅屋。
摘花不插发，采柏动盈掬。天寒翠袖薄，日暮倚修竹。

赏析

诗歌写一个"绝代佳人"悲伤而令人赞叹的一生。古时候，"德言容功"为妇德。绝代佳人，最直接的"容"，无缺。"自云良家子"六句，说明出身清白，无可挑剔。可是，因为遭遇丧乱，父兄被杀，家中已经没有依靠。轻薄的夫婿喜新厌旧，她被无情地抛弃了。诗写至此，都是在写这个完美的女子遭遇的悲苦，令人无限同情。但是接下来，诗歌以"在山泉水清，出山泉水浊"引出了截然不同的情绪：绝代佳人没有因为环境的巨大变化而自怨自艾。深谷幽居，本是凄凉之事，但"牵萝补茅屋"固然简陋，却也清幽；"摘花不插发，采柏动盈掬"，爱美，而不为容；"天寒翠袖薄，日暮倚修竹"，正如孔子所言："岁寒，然后知松柏之后凋也。"困境之中，犹见气节。诗人一路写来，以松柏翠竹为喻，既让我们感受到女子的可叹可敬，同时也隐然有杜甫的自况之意。正如白居易为琵琶女挥笔写下"同是天涯沦落人，相逢何必曾相识"的《琵琶行》一样，这首诗，也是遭遇困境而始终意气不衰的杜甫的写照。

杜 甫

梦李白二首

死别已吞声，生别常恻恻。
江南瘴疠地，逐客无消息。
故人入我梦，明我长相忆。
君今在罗网，何以有羽翼？
恐非平生魂，路远不可测。
魂来枫林青，魂返关塞黑。
落月满屋梁，犹疑照颜色。
水深波浪阔，无使蛟龙得。

浮云终日行，游子久不至。
三夜频梦君，情亲见君意。
告归常局促，苦道来不易。
江湖多风波，舟楫恐失坠。
出门搔白首，若负平生志。
冠盖满京华，斯人独憔悴。
孰云网恢恢，将老身反累。
千秋万岁名，寂寞身后事。

赏析

拥有李白与杜甫，本身就是古代诗坛的幸运。如闻一多先生所言，李杜的相逢就好比天上的太阳和月亮碰了头，是多么难得！更难得的是，杜甫对李白一见倾心，为之写下了很多动人的篇章。《梦李白二首》，就是李白流放夜郎的时候，杜甫挂念友人写下的诗篇。李白的乱世遭遇、历史地位，当然，还有更重要的李杜之间的情谊，诗人一一写来，时至今日，依然令人神伤、神往。

诗写梦境。第一首诗本身就仿佛梦一般，诗中的一切都似真似幻。因为其时李白被羁押流放，关于他的下落有各种传闻，杜甫牵挂不已。所以从人生最痛苦、也最无奈的死别写起，引出对被流放到瘴疠之地的李白的关切。诗中虽然有"落月满屋梁，犹疑照颜色"的诗句，然而，整首诗渲染出来的那种阴森暗淡的色调，不但没有因此被照亮，反而越发阴森了。这都是因为诗人关切的焦虑所致。

"三夜频梦君"，连续几天都梦见李白，于是诗人又写了第二首诗。诗人不说是自己放心不下李白，反而说是李白怕他挂心而频繁入梦。梦中的李白诉说着自己遭遇到的险恶，以及平生志向不得施展的怅恨之情。诗的后六句，既是对李白深切的同情和崇高的评价，也包含着诗人自己的无限感慨。清人浦起龙《读杜心解》就曾说："次章纯是迁谪之慨。为我耶？为彼耶？同声一哭！"

杜 甫

丽人行

三月三日天气新,长安水边多丽人。
态浓意远淑且真,肌理细腻骨肉匀。
绣罗衣裳照暮春,蹙金孔雀银麒麟。
头上何所有?翠微䕺叶垂鬓唇①。
背后何所见?珠压腰衱稳称身。
就中云幕椒房亲,赐名大国虢与秦。
紫驼之峰出翠釜,水精之盘行素鳞。
犀箸厌饫久未下②,鸾刀缕切空纷纶。
黄门飞鞚不动尘,御厨络绎送八珍。
箫鼓哀吟感鬼神,宾从杂遝实要津。
后来鞍马何逡巡,当轩下马入锦茵。
杨花雪落覆白蘋,青鸟飞去衔红巾。
炙手可热势绝伦,慎莫近前丞相嗔。

---

① 䕺(è):古时女子头上的发饰。
② 饫(yù):饱食。

赏析

《长恨歌》写贵妃得宠，以至于"姊妹弟兄皆列土，可怜光彩生门户"。这首《丽人行》则是写杨氏姊妹的气派与排场的。侯门深似海，平日里，这些皇亲国戚的生活，普通人看不到。诗人特别安排了三月三春游的场景。明丽的春光，衬得一众丽人越发耀眼。全诗分四个部分。前四句，总写丽人之美；第五到第十句，细致地描写了丽人华丽的服饰；第十一到第十六句，写丽人们饮食之精美丰盛，但她们因为"厌饫"而吃不下；最后的部分，写丞相杨国忠到来，"慎莫近前丞相嗔"，将杨家兄妹的气势写到极盛！盛唐时期，国事强大，物质丰富，上层贵族的生活更是奢华。这首诗，既写奢华之丽，又讽权势之盛。诗人纯以赋笔叙写，不下一句断语，反而更见其意味深长。

杜 甫

悲陈陶

孟冬十郡良家子,血作陈陶泽中水。
野旷天清无战声,四万义军同日死。
群胡归来血洗箭,仍唱胡歌饮都市。
都人回面向北啼,日夜更望官军至。

赏析

　　唐肃宗至德元载(756)冬,房琯率领唐军与安史叛军在咸阳东的陈陶作战,唐军四五万人几乎全军覆没。诗人为此悲歌。前四句写陈陶战事之惨。第五、六两句写叛军之骄横。结尾写长安父老盼望朝廷收复长安。诗人恨胡虏、伤官军、惜百姓、忧国事,种种感慨,皆寓于诗中,正所谓"沉郁顿挫"。唯其感情丰厚,故悲歌慷慨而不颓丧。

杜甫

哀江头

少陵野老吞声哭,春日潜行曲江曲。
江头宫殿锁千门,细柳新蒲为谁绿?
忆昔霓旌下南苑,苑中万物生颜色。
昭阳殿里第一人,同辇随君侍君侧。
辇前才人带弓箭,白马嚼啮黄金勒。
翻身向天仰射云,一笑正坠双飞翼。
明眸皓齿今何在?血污游魂归不得!
清渭东流剑阁深,去住彼此无消息。
人生有情泪沾臆,江水江花岂终极!
黄昏胡骑尘满城,欲往城南望城北。

赏析

　　杨贵妃,是代表盛唐的人物之一。她的美,是能代表盛唐的美,而她的死,更是大唐盛世结束的标志。哀贵妃,也是哀悼逝去的盛世繁华。诗以"少陵野老吞声哭"开篇,写出了那种无法掩藏却又无法宣泄的痛苦。诗人面对着今日寂寥的宫殿,回想着昔日唐明皇带着杨贵妃在这里游幸的场景。以"一笑正坠双飞翼",宛如蒙太奇镜头一般,衔接起昔日的繁华和惊天动地的变乱。最繁华与最乱世,毫无征兆地衔接在一起,最恩爱最炫耀的帝妃,转眼间生死永隔。诗人心中万千感慨,见证过滔滔的江水依旧东流不尽,本是都城的长安,现在到处都是胡人的兵马,诗人的内心是如此的茫然,以致欲向城南却走向了城北。杜甫的诗,号称"诗史",就在于其记录下了历史大事件中的小人物的精神状态。这首诗,是表达杜甫自己遭逢乱世的情怀。从中既能体会到杜甫的悃诚之心,又可见其伤痛之意。

古诗词

杜 甫

瘦马行

东郊瘦马使我伤,骨骼硉兀如堵墙①。
绊之欲动转欹侧,此岂有意仍腾骧。
细看六印带官字,众道三军遗路旁。
皮干剥落杂泥滓,毛暗萧条连雪霜。
去岁奔波逐馀寇,骅骝不惯不得将。
士卒多骑内厩马,惆怅恐是病乘黄。
当时历块误一蹶,委弃非汝能周防。
见人惨澹若哀诉,失主错莫无晶光。
天寒远放雁为伴,日暮不收乌啄疮。
谁家且养愿终惠,更试明年春草长。

赏析

马,在古代,是人类的挚友,更以其日行千里之能,而成为仁人志士的象征。所以古来吟咏马的诗篇甚多,也多有寓意。这首诗,描写一匹被将士遗弃的战马的凄凉之状。正如壮士落魄一样,虽然境遇凄凉,但依然

---

① 硉(lù)兀:高耸突出的样子。

有"腾骧"之志。诗的最后,诗人期盼有善良之人愿意收养这匹瘦马,待明年草长马肥,更试其才,必有可观。诗作于诗人被贬官期间,这首诗,伤马,未必不是杜甫自伤。

杜　甫

忆昔二首（其二）

忆昔开元全盛日，小邑犹藏万家室。
稻米流脂粟米白，公私仓廪俱丰实。
九州道路无豺虎，远行不劳吉日出。
齐纨鲁缟车班班，男耕女桑不相失。
宫中圣人奏云门，天下朋友皆胶漆。
百馀年间未灾变，叔孙礼乐萧何律。
岂闻一绢直万钱，有田种谷今流血。
洛阳宫殿烧焚尽，宗庙新除狐兔穴。
伤心不忍问耆旧，复恐初从乱离说。
小臣鲁钝无所能，朝廷记识蒙禄秩。
周宣中兴望我皇，洒血江汉长衰疾。

赏析

杜甫是最爱追忆开元盛世的诗人，不唯追忆，更思复兴。昔日之繁华，因为曾经亲历，所以眼前的山河残破，更不忍目睹。诗人抚今追昔，期盼，也更是鼓励当时的皇帝代宗能如周宣王一样，复兴往日的荣光。

杜　甫

房兵曹胡马

胡马大宛名，锋棱瘦骨成。
竹批双耳峻，风入四蹄轻。
所向无空阔，真堪托死生。
骁腾有如此，万里可横行。

赏析

　　这是一首咏马的诗。咏物诗总是要托物言志，好与坏，就取决于所咏之物与所言之志之间的内在联系是否紧密、自然。一匹马的好，在于其速度和耐力，所谓"日行千里"。而这能力，是在其身姿上就可以体现出来的，所以才有九方皋相马，不辨牝牡骊黄的故事。"胡马大宛名，锋棱瘦骨成"，大宛是出天马的地方，诗人强调这匹马出自大宛，骨相锋棱。"竹批双耳峻"，特写马的耳朵，同时也能让我们深刻感受到马的精力十足。"风入四蹄轻"，这自然是马奔跑起来的感受，仿佛有风托起马蹄一般轻盈快捷。如此良马，诗人化用刘备马跃檀溪的故事，写这是一匹可以生死相托的骏马。在它的眼中，没有空阔之处，却皆可轻轻越过。横行万里，也就是轻易之事了。写的是骏马，但是其中显然已经融入了堪称骏马的知己同道的杜甫的精神世界。这是杜甫早年的诗。那个时候，杜甫和盛唐时期的其他诗人一样，内心充满了理想主义的情怀。他的沉郁顿挫的诗风，到后来历经磨难之后才充分地显示出来。

杜 甫

夜宴左氏庄

林风纤月落,衣露净琴张。
暗水流花径,春星带草堂。
检书烧烛短,看剑引杯长。
诗罢闻吴咏,扁舟意不忘。

赏析

杜甫的诗,向来以"沉郁顿挫"著称。然而,集大成的杜甫,其他风格的作品也写得非常出色。这首诗,就是他清丽诗风的代表作,当然,依然有"沉郁顿挫"的底色在。

春天的夜晚,那种骀荡的温馨,足以使所有的人心生温柔。诗的前四句,所描写的春夜景色就是如此。夜色温柔,夜宴本身也令人迷醉。秉烛检书,引杯看剑,尽显主雅客清。尾联一句,杜甫抒发自我感受,又将诗境从眼前引入广阔的世界。仇兆鳌《杜诗详注》说:"时地景物,重叠铺叙,却浑然不见痕迹,而其逐联递接,八句总如一句,俱从'夜宴'二字摹写尽情。"

杜 甫

春日忆李白

白也诗无敌,飘然思不群。
清新庾开府,俊逸鲍参军。
渭北春天树,江东日暮云。
何时一樽酒,重与细论文?

赏析

　　杜甫一生对李白无限钦佩,写过很多关于李白的诗篇。这首诗是天宝年间杜甫在长安的时候写的。诗从李白飘然的诗歌写起。前四句是对李白诗歌成就的热烈赞美。首先非常肯定李白"诗无敌",又以南北朝时期的著名诗人庾信和鲍照的诗来赞美李白诗歌的清新俊逸,抓住了李白诗歌的特点。赞美的真谛在于发自内心,杜甫对李白的诗歌就是如此。"渭北"一联,沈德潜说:"少陵在渭北,太白在江东,写景而离情自见。"春树朦胧,暮云暧暧,写景、状心,虽然远隔千山万水,但彼此的思念却借助这春树暮云而融为一体。尾联的"何时一樽酒,重与细论文",一方面见证了两个人之间的情意深厚,另一方面也是让我们体会到杜甫与李白的交谊真是"棋逢对手,将遇良才"。正因为堪与匹敌,赞美才最有价值,友情也才难能可贵。

杜 甫

春宿左省

花隐掖垣暮，啾啾栖鸟过。
星临万户动，月傍九霄多。
不寝听金钥，因风想玉珂。
明朝有封事，数问夜如何。

赏析

至德二载九月，唐军收复了被安史叛军控制的京师长安，十月，肃宗还京，杜甫从鄜州还京，仍任左拾遗，掌供奉讽谏，大事廷诤，小事上封事。封事就是密封的奏疏。这首诗，作于乾元元年。题目中的"宿"，意为值夜。"左省"是左拾遗所属的门下省，因在殿庑之东，故称"左省"。诗写他在有封事的前夜在左省值夜的心情。这种心情首先是透过左省的夜色传递出来。"花隐掖垣暮，啾啾栖鸟过"，掖垣是左掖（即左省）的矮墙，交代了值夜的地点。掖垣旁盛开的花在暮色中渐渐隐去，归巢的鸟啾啾飞鸣而过。这是春天令人沉醉的傍晚，仿佛空气中都散发着花香。"星临万户动，月傍九霄多"写星月交辉的夜晚，宫殿巍峨清丽的景象，帝居高远的意味自然蕴含其中。"不寝听金钥，因风想玉珂"，金钥是金锁，玉珂是马铃。晚上睡不着，侧耳听听是不是宫殿的门开了。风吹檐铁，也以为是大臣上朝的马铃声响。这一联，继续展现皇家富贵气象的同时，因为是虚写想象中的场景，又格外的空灵。诗的最后两句则明确地交代，因为明天早朝有封事，所以，屡次问到夜间的什么时候了。把诗人寝卧不安的样子刻画得非常鲜明，诗人对于国事的忠敬之情也尽在其中。

杜　甫

月夜忆舍弟

戍鼓断人行，边秋一雁声。
露从今夜白，月是故乡明。
有弟皆分散，无家问死生。
寄书长不达，况乃未休兵。

赏析

　　这首诗是乾元二年杜甫在秦州所作。其时史思明引兵南下，攻陷汴州，西进洛阳，山东、河南皆陷于战乱。当时杜甫的几个弟弟正分散在这一带，音信不通。杜甫挂念同胞，写下了这首诗。

　　"戍鼓断人行"见战乱之烈，"边秋一雁声"写环境凄凉，"露从今夜白"写天气转寒，"月是故乡明"见思念凝聚，"有弟皆分散"见骨肉分离，"无家问死生"见生死不知，"寄书长不达"见音信难得，"况乃未休兵"见离乱之痛。整首诗，就是以一家骨肉分离来解释为什么"烽火连三月，家书抵万金"，既写出兄弟间的骨肉之情，又见到离乱中百姓遭际之一端。

杜　甫

捣　衣

亦知戍不返，秋至拭清砧。
已近苦寒月，况经长别心。
宁辞捣衣倦，一寄塞垣深。
用尽闺中力，君听空外音。

赏析

沈德潜评这首诗说："通首代戍妇之辞，一气旋折，全以神行。"诗中抒发的是戍妇对征夫的思念与牵挂。秋天是准备寒衣的季节，可是这个秋天，却变得很特别，因为知道"戍不返"，这意味着什么？杜甫在《新婚别》中曾说："君今往死地，沉痛迫中肠。"这里是一样的意思。别离日久，况近苦寒，把所有对征夫的思念，都寄托在捣衣上。用尽自己的力气去捣衣，希望那远在塞垣深处的人能听到这声音，感受到家人对他的牵挂和思念。

这是一首非常深情，同时也非常沉痛的诗。类似的诗篇，有中晚唐诗人陈陶所写的："可怜无定河边骨，犹是春闺梦里人。"那写的是生死相隔，闺中人不知所思念的人已经离去。而这首诗，是活着的人心中怀着死别的心情，为生死不知的人准备寒衣。

杜 甫

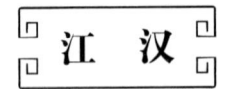

江 汉

江汉思归客,乾坤一腐儒。
片云天共远,永夜月同孤。
落日心犹壮,秋风病欲苏。
古来存老马,不必取长途。

赏析

代宗大历三年(769),杜甫自夔州出峡,流寓湖北江陵、公安等地。北归无望,生计日蹙,境遇非常窘迫。诗歌抒发了他此时的心怀,即诗中所谓"落日心犹壮",诗人的自述是最好的解读。"江汉"就是长江与汉水。开篇两句,是诗人的自我认知——"我"这个流落在江汉的思归客,不过是乾坤间的一个腐儒。"腐儒"之"腐",乃是"许身一何愚,窃比稷与契",是"葵藿倾太阳,物性固莫夺",是即使经历了很多的漂泊流离,但始终不改的赤诚之心。所以,是自谦,也是自诩。如此,才能理解接下来所写的景与情。"片云天共远,永夜月同孤"两句,既高且远,孤独,然而皎洁。"落日"是"暮年"之喻,犹见诗人之心老而赤诚。秋风吹拂,病体仿佛也要痊愈了。诗的结尾,活用"老马识途"之典,表示自己还有一点经验、一点智慧,表达了强烈的老骥伏枥之心、铅刀贵一割之意。

杜 甫

旅夜书怀

细草微风岸,危樯独夜舟。
星垂平野阔,月涌大江流。
名岂文章著,官应老病休。
飘飘何所似,天地一沙鸥。

赏析

这首诗约作于唐代宗永泰元年(765),杜甫在离开成都草堂,乘船东下,途经渝州(重庆)、忠州一带的时候所写。

诗的前四句是写景,写旅途夜色。微风细草,孤帆一片,这是眼前景;"星垂平野阔,月涌大江流"是唐诗中广为传诵的名句,星空低垂,平野辽阔,大江奔流,波涌月出,这是远景。远与近相互映衬,一个静谧而朗阔的旅途之夜就呈现在读者的眼中和心中。微风细草,仿佛是诗人的自我写照;星月在天,引导着诗人心向高远。

后四句抒怀。沈德潜曾论:"胸怀经济,故云名岂以文章而著;官以论事罢,而云老病应休,立言之妙如此。"这是在解释,杜甫志在兼济天下,谁知却只能以诗著称;罢官是因为上书挽救房琯,却说因老病而休。表达出诗人温厚之心的同时,还有对命运的无奈之感。"飘飘何所似,天地一沙鸥",天与地之间,如此辽阔,一只沙鸥飘零。这看似悲慨,可是,天与地之间,如此辽阔,一只沙鸥"飘飘",又何尝没有一种与天地同在的气度?

杜甫的诗,不是没有自我感伤。然而,若仅仅止于自我感伤,杜甫也就不是杜甫了。他的内心中,那种背负时代与民族命运的自我期许,总是能让他从一己的悲欢中超拔出来,升华到另一种境界。这首五律,就是这种襟怀的表达。因为有此胸襟,所以在江湖漂泊中,才能写出"星垂平野阔,月涌大江流"这样气势十足的诗篇。

杜 甫

熟食日示宗文、宗武

消渴游江汉，羁栖尚甲兵。
几年逢熟食，万里逼清明。
松柏邛山路，风花白帝城。
汝曹催我老，回首泪纵横。

赏析

这是杜甫流寓夔州时期的诗歌。"熟食日"是寒食节的别称，"宗文、宗武"是杜甫的儿子。"消渴"是消耗性的疾病，"羁栖"是淹留他乡的意思。老病、战乱，羁留他乡，在这样的情况下，又到了寒食节。这本应该是扫墓祭祖的日子，可是诗人却滞留他乡，不得归去，所以说"万里逼清明"。诗人内心万千感慨，化为这样的两句诗"松柏邛山路，风花白帝城"。诗人先茔在洛阳，清明不能祭扫，故有此。故乡先人的坟茔，与此刻滞留的他乡白帝城的风花形成奇妙的画面组合，将诗人的各种不得已之情尽显。不得祭扫先人，看着自己的儿子，想到自己也已经日渐衰老，不免老泪纵横。浦起龙《读杜心解》说"公此际心头，追前慨后，无一样恶怀不转到"，可谓善读。

杜　甫

子　规

峡里云安县，江楼翼瓦齐。
两边山木合，终日子规啼。
眇眇春风见，萧萧夜色凄。
客愁那听此，故作傍人低。

赏析

"子规"，即杜鹃。子规啼鸣哀切，仿佛在说"不如归去"。这首诗，题目虽然是《子规》，但却不是咏物诗，而是咏叹听到子规的啼鸣后的感受。诗人首先描写的是环境，云安古镇在长江支流汤溪河畔，今属于三峡库区，城镇沿江而建。峡江高耸，江楼飞檐，古木参天，阴翳蔽日。在这样的环境里，滞留他乡的诗人终日听到子规的啼鸣，内心自然有很多感慨。"眇眇春风见，萧萧夜色凄"，"眇眇"，风吹动的样子；"萧萧"，冷落凄清的样子。这两句是写春天的动人景色，美丽而又哀伤。在这样的环境中，客愁之人哪里受得了杜鹃的哀鸣？假装低下了头，来掩饰内心的悲伤。

杜甫在四川躲避战乱，但是内心无时不想归乡。曾写下著名的七律组诗《秋兴八首》，抒发其"每依南斗望京华"的感情。怀抱着如此心情的诗人，听到杜鹃的声声啼鸣，挥笔写下了这首诗。

杜甫

喜观即到复题短篇（其一）

巫峡千山暗，终南万里春。
病中吾见弟，书到汝为人。
意答儿童问，来经战伐新。
泊船悲喜后，款款话归秦。

赏析

本诗是代宗大历二年（767）暮春，杜甫在夔州（今重庆奉节）作。在此之前，作"得舍弟观书，自中都已达江陵。今兹暮春月末，行李合到夔州，悲喜相兼，团圆可待，赋诗即事，情见乎词"。这里说"复题"，是作了前一首，意犹未尽，再作一首。"观"是诗人之弟杜观，"即到"是很快就到了。安史之乱使诗人与兄弟分离，音信不通。现在不仅接到了弟弟的信，而且相见在即，诗人内心的激动难以言表，所以一再题咏。这里二首选其一。

诗的开篇，想象着弟弟一路的行程。从万里春色的终南山（即长安之南），来到这千山蔽日的巫峡。诗人在病中能够见到弟弟，喜悦之情溢以言表。"书到汝为人"补足其惊喜：长时间战乱，音信不通，接到弟弟的书信，才知道他依然活着。"意答儿童问"是说一边看信一边回答儿子们的各种问题。"来经战伐新"意指信中说一路经过战场才能到达四川。诗人不避烦琐地写接到信后的琐事,将那种喜悦和激动的心情充分地表现出来。最后,诗人想象弟弟到达之后的各种悲喜,以及最重要的,可以从容地谈论诗人心心念念地回归长安的事情。

这首诗,重点在于诗人以五律这样简短的形式,却抒发出如此丰富复杂的感情。诗人叙事之简洁,语言驾驭能力之高超,当然,最重要的是诗人心底感情的深厚与丰富,都在这首诗中得到了充分的证明。

杜 甫

登岳阳楼

昔闻洞庭水,今上岳阳楼。
吴楚东南坼,乾坤日夜浮。
亲朋无一字,老病有孤舟。
戎马关山北,凭轩涕泗流。

赏析

　　这是杜甫于代宗大历三年写的诗。其时诗人一家人孤舟飘零,贫病交加,处境艰难,想北归而不得。另外,北方吐蕃的军队正在肆虐,诗人伤时念乱,写下了这首沉郁顿挫的诗。洞庭湖的浩瀚无边、吞吐乾坤,与杜甫的赤诚忠悃、心系天下相互映衬,极渺小的个人才能和极浩大的湖泊完美结合,赋予了诗歌深沉厚重的情感力量。

杜 甫

和裴迪登蜀州东亭送客逢早梅相忆见寄

东阁官梅动诗兴，还如何逊在扬州①。
此时对雪遥相忆，送客逢春可自由②？
幸不折来伤岁暮，若为看去乱乡愁。
江边一树垂垂发，朝夕催人自白头。

赏析

  裴迪在蜀州东亭送客，看到早开的梅花，写诗寄给了杜甫。上面这首诗是杜甫写给裴迪的。开篇两句想象裴迪看到官府里的梅花盛开，像在扬州的何逊一样动了诗兴，写下了诗篇。又想象裴迪对雪相忆，送客逢春的场景，如何能不油然而生对"我"的思念？"可自由"就是说情不自禁，触景伤怀，是表达对裴迪彼时心境的诸多体贴和谢意。古来思人，有折梅赠远之俗。但是诗人宽慰友人："幸不折来伤岁暮，若为看去乱乡愁"。幸好你没有折梅相赠，不然我一定会因为岁暮而伤感，何苦要看着梅花，让本来就浓重的乡愁变得更加凌乱呢！裴迪是关中人，此时和杜甫一样流

---

① 何逊在扬州：南朝梁诗人何逊，在扬州见梅花盛开，作有《咏早梅》诗。
② 春：指早梅。

落四川，其时安史之乱未定，难免思念故乡，故诗人有此一言。诗的最后，诗人转写自己草堂江边的梅花盛开，"江边一树垂垂发，朝夕催人自白头"，"垂垂发"是梅花盛开、繁花满枝头的样子。早梅开于春前，更容易引起人光阴流逝之慨。伤时念乱，常思京华的杜甫，更于这盛开的梅花上凝聚了千头万绪的愁怀，仿佛是盛开的梅花催得人白头一样。

这首诗急促的节奏，也很好地表现了诗人复杂而激荡的情怀。这本是抒情之作，然而历来被视为咏梅名篇。因为句句咏梅之中，蕴含了诗人无限的情思。

杜　甫

咏怀古迹五首

这是一组七律诗。杜甫最有名、排列最严格的七律组诗是《秋兴八首》，首与首之间连贯成章。而这一组诗，彼此之间没有那么深刻的内在联系，最主要的当然是因为这些古迹集中在夔州三峡一带，写作时间相近而成为一组。

我们应该看到，诗的第一首咏怀庾信故居，其实基本上是诗人夫子自道。本身在所咏怀的人物中，庾信年代最晚，然而却置于首位，事实上是诗人感叹时事艰难，感叹自己的江湖飘零。其他四人，则以时间为序排列。而第四、五首诗，分别咏刘备与诸葛亮，咏刘备的诗，是五首诗中较多描写古迹的，并以"一体君臣祭祀同"结尾，而第五首就诸葛亮一生业绩大发议论，唯有"宗臣遗像肃清高"一句半带描述。可以说，咏刘备是咏诸葛亮的前奏。因此这两首诗的顺序也调换不得。由此，我们可以看到杜甫对七律这种形式的运用自如和重视。其他的诗人，类似的组诗都是用五古的形式来写的。

其一

支离东北风尘际，漂泊西南天地间。
三峡楼台淹日月，五溪衣服共云山。

羯胡事主终无赖，词客哀时且未还。

庾信平生最萧瑟，暮年诗赋动江关。

赏析

  这首诗所咏的是庾信。如果说，李白最崇拜的诗人是谢朓，那么，对杜甫来说，具有如此意义的诗人就是庾信。杜甫，尤其是晚年的杜甫，对于庾信，会有更深刻的认同，不管是在个人遭遇方面，还是诗歌创作方面。这首诗，开篇写自己的遭遇。"支离""漂泊"是自安史之乱爆发以来诗人生活的写照。"东北"指他入蜀之前的颠沛，"西南"是他入蜀之后的流离。"三峡楼台淹日月，五溪衣服共云山。"两句则是他目前处境的写照。居住在夔州，此地山高峡耸，房屋依山而建，仿佛遮蔽了日月一般，当地百姓多为五溪部族，衣绣五彩居住在山峦之上。颈联追溯漂泊之因。这是在咏自己，同时也是在咏庾信。庾信遭遇侯景之乱，后又被迫屈仕敌国，不能还乡。杜甫遭遇安史之乱，滞留蜀地，也无法回到内地。诗的尾联，也是这首诗的情感的高潮，"庾信平生最萧瑟，暮年诗赋动江关"，"动江关"即山川为之变色。庾信晚年，也就是他屈仕北朝之后，诗赋大进，终于成为南北朝诗之集大成者。其中的根源就是强烈的家国之慨。这与杜甫入蜀之后的诗歌成就类似，可以相互媲美。所以，诗人是在咏怀庾信，更是在咏怀自己。

其二

摇落深知宋玉悲,风流儒雅亦吾师。
怅望千秋一洒泪,萧条异代不同时。
江山故宅空文藻,云雨荒台岂梦思。
最是楚宫俱泯灭,舟人指点到今疑。

赏析

　　这首诗咏宋玉。"摇落"是宋玉的名篇《九辩》的主题。"悲哉,秋之为气也!萧瑟兮草木摇落而变衰。"成为后世文学悲秋的最早也最经典的表现。诗人对宋玉怀着深切的同情和理解,因此说"摇落深知宋玉悲",他能体会到宋玉在《九辩》中表达的对生命无常的悲伤,而这也是杜甫自己的悲伤。他一生的志向是"致君尧舜上,再使风俗淳",可是事实上,他在政治上等于是被放弃的,因此才会流落西南。他深深地理解宋玉,因此,风流儒雅的宋玉被诗人视为老师,悯其悲而述其志。诗人面对宋玉的遗迹,也只能隔着千秋的时光怅望,为之洒泪,虽然是宋玉的知己,但毕竟异代不能同时,只能各自萧条。《文选》中有宋玉的《巫山神女赋》,是答楚王问的。所以,诗的后四句,是杜甫自己对宋玉在后世的遭遇的评价。虽然人们记得宋玉,在这片山河之中保存着他的故宅,可是人们只是视宋玉为一个文采斐然的文人,没有人了解宋玉写下那些辞赋的良苦用心。最令人感慨的是,楚宫已经全然无迹,舟人也只是猜测地指指点点。宋玉的故事,作为奇闻异事被后来人谈论着。他在生前不被理解,死后虽然名声响亮,却依然被人误解着。所以,开头的"摇落深知宋玉悲",不仅悲其生前,亦悲其身后。

其三

群山万壑赴荆门,生长明妃尚有村。
一去紫台连朔漠,独留青冢向黄昏。
画图省识春风面,环佩空归月夜魂。
千载琵琶作胡语,分明怨恨曲中论。

赏析

　　这首诗咏昭君故里,诗的第一联就写得非常有气势。明妃故里位于群山环绕之中。然而,在诗人写来却仿佛是群山万壑烘托出明妃故里一般。由此可见,明妃在诗人心中的分量:她是天地精华凝聚而生成的。颔联是对昭君一生的高度概括。前一句写她离宫出塞,后一句写她死后精魂不灭,化为青冢。颈联写昭君之美和她对故国的思念。昭君是自古从来公认的美女,却只能从图画中约略识得她美如春风的面容。地杰人灵的昭君,美貌是她一生遭遇的根源,所以诗人在这里补足对她美貌的描写。红颜薄命更是令人深深惋惜。"环佩"句写她对故土的思念,她死在异乡,唯有她的魂魄在月夜归来。琵琶本是胡人乐器,传入中原,很多人同情昭君,为她写了诸如《昭君怨》《王明君》等曲子,诗的最后,就借这些流传的琵琶曲来抒发诗人的感慨。"千载琵琶作胡语,分明怨恨曲中论。"千年以来,琵琶一直弹奏着昭君的怨恨。这恨,是她远离故土之恨。杜甫写此诗,正是其"漂泊西南天地间"而不得回归中原之际,所以这强烈的怨恨,未尝不是昭君之恨与诗人之恨的叠加。

其四

蜀主窥吴幸三峡,崩年亦在永安宫。
翠华想象空山里,玉殿虚无野寺中。
古庙杉松巢水鹤,岁时伏腊走村翁。
武侯祠屋常邻近,一体君臣祭祀同。

赏析

  这首诗咏蜀主刘备。刘备伐吴,被陆逊火烧连营,西蜀损兵折将,刘备自己侥幸生还,到达夔州,最后病逝于永安宫。

  诗的前两句交代史实,接下来描写永安宫今日的情景。空山苍翠,仿佛翠华仍在,玉殿荒芜,却已成为野寺。庙中高大的杉树、松树上栖息着鹤鸟,逢年过节,会有村翁前来祭祀,同时也会祭祀旁边的武侯祠。这组怀古诗中,这一首的情感相对平淡一些,对于古迹自身的描述也相对多一些。想来这与杜甫对刘备的感受相对复杂一些有关吧。对庾信、宋玉、昭君、诸葛亮,杜甫都有着强烈的情感认同,而对刘备,则复杂一些。刘备之于诸葛亮固然有知遇之恩,可是,伐吴之举,动摇了蜀汉的根本,是连诸葛亮这样的心腹之臣都无法劝阻的,刘备自己亦因这次失败而离世。昔年的叱咤风云,被曹操视为唯一可以与之并列的英雄,如今,留下的遗迹已是如此荒凉,唯有山野村夫前来凭吊。而且祭祀先主的时候,会一并祭祀诸葛亮。有人认为这是赞颂了刘备与诸葛亮的君臣关系,抒发了杜甫自己的不遇之慨。不能说一定没有这样的感慨,但在我看来,更像是对最后的咏怀武侯祠留下了伏笔。毕竟,即使是成都的武侯祠,本身也是汉昭烈庙。

其五

诸葛大名垂宇宙,宗臣遗像肃清高。
三分割据纡筹策,万古云霄一羽毛。
伯仲之间见伊吕,指挥若定失萧曹。
运移汉祚终难复,志决身歼军务劳。

赏析

　　在成都的时候,杜甫就曾去拜谒武侯祠,而且写过著名的《蜀相》。现在,在夔州,再遇武侯祠,诗人又是一番感慨。在那首诗里,杜甫写了祠堂的松柏森森,写了映阶碧草,写了隔叶黄鹂,对诸葛亮的关注集中在"三顾频烦天下计,两朝开济老臣心",感慨的是"出师未捷身先死,长使英雄泪满襟"。也许和他初到成都,心境相对安宁有关,诗中情感丰沛而从容。

　　这首诗似为一首怀古之作,诗人情感之澎湃,几乎是喷涌而出,诗中几乎全为议论,对诸葛亮进行了高度评价。首句"诸葛大名垂宇宙"为全诗定下了基调,诸葛亮的大名像日月一样高悬,光彻寰宇,万古流芳,也表现了杜甫对他的深切向往。"宗臣遗像肃清高"是诗中唯一与"古迹"相关的诗句,这位世所敬仰的名臣的遗像,是这样肃穆清高。三分天下是诸葛亮一生功绩的证明,然而,在杜甫看来,三分割据只是他"纡"筹策而成,所谓"纡"者,弯曲之意,是他经世怀抱略得施展,不过是鲲鹏一羽。诸葛亮的才能若何?与辅佐商汤的伊尹、辅佐周文王、武王的姜(吕)尚在伯仲之间,他从容镇定的指挥能力使得汉高祖刘邦的大臣萧何、曹参黯然失色。尽管诸葛亮有如此才德，可叹汉朝气数已尽，诸葛亮竟然因为军务繁忙、积劳成疾而死于征途。这既是对诸葛亮"鞠躬尽瘁，死而后已"的赞叹，也是对他"壮志未酬身先死"的深切遗憾。

杜 甫

又呈吴郎

堂前扑枣任西邻，无食无儿一妇人。
不为困穷宁有此？只缘恐惧转须亲。
即防远客虽多事，便插疏篱却甚真。
已诉征求贫到骨，正思戎马泪盈巾。

赏析

通常我们说起"诗圣"杜甫，总是会想到他著名的《茅屋为秋风所破歌》，因为他舍己为人，"呜呼！何时眼前突兀见此屋，吾庐独破受冻死亦足"。但是更让我感动的，则是这首七律。因为这是杜甫对身边具体的一个"无食无儿"的老妇人真挚的关怀。

唐代宗大历二年，即杜甫漂泊到四川夔州的第二年，他住在瀼西的一座草堂里。草堂前有几棵枣树，西邻的一个寡妇常来打枣，杜甫从不干涉。后来，杜甫把草堂让给了一位姓吴的亲戚（即诗中的吴郎），他自己则搬到离草堂十几里路远的东屯去。不料这吴郎一来就在草堂插上篱笆，禁止打枣。寡妇向杜甫诉苦，杜甫便写此诗去劝告吴郎。以前杜甫写过一首《简吴郎司法》，所以此诗题作《又呈吴郎》。吴郎的年辈要比杜甫小，杜甫不说"又简吴郎"，而有意地用了"呈"这个似乎和对方身份不大相称的敬词,这是为了吴郎易于接受。

  诗的开始,从杜甫自己住在草堂时候的事情写起,他说"我"让那个无食无儿的妇人随便打枣,之所以这么做是因为体谅她太穷困了,别无他法,还怕她畏惧,因此对她特别亲切。现在草堂换了你来住,你来了之后就竖起了篱笆。她哭诉自己已经赤贫到骨,"我"却因为想到是因为北方战乱未停而泪洒衣襟。诗至此戛然而止,可是却能引发读者无限的想象,更可以由此更好地理解诗人为什么会写出《茅屋为秋风所破歌》那样的诗篇。

  这首诗,叙述的事情很琐碎,诗人写来似乎也颇有点絮絮叨叨,可就在这看似琐碎和絮叨的叙述之中,杜甫深切的同情心、博大的慈悲心,对无食无儿的西邻,以及他委婉提出批评的对吴郎的尊重和爱护,都在诗中表达得淋漓尽致,无愧于"诗圣"之名。历来对这首诗的评论中,固然有赞美杜甫的悲悯情怀之言,但是也有人认为这不是律诗的正格。

杜 甫

送蔡希鲁都尉还陇右因寄高三十五书记

蔡子勇成癖,弯弓西射胡。
健儿宁斗死,壮士耻为儒。
官是先锋得,材缘挑战须。
身轻一鸟过,枪急万人呼。
云幕随开府①,春城赴上都。
马头金匼匝,驼背锦模糊②。
咫尺雪山路,归飞青海隅。
上公犹宠锡,突将且前驱。
汉使黄河远,凉州白麦枯。

---

① 云幕:军中以幕为府。开府:古代指高级官员(如三公、大将军、将军等)建立府署并自选僚属之意。
② 匼匝(kē zā):周匝环绕。这里指金络头,即"黄金络马头"。"驼背"句:《唐书》:"哥舒翰在陇右,每遣使入奏,常乘白橐驼,日驰五百里。赵曰:'驼背蒙以锦帕,故云模糊。'"匼匝、模糊,皆方言。

因君问消息，好在阮元瑜①。

📖 赏析

　　五言排律，因为篇幅较长，所以常常需要铺陈事实。诗歌写送蔡希鲁都尉返回陇右，所以从他开始写起。作为武将，冲锋陷阵是其本领所在。诗人赞叹他"勇成癖"，成癖者，成为嗜好，成为本能。只是他的勇不是游侠儿的逞勇斗狠，而是"弯弓西射胡"，是在战场上杀敌。"健儿宁斗死，壮士耻为儒"，正因为"勇成癖"，所以他宁愿在战场上格斗而死，也耻于做一个儒生。总是冲锋在前，各种才能都是挑战敌手所需。这是进一步落实其"勇"，证明他不是蛮勇，而是智勇，他今日的职务也是战场上拼杀而得到的。"身轻一鸟过，枪急万人呼"，则是以非常形象的手法让读者领略到蔡希鲁到底是如何勇武。诗写到这里，蔡希鲁的勇武已经渲染得非常充分，他是一位如此得力的战将，因此才有资格成为哥舒翰"开府"的幕僚，跟随哥舒翰进京面圣。"马头金匼匝，驼背锦模糊"两句，写坐骑鞍鞯豪华，速度迅捷，千里之间转瞬即到。诗也就由来而转去："咫尺雪山路，归飞青海隅。""上公"在这里指哥舒翰，哥舒翰得皇帝之心，所以在京日久，但是边塞重镇，需要能征善战的"突将"，也就是蔡希鲁先回去。"汉使黄河远，凉州白麦枯。""汉使"，从京城回边塞的蔡希鲁。"凉州"，远在边塞的高书记所在之处。"白麦"，西域盛产的麦子。路程是这样遥远，到了凉州已经是白麦收获的季节。这是挂

---

① 好在：乃存问之辞。语出《通鉴》"高力士宣上皇诰曰：'诸将士各好在。'"白居易诗"好在李使君。"阮元瑜：《魏志·王粲传》注，"阮瑀，字元瑜，少受学于蔡邕，太祖以为司空军谋祭酒、记室，军国书檄，多陈琳、阮瑀所作"。这里指代高书记。

念蔡希鲁一路上的艰辛，同时也将话题转到了高书记身上。路途遥远，所以也很想拜托您问候下，高书记他一切可安好？这遥远的问候，就像岑参《逢入京使》所说的那样"凭君传语报平安"。千言万语，都在一句问候之中。

杜 甫

八阵图

功盖三分国,名成八阵图。
江流石不转,遗恨失吞吴。

赏析

杜甫钦仰诸葛亮,对他未能完成统一大业的遗憾也感到深深惋惜,所谓"出师未捷身先死,长使英雄泪满襟"。这首五绝,杜甫以其高超的概括能力,寥寥二十字,结合自然景象和历史传说,写出了诸葛亮一生的功勋以及无法弥补的憾恨。诗人笔力深厚,诸葛亮一生的功业、一生的遗恨,以及诗人对诸葛亮的惋惜遗憾,尽在其中。

"天下三分"是诸葛亮在《隆中对》就已经提出的看法,历史的发展也证明了诸葛亮的先见之明。而八阵图,则是诸葛亮卓越的军事才能留下的遗产。八阵图的遗址在夔州西南永安宫前的平沙上。据刘禹锡《嘉话录》记载,"夔州西市,俯临江沙,下有诸葛亮八阵图,聚石分布,宛然犹存。峡水大时,三蜀雪消之际,澒涌滉漾。大木十围,枯槎百丈,随波而下。及乎水落川平,万物皆失故态,诸葛小石之堆,标聚行列依然,如是者近六百年,迨今不动。""江流石不转"极其精练地概括了这一富有神奇色彩的特征,同时化用了《诗经·邶风·柏舟》"我心匪石,不可转也"的诗句。为什么不可转?因为"遗恨失吞吴"。诸葛亮才华盖世,君臣相知,鞠躬尽瘁,最终却赍志以殁,真是千古遗恨!

殷　遥

送友人下第归省

君此卜行日，高堂应梦归。
莫将和氏泪，滴著老莱衣。
岳雨连河细，田禽出麦飞。
到家调膳后，吟好送斜晖。

赏析

所谓盛唐，即使是落第还乡，也不见衰飒之感，只见深情。"高堂"，指母亲。"和氏泪"，指的是发现和氏璧的和氏，因为美玉见弃而痛哭。"老莱衣"，老莱子年七十而父母尚在，常穿彩色的衣服以娱乐双亲。诗人这里以母子之情，宽慰落第的友人不要伤心难过。在你打算启程的日子里，母亲应该梦到你归来吧。所以，不要因为自己美玉见弃（落第）而让母亲痛心。"岳雨连河细，田禽出麦飞"，其实正当麦熟时节，山川间细雨绵密，田间有鸟时时飞起。这也许是友人归家途中所见之景，同时也勾画出了田家的生活。因此顺利地过渡到诗人期待着友人到家之后，可以耕读度日。所谓"到家调膳后，吟好送斜晖"。"调膳"是饮食

◉ 作者简介：
殷遥，句容人，约玄宗天宝间人。

的满足,"吟好"则是精神的追求。希望友人能过一种平淡宁静的生活。沈德潜评论说:"真到极处,去风雅不远。'和氏泪''老莱衣'本属套语,合用之只见其妙,有真性情流于笔墨之先也。"

王　湾

次北固山下①

客路青山外，行舟绿水前。
潮平两岸阔，风正一帆悬。
海日生残夜，江春入旧年。
乡书何处达？归雁洛阳边。

赏析

诗的开篇就清丽明朗，虽然是客游，却没有怅然之感，所以和随后写景的诗句才能浑然一体。"潮平两岸阔，风正一帆悬"，前途阔朗，路途顺遂，让人仿佛见到一只风帆正满的航船，在辽阔的江海上勇往直前。"海日生残夜，江春入旧年"是备受赞赏的一联，唐人殷璠说"诗人以来少有此句"（《河岳英灵集》），所描述不过是眼前景、此时事，却写出了天地万物生生不息的生命的流转。这是一种对人生的大爱。由此也就不难理解，为什么诗人写到了乡愁，诗读之却不寂寥，而有一种将眼前春的消息传递给家乡亲友的喜悦之感。

◉ 作者简介：
王湾，洛阳（今河南洛阳）人，盛唐前期的诗人。这首《次北固山下》，可谓"小诗人的大手笔"，很能代表盛唐气象。

---

① 次：停驻。

张　巡

闻　笛

岧峣试一临，虏骑附城阴。
不辨风尘色，安知天地心。
营开边月近，战苦阵云深。
旦夕更楼上，遥闻横笛音。

赏析

"岧峣（tiáo yáo）"，高耸的样子，这里指更楼。诗人登上更楼，看到城下叛军盘踞。"不辨风尘色，安知天地心"，不识风尘之惨惨，更不知道天意之向背。"边月"，本是边塞之月，用在这里写出战争之近，打开城门即见边月。"战苦阵云深"，战争是如此惨苦，杀伐之气凝聚在上

◉ 作者简介：

张巡（708—757年），唐玄宗开元末年进士，历任太子通事舍人、清河县令、真源县令。安史之乱时，起兵守雍丘，抵抗叛军。至德二载（757），安庆绪派部将尹子琦率军十三万南侵江淮屏障睢阳，张巡与许远等数千人，在内无粮草、外无援兵的情况下死守睢阳，前后交战四百余次，终因粮草耗尽、士卒死伤殆尽而被俘遇害。论者谓："遮蔽江淮，沮遏贼势，使李（光弼）、郭（子仪）得以成功，天下之不亡，皆巡、远之力也。"《闻笛》就是张巡在围城中所作。

空，云色是那么深重。短短十个字，写出了战争的残酷与艰苦。尾联中的"旦夕"是偏义复词，指的是晚上。诗人登上更楼，遥遥地听到了横笛之声。在严酷的战场上，激烈战斗的间隙，听到了这遥远的横笛之声。此句写出了张巡以及死守睢阳的将士们内心的坦荡与对美好生活的向往。

　　这首诗，沈德潜赞叹说："一片忠义之气滚出。'闻笛'意一点自足。"安史之乱，大厦将倾而能复，皆因有张巡这样的将士付出了生命的代价抵抗叛军。

刘长卿

经漂母墓

昔贤怀一饭，兹事已千秋。
古墓樵人识，前朝楚水流。
渚蘋行客荐，山木杜鹃愁。
春草茫茫绿，王孙旧此游。

赏析

《史记·七十列传·淮阴侯列传》："淮阴侯韩信者，淮阴人也。始为布衣时，贫无行……常从人寄食饮，人多厌之者。常数从其下乡南昌亭长寄食，数月，亭长妻患之，乃晨炊蓐食，食时信往，不为具食……信钓于城下，诸母漂，有一母见信饥，饭信，竟漂数十日。信喜，谓漂母曰：'吾必有以重报母。'母怒曰：'大丈夫不能自食，吾哀王孙而进食，岂望报乎！'……信为楚王……召所从食漂母，赐千金。"

诗中所咏，就是诗人经过这位漂母墓时的感慨。由汉初至唐朝，已经是千年的时光。无名的漂母，因为对韩信的一饭之恩，而青史永存，至今其

● 作者简介：
刘长卿，字文房，唐代诗人，唐玄宗天宝年间进士。官终随州刺史，世称"刘随州"。工于诗，长于五言，自称"五言长城"。

墓樵夫能识。而楚汉兴亡之事，则如水东流。"渚蘋行客荐"一联，路过的人看到水中茂盛的蘋草，茂密的山木中传来杜鹃的哀鸣。眼前的春草绿色无边，这是旧日王孙曾经游历之处。有名的英雄，无名的漂母，前朝的往事，历史的长河，种种感慨蕴含其中。似叹似羡，怅然若失。

刘长卿

题灵祐和尚故居

叹逝翻悲有此身,禅房寂寞见流尘。
多时行径空秋草①?几日浮生哭故人!
风竹自吟遥入磬,雨花随泪共沾巾。
残经窗下依然在,忆得山中问许询②。

赏析

　　这首诗,是灵祐寂灭之后,刘长卿怀念他而写的作品。首句就感叹人生之悲。因为叹息逝者,特别悲伤己身的存在,这是对于生死的感叹。次句才说出如此悲伤的原因:昔日的禅房,如今寂静,时有飞尘。僧侣的房间或许简单,但是一定洁净,而今却时见流尘,喻其人已去。中间两联,抒发的感情就是"几日浮生哭故人","几日"二字,耐人寻味。颇有"我"今日哭故人,不知何日"我"亦离去之意。昔日灵祐和尚起居之处,秋草依旧,行径成空,风竹自响,遥和磬声,一切都如旧,一切又都

---

① 多时:佛教的计时方法。即晨朝、日中、日没(以上三时为昼)、初夜、中夜、后夜(以上三时为夜)。
② 许询:东晋文学家,字玄度,出身世家,隐居不仕。后舍家为寺,其中之一就是今天的萧山祇园寺。

与旧时有了些微的不同：昔日的主人已经离去了，可是，似乎这风竹声中，隐隐地留着和尚的精神。诗人禁不住流泪，霏霏细雨，也仿佛懂得人意，和着泪水一起沾湿了手中的巾帕。数卷残经丢在窗下，让诗人回想起曾经向和尚询问经义之事。

和尚是出家人，是得道的高僧，佛教的教义之一就是"觉有情，忘怀世俗之情"。所以，忆上师必须有觉悟，方不负其开导；可是诗人终究不是得道之僧，无法全然忘情，因此无法抑制悲伤。所以，以追忆往日的道义之交作结。

韦应物

寄全椒山中道士

今朝郡斋冷，忽念山中客。
涧底束荆薪，归来煮白石。
欲持一瓢酒，远慰风雨夕。
落叶满空山，何处寻行迹？

赏析

　　这是韦应物的代表作之一。沈德潜《唐诗别裁集》赞美说："化工笔，与渊明'采菊东篱下，悠然见南山'，妙处不关语言意思。"整首诗的思路其实很简单。因为天冷，诗人莫名地就想起了在山中修炼的道士。"涧底束荆薪，归来煮白石"是插入描写山中客的生活状况。由于他的行踪无定，所以，诗人虽然"欲持一瓢酒，远慰风雨夕"，也只能怅然于"落叶满空山，何处寻行迹"。

　　这首诗，首先给予读者的感觉，就是一个字"冷"。自己的冷，山中

● 作者简介：
韦应物，盛唐至中唐时期的重要诗人，因曾任苏州刺史，故世称"韦苏州"，诗风恬淡高远。他与之前的王维、孟浩然，之后的柳宗元并称"王孟韦柳"。

给孩子美的阅读

修炼的道士的冷,自己无法为山中的道士送去一瓢酒的心灰意冷。然而,这一切的冷,却因为诗人心中那份淡淡的、同时又深远的情意,而穿越千年的时光,温暖到读到这首诗的我们。

韦应物

观田家

微雨众卉新,一雷惊蛰始。
田家几日闲,耕种从此起。
丁壮俱在野,场圃亦就理。
归来景常晏①,饮犊西涧水。
饥劬不自苦②,膏泽且为喜。
仓廪无宿储,徭役犹未已。
方惭不耕者,禄食出闾里。

赏析

题目中的"观"字,就是这首诗的视角。诗人写的不是田园生活的优美与宁静,而是田家劳作的辛苦。最后写很惭愧自己的不耕而食。沈德潜评价说:"韦诗至处,每在淡然无意,所谓天籁也。"

---

① 晏:晚。
② 劬(qú):过分辛苦,勤劳。

韦应物

赋得暮雨送李胄

楚江微雨里,建业暮钟时。
漠漠帆来重,冥冥鸟去迟。
海门深不见,浦树远含滋。
相送情无限,沾襟比散丝。

赏析

诗的题目是"赋得暮雨送李胄",就是要写一首在暮雨中送别李胄的诗。所以,诗的主要内容是写暮雨。长江自三峡至濡须口(在安徽境内)古属楚地,所以称楚江。建业,即今南京。开头的两句是点题"暮雨",接下来的四句则就暮雨渲染。"漠漠""冥冥",皆写天色昏暗。帆重鸟迟,则写微雨蒙蒙。既昏且雨,故而远处的景色深藏在雨中,而浦口之树,则因雨而润。迷蒙的微雨笼罩了天地,蓄势已足,因此最后两句的抒情,就水到渠成。送别时的泪水,与散丝(即雨水)无法区分。蒙蒙的雨,顿时化作无限的情。

韦应物

秋夜寄邱员外

怀君属秋夜,散步咏凉天。
空山松子落,幽人应未眠。

赏析

  这是一首怀人之作,却不伤感,而是清雅之中带着淡淡的温情。诗中所体现出来的情意,应该就是人们所赞赏的"君子之交淡如水"。

  诗的第一句就特别令人感动。秋夜怀君,虽然作者没有一语描写秋夜,可是,我们却仿佛能够感受到秋夜的幽昧和静谧,那就是"怀君"的诗人内心的感受。所以下一句非常自然地承接"散步咏凉天",因为怀君,而在凉夜中漫步吟咏,让读者自然能感受到诗人心中的思念。接下来的诗句更妙了。诗人"怀君"的时候想到的是什么呢?他想到的是所怀之人此时此刻可能在做的事情。"空山松子落"是想象邱员外所在之地的秋色,是那样的清寂。秋天落叶,山林空阔,唯有成熟了的松子从枝头掉落,如此情景,幽人,你,应该也无心入眠吧?那一份体贴,将诗人的真情传递而出。这首诗,历来备受赞美。

韦应物

休暇日访王侍御不遇

九日驱驰一日闲,寻君不遇又空还。
怪来诗思清入骨,门对寒流雪满山。

赏析

唐制,官吏旬日一休。诗的首句说"九日驱驰一日闲",是暗示这一日之闲的难得。趁着这难得的休息日来拜访友人,却不遇空还。这是在写访友不遇的失望。然而,接下来诗句一转,诗人若有所思地说,怪不得友人的诗清新入骨,原来他住的地方就是这样"门对寒流雪满山"。以环境的清寒,来烘托人的清雅脱俗。访友不遇的失落,也因此得到了补偿。

畅 当

登鹳雀楼

迥临飞鸟上，高出世尘间。
天势围平野，河流入断山。

赏析

鹳雀楼在今山西永济市西面，高三层，前瞻中条山，下瞰黄河，是唐代登临胜地。

说起鹳雀楼，人们最熟悉的自然是王之涣的五绝《登鹳雀楼》，诗中不但将鹳雀楼的巍峨之势尽显无遗，而且还道出了一个真理：站得高，才能看得远。所以成为千古绝唱。在珠玉在前的情况下，畅当的这首同题之作，亦不遑多让。

王之涣的诗，抓住登楼前及登楼中的感受写出了鹳雀楼之高大巍峨。而畅当这首诗，则是登楼之后的视觉感受。首先是楼自身之高。"迥临飞鸟上"，站在楼上，比展翅翱翔的飞鸟还要高，让诗人油然而生"高出世尘间"之感。由此，诗人再环视四周，天然的地势，仿佛是要用山峦围住

◉ 作者简介：

畅当，河东（今山西永济）人，中唐诗人。初从军，大历年间进士，官终果州刺史。

平野，黄河奔腾而至，冲开了山脉，浩荡东去。短短十个字，形象地勾勒出山河的壮丽，更进一步衬托出鹳雀楼的高迥。自然，诗人的心胸壮阔也不言而喻。

刘方平

春 怨

纱窗日落渐黄昏，金屋无人见泪痕。
寂寞空庭春欲晚，梨花满地不开门。

赏析

虽然诗的题目是"春怨"，但事实上写的是"宫怨"——由"金屋"可见，不过是春天的宫怨。日落黄昏，金屋垂泪。金屋在这里喻指极华丽的宫殿。等待的君王不来，春天即将过去了，满地的梨花，寂寞的空庭因为无人到来而门扉紧闭。"春欲晚""花满地"在描摹春光零落的同时，也在暗示着金屋之人盛年将逝。美人迟暮之慨，溢满了这寂寞空庭。

● 作者简介：
刘方平，盛、中唐时期诗人，河南人。不乐仕进，为萧颖士所赏识。

卢　纶

长安春望

东风吹雨过青山,却望千门草色闲。
家在梦中何日到,春来江上几人还?
川原缭绕浮云外,宫阙参差落照间。
谁念为儒逢世难,独将衰鬓客秦关。

赏析

这是卢纶遭遇乱世,感慨自己滞留长安不能还乡的诗。

"东风吹雨过青山",春天仿佛随着东风细雨一路越过青山而来。"千门",宫殿的门,代指长安,长安城里草色安闲,仿佛和之前的春天一样。可是,随之而来的,不是对于春色的描绘和赞美,而是强烈的感慨:"家在梦中何日到,春来江上几人还?"卢纶的家距离长安并不遥远,可是却只能在梦中归去;他同时想,春天来了,江上有几人能回到家乡?这就意味着不能还家的人不仅仅是他一个。"川原缭绕浮云外",这固然是望,可是所望之处,是浮云之外的川原,是他的家乡,那里有他的

● 作者简介:
卢纶,字允言,河中蒲州(今山西永济)人,"大历十才子"之一,官至检校户部郎中。诗多送别酬答之作,以边塞诗为佳。

故旧亲朋，而他自己呢？却只能孤独地看着"宫阙参差落照间"。最后一联，道出诗人的感慨之由：身为儒生，却逢世乱，只能自己孤独憔悴地客居秦关（即长安）。"衰鬓"不是说自己年老，而是表示无法还乡的忧伤。沈德潜《唐诗别裁集》："遭乱意上皆蕴含，至末点出。夷犹绰约，风致天成。诗贵一语百媚，大历十子是也；尤贵一语百情，少陵、摩诘是也。"所谓"夷犹绰约，风致天成"，所谓"一语百媚"，都是强调类似这首诗中那些借助轻柔骀荡的春色而抒发的悲伤之感，迥然有别于盛唐诗歌的"风骨"与雄浑。

李 益

登夏州城观送行人赋得六州胡儿歌

六州胡儿六蕃语，十岁骑羊逐沙鼠。
沙头牧马孤雁飞，汉军游骑貂锦衣。
云中征戍三千里，今日征行何岁归。
无定河边数株柳，共送行人一杯酒。
胡儿起作和蕃歌，齐唱呜呜尽垂手。
心知旧国西州远，西向胡天望乡久。
回身忽作异方声，一声回尽征人首。
蕃音虏曲一难分，似说边情向塞云。
故国关山无限路，风沙满眼堪断魂。
不见天边青作冢，古来愁杀汉昭君。

赏析

夏州，当时属关内道，治所在朔方，即今陕西靖边县白城子，当时是

● 作者简介：

李益，字君虞，凉州姑臧（今甘肃武威）人，中唐诗人，尤以边塞七绝著称，为一时之冠。

多民族杂居之地。

　　这首边塞诗,写的是驻扎在夏州的胡儿（唐代军队中的西域士兵）,思念他们遥远的故乡。诗的开头,就写出夏州独有的异域风情：既有胡儿骑羊,又有汉军游骑。夏州为军事要塞,又有征人将要出征。"无定河边数株柳,共送行人一杯酒",为征人送行。那些能歌善舞的"胡儿",也歌舞起来。"垂手"就是舞蹈的样子。歌舞之间,思乡之情油然而生。于是他们唱起故乡的歌,这令所有的征人,不分民族,都不禁回首。虽然彼此的故乡不同,语言不通,但思乡之心则一。旁观的诗人看到、听到这一切,也不免有很多感慨。既为征人,则故乡迢遥,归期无定。汉人如此,胡人亦如此。眼前的归乡之路无限,昭君青冢更是诉说着千百年来的思乡之情。

李　益

喜见外弟又言别

十年离乱后，长大一相逢。
问姓惊初见，称名忆旧容。
别来沧海事，语罢暮天钟。
明日巴陵道，秋山又几重。

赏析

　　这是李益除边塞诗之外，很著名的一首诗。题目即内容，抒发了表兄弟乍然相逢又离别的感慨。令人感叹人生的不易和世事的艰难。诗的首联，写相逢的不易，是在"十年离乱后"，又是在人生变化最大的时间，"长大一相逢"。所以，"问姓惊初见"，相当于知道了彼此的姓氏才惊讶居然是初次见面。"称名忆旧容"，说起了名字才回想起小时候彼此的容颜。这是两人初见面时的场景，事实上也是在写，两人相遇时，已经根本不认得对方了。所以看起来简单的两句话，却将两个人既熟悉又陌生的感受写得非常生动。十年离乱后，每个人都有很多的遭遇。"别来沧海事，语罢暮天钟"，"沧海事"，形容彼此讲述的事情是多么令人感慨，"暮天钟"指倾谈之间，时间很快就过去了。明日又要登上巴陵道，不知这一别，又是怎样的漫长。诗歌写出了离乱之世，亲人间的聚散带来的感慨，非常具有典型性，因此流传长久。沈德潜评论说："与'乍见翻疑梦，相悲各问年'，抚衷述愫，同一情至。一气旋折，中唐诗中仅见者。"

李 益

春夜闻笛

寒山吹笛唤春归,迁客相看泪满衣。
洞庭一夜无穷雁,不待天明尽北飞。

赏析

诗中有"迁客"字样,显然是诗人贬谪时期所作。春将至,山犹寒,笛曲声声,仿佛在呼唤着春天早日归来。"迁客相看",不是一人,而是几个人。"同是天涯沦落人,相逢何必曾相识。"有着共同遭遇的人,彼此最能理解那份迁谪之感,也因此化作泪满衣襟。春天来了,大雁北归。之所以说是洞庭雁,古时传说,秋雁南飞至湖南衡山的回雁峰即止,因此,洞庭湖是大雁北归的必经之路。"不待天明",说明大雁回乡的心情是那么急迫,稍有春的消息,立刻踏上归乡的路程。以此来反衬"迁客"思乡而不得归的悲愁之情。迁客思乡,固然有思念家乡之意,但更多则是乡国之慨,还有期盼自己的政治厄运结束,回归朝廷之意。

李益在中唐时期,以七绝名噪一时,是李白、王昌龄之后的七绝高手,尤其是有关边塞的七绝。

柳宗元

独 觉

觉来窗牖空,寥落雨声晓。
良游怨迟暮,末事惊纷扰。
为问经世心,古人谁尽了?

赏析

题目"独觉",语带双关。既是独自从睡梦中醒来,也是诗的最后两句所发之问:"为问经世心,古人谁尽了?"诗虽短,但这一问,却是触目惊心,读来意味深长。

● 作者简介:
柳宗元,字子厚,因曾任柳州刺史,故称"柳柳州"。中唐时期的大文豪,诗文俱佳。文与韩愈并称,诗与刘禹锡齐名,并因风格相近,与王维、孟浩然、韦应物并称"王孟韦柳"。

柳宗元

掩役夫张进骸

生死悠悠尔，一气聚散之。
偶来纷喜怒，奄忽已复辞。
为役孰贱辱？为贵非神奇。
一朝纩息定①，枯朽无妍媸。
生平勤皂枥，锉秣不告疲②。
既死给槥椟③，葬之东山基。
奈何值崩湍，荡析临路垂。
髐然暴百骸④，散乱不复支。
从者幸告余，眷之涓然悲⑤。
猫虎获迎祭，犬马有盖帷⑥。

① 纩（kuàng）息：弥留之际的呼吸。纩，丝绵。古人临死，置纩于其口鼻之上，以验气息之有无。
② 皂枥：马厩。锉秣（cuò mò）：为马铡草料。
③ 槥椟（huì dú）：像小匣子一样的薄皮棺材。
④ 髐（xiāo）然：白骨森森的样子。髐，指骷髅。
⑤ 眷（juàn）：回顾；眷念。
⑥ 猫虎获迎祭，犬马有盖帷：据《礼记》记载，古之君子，虽猫虎狗马，死亦埋之。

伫立唁尔魂,岂复识此为?
畚锸载埋瘗①,沟渎护其危。
我心得所安,不谓尔有知。
掩骼著春令,兹焉值其时。
及物非吾事,聊且顾尔私。

赏析

柳宗元其时为永州司马,张进为其马夫。全诗分三部分。第一部分开头八句,写对人之死生的认知,在死亡面前,贵与贱并无分别。第二部分第九到十二句,写役夫张进生前身后事;第十三到十六句,写其坟墓为暴雨所冲刷而崩坏,骸骨暴露于外。第三部分第十七到三十句,写柳宗元不忍其尸骸暴露,一一为之掩埋,并写下了此诗。

诗写得朴素真挚,却并非仅仅写了自己掩埋了张进的骸骨。正如诗中所言:"我心得所安,不谓尔有知。""及物非吾事,聊且顾尔私。"这个在诗人看来微不足道的举动,一则是为了自己能够安心;再则"及物",顾念天下苍生,是自己所不能做到的。言外之意则是,本心欲念苍生,眼前也只能做这样的掩埋骸骨之事。诗人的悲悯心肠,诗人的天下之志,都得以含蓄地表达。

---

① 畚锸(běn chā):盛土的工具和铁锹。

柳宗元

登柳州城楼寄漳汀封连四州

城上高楼接大荒①,海天愁思正茫茫。
惊风乱飐芙蓉水②,密雨斜侵薜荔墙。
岭树重遮千里目,江流曲似九回肠③。
共来百越文身地④,犹自音书滞一乡。

赏析

柳宗元因为从事政治革新失败,一生的仕途几乎都在贬谪中度过。先是被贬为永州司马,后一度召回京城,再贬为柳州刺史。这首诗,就是他到达柳州后,写给同时被贬谪的四个人——漳州韩泰、汀州韩晔、封州陈谏、连州刘禹锡,抒发了他悲苦的心情。

诗句本身并不艰深,值得用心之处是诗歌所渲染的景色带来的感受。登高远望,满目荒凉,惊风密雨,肆虐天地,悲怆而激荡。登高远望,目光却被重重山岭阻隔,江流弯转,似愁肠百结。写到这里,诗人已经控制

---

① 大荒:偏僻荒凉之地。
② 惊风:急风。飐:吹动。
③ 江:柳江。
④ 百越:百粤,泛指五岭以南的少数民族。

不住要直接抒发内心澎湃的感情了:"共来百越文身地,犹自音书滞一乡。"我们几个人一起来到这百越文身之地,可是却各在一方,无法彼此互通音信。

柳宗元一生,许身国事。纵然在政治上失败,在地方官任上也是尽己所能,造福一方,尽管他悲伤自身的遭遇不能自已。在这首诗中,"共来百越文身地"所悲叹的不仅仅是贬谪,更是远离了文化中心、政治中心之后的悲慨,文人的所谓"乡愁",是仿佛被文化抛弃的孤独。明白这一点,才能体会到"犹自音书滞一乡"的深悲苦痛:可以相互理解的人,同样被放逐的人,却无法彼此安慰。

刘禹锡

始闻秋风

昔看黄菊与君别，今听玄蝉我却回。
五夜飕飗枕前觉，一年颜状镜中来。
马思边草拳毛动，雕眄青云睡眼开①。
天地肃清堪四望，为君扶病上高台。

赏析

　　和柳宗元一样，刘禹锡也是在政治革新失败后，长期被贬谪远方，晚年才有机会回到朝廷，任职洛阳。这首诗，玩味诗意，应是他晚年从贬谪之地归来之作。菊花、寒蝉，都是典型的秋天的物候。昔年离开的时候，是黄菊盛开的时节，而今初听玄蝉之鸣，我却已经回来了。蝉的生命，在

● 作者简介：
刘禹锡，字梦得，唐代文学家、哲学家。在政治上与柳宗元志同道合，共同进退。长期被贬谪，晚年才被召回，有机会与白居易互相唱和。其诗歌先后与柳宗元、白居易并称。刘禹锡的诗，尤以金陵怀古为最佳。

---

① 拳：蜷曲。眄（miǎn）：斜着眼睛看。

八月就将结束，所以，蝉鸣之际，是初秋。"五夜飕飗枕前觉"，写在夜晚感觉到了凉意，意识到秋天已至。至此，题目中的"始闻秋风"都已交代完毕。所以，接下来就是诗人的感慨。古来文人所以悲秋，一个重要的原因就是自然界中生命的形态在这个季节会发生明显的由盛而衰的改变。所以诗人也不由得对镜感怀，叹息自己容颜的衰老。可是，秋天除了生命的衰残，也同时会有天宇的高朗。会有一些生命，在秋天达到盛时。故此，就有了颈联的振奋："马思边草拳毛动"，塞上草肥，骏马正可趁势而膘肥体壮，故而抖动蜷曲的毛；"雕眄青云睡眼开"，鸷雕则睁开了睡眼，顾盼着万里长空。秋天来了，正是骏马蓄力、雄鹰捕猎的大好时机。所以，秋风的到来，不但没有丝毫的颓唐，反而使得蕴藏在骏马、雄鹰身上的生命力被激发了出来。那种即将趁势而起的趋势如同箭在弦上。似乎是被雕、马的生命力振奋，诗人也振奋起来。故此尾联写出诗人自己对秋天的感受：天地肃清，一片朗阔，正宜四望——向四下里远望，所以，虽然扶病——"一年颜状镜中来"，也为了赏秋而登上高台。诗人的精神世界，由此展现在我们面前，虽然年老体衰，可是依然向往秋的天地肃清。自然的衰老，可以摧残诗人的身躯，却打不垮他的精神。

李 冶

寄校书七兄

无事乌程县,蹉跎岁月余。
不知芸阁吏①,寂寞竟何如?
远水浮仙棹,寒星伴使车②。
因过大雷岸③,莫忘几行书。

● 作者简介:
李冶,字季兰(《太平广记》中作"秀兰"),乌程(今浙江吴兴)人,后为道士,是中唐诗坛上享有盛名的女诗人。晚年被召入宫中,至公元784年,因曾上诗叛将朱泚,被唐德宗下令乱棒扑杀之。李冶的诗以五言见长,多酬赠遣怀之作,仅存诗十六首。

---

① 芸阁吏:校书郎,此处代指七兄。"芸阁"即秘书省,系朝廷藏书馆。
② 寒星伴使车:过去传说天上有使星,伴着地上的使者。因为七兄出使是在年终,所以称天上的使星为寒星。
③ 大雷岸:也叫雷池,亦称大雷口。刘宋文帝元嘉十六年秋,诗人鲍照受临川王征召,由建业赴江州途经此地,写下了著名的《登大雷岸与妹书》。鲍照之妹鲍令晖也是诗人,兄妹有共同的文学爱好,所以他特将旅途所经见之山川风物精心描绘给她,兼有告慰远思之意。

赏析

　　这是李冶很受赞赏的一首五律诗,在名家辈出的唐代诗坛,也是佳作。诗从女诗人乡居感受写起,"无事""蹉跎",可见其心情寂寞。但是颔联转而写担任校书郎的七兄:"不知芸阁吏,寂寞竟何如?"推己及人,心思体贴,思念之情油然而生。颈联是本诗很受赞赏的名句,写七兄水陆兼程,既道辛苦,又脱俗气。汉代曾以仙府藏书的"蓬莱"譬"芸阁",故此称七兄所乘舟为"仙棹",这样写来,景中又含有一层向往之情。下句写陆程,写"星"曰"寒",则兼有披星戴月、旅途辛苦之意;"使车"唯"寒星"相伴,更显其寂寞,惹人思念。尾联女诗人以鲍令晖自况,表达兄妹相思之情,用典贴切自然。沈德潜评此诗:"不求深邃,自足雅音。"

李 贺

金铜仙人辞汉歌

魏明帝青龙元年八月,诏宫官牵车西取汉孝武捧露盘仙人,欲立置前殿。宫官既拆盘,仙人临载,乃潸然泪下。唐诸王孙李长吉遂作《金铜仙人辞汉歌》。

茂陵刘郎秋风客,夜闻马嘶晓无迹。
画栏桂树悬秋香,三十六宫土花碧。
魏官牵车指千里,东关酸风射眸子。
空将汉月出宫门,忆君清泪如铅水。
衰兰送客咸阳道,天若有情天亦老。
携盘独出月荒凉,渭城已远波声小。

赏析

金铜仙人是在西汉最强盛的武帝时代铸造的,到了魏明帝的时代,昔日强盛的汉朝早已经成为过去,这些铜人亦被迁徙。诗人虽然家世已经破

● 作者简介:
李贺,字长吉,自称"唐诸王孙",年少才高,仕途偃蹇,少年早亡。中唐时期的重要诗人,诗风鲜明而独特。

败,但是始终不曾忘记"唐诸王孙"的身份;虽然号称中兴,但是江河日下的大唐王朝,让年少才高的李贺内心充满了苦闷。而金铜仙人显赫的来历、黯淡的结局,都与李贺自己的身世有相似之处。所以,他写下了这首沉痛的诗。诗从长眠茂陵的武帝的感受写出了魏宫官迁走铜人,而武帝却无可作为、也无法作为。当年繁华的宫殿,如今则是"土花碧",到处都是青苔。铜人被迁,能带走的只有汉宫月光,流下了"忆君"的清泪。铜人离开的路上,"衰兰"相送,其景凄凉,"天若有情",亦会因此而伤心憔悴。荒凉的月色下(不是月色荒凉,是长安荒凉),铜人渐行渐远,渭水河的波声,渐渐杳不可闻。诗人充分地利用了长安城其时的残败与月夜的凄凉,来渲染铜人离开时的伤心与无奈,含蓄地抒发了破落的贵族后裔回天无力的悲愤之情和痛苦之感。

戎　昱

咏　史

汉家青史上，计拙是和亲。
社稷依明主，安危托妇人。
岂能将玉貌，便拟静胡尘。
地下千年骨，谁为辅佐臣？

赏析

　　和亲，是自汉一直延续下来的与周边的游牧民族政权相处的策略。本诗不是具体吟咏某一次的和亲，而是针对这一政策。诗人开宗明义，认为汉朝历史上，拙劣的策略就是"和亲"。随后，就此展开议论。社稷本需要明主卫护，现在却将国势安危全寄托在妇人身上。真的以为花容月貌就能消弭战争吗？那些埋在地下的汉朝大臣，哪一个堪称辅佐之臣呢？这首诗，丝毫不讳言对和亲之计及其策划者的蔑视和不满。

　　和亲之计，情况不同，不能一概而论。但是显然在被动屈辱条件下的和亲，事实上是朝臣无能的苟安之计。安史之乱后，藩镇割据，唐朝边

● 作者简介：
戎昱，中唐前期诗人，荆州（今湖北江陵）人，登进士第。曾为辰州、虔州刺史。

患严重。所以，题目是咏史，实际上是针对当时的现实。诗人议论直指要害。"社稷依明主，安危托妇人"成为传诵的名句。诗人以诗议政，这是真正继承了《诗经》的传统。

白居易

赋得古原草送别

离离原上草，一岁一枯荣。
野火烧不尽，春风吹又生。
远芳侵古道，晴翠接荒城。
又送王孙去，萋萋满别情。

赏析

　　这是白居易的名作之一。选于此，有两个理由。一是中小学语文课本常常只选前半首，再则就是沈德潜的评语所说的理由。沈德潜评价说："此诗见赏于顾况，以此得名者也。然老成而少远神。白诗之佳者，正不在此。"名篇佳作，广为流传的理由有很多。写得好是其中之一，却不是唯一。

　　题目"赋得古原草送别"，意味着诗要描写古原草并表达送别之意。这首诗，前六句都是在写草。"离离"，形容草茂盛的样子。"一岁一枯

● 作者简介：
白居易，字乐天，号香山居士。中唐时期的大诗人，与元稹共同代表了中唐时期的诗歌风格之一面，世称"元白"；后期又多与刘禹锡相互唱和，并称"刘白"。白居易最著名的诗，自然是长篇感伤叙事抒情诗《长恨歌》与《琵琶行》。

荣",是写草春荣秋枯,概括草的生命特征。"野火烧不尽,春风吹又生"是本诗中的名句,已经获得了脱离诗歌的生命力;这是形容草的生命力之强韧。即使遭遇了严重的摧残,春天到了,仍会绿遍原野。至此,都是写"草"。"远芳侵古道,晴翠接荒城"在写草的同时,写到了古原。"远芳"和"晴翠"都是写芳草绿满原野,以及古原之大,"晴翠"还写出在阳光映照之下的草色之美,"古道"与"荒城"可见出原之为古原。自从《楚辞·招隐士》写出了"王孙游兮不归,春草生兮萋萋",写草而及王孙,就成了诗人的必备思路。因此,这首诗的尾联,反其意而用之,写春草离离的时候,送别王孙,萋萋的春草皆是别情。正因如此,沈德潜才评其"老成而少远神"。白居易的长处在于深情,即使是对于日常平凡事物,也一往情深。这首诗成功的根本,则在于写出了看似柔弱的春草所具有的强韧的生命力。

白居易

望月有感

自河南经乱,关内阻饥,兄弟离散,各在一处。因望月有感,聊书所怀,寄上浮梁大兄、於潜七兄、乌江十五兄,兼示符离及下邽弟妹

时难年荒世业空,弟兄羁旅各西东。
田园寥落干戈后,骨肉流离道路中。
吊影分为千里雁,辞根散作九秋蓬。
共看明月应垂泪,一夜乡心五处同。

赏析

白居易的诗,苏轼对其评价是一个"俗"字。这个"俗",既是"通俗易懂"之俗,也是"俗人之情"之俗。"通俗易懂"就是说很容易明白,这是白居易的追求。而能把"俗人之情"写得不但通俗易懂,而且亲切动人,则是白居易作为诗人的本领之所在。

诗的前两联,就是在描述题目中所说的乱离之况。白居易所生活的中唐时期,多灾多难。他在十多岁的时候,就因为战乱而离家四处漂泊。德宗贞元十五年(799)春,宣武军(治所在开封)节度使董晋死,他的部下举兵叛乱。随之,彰义军(治所在汝南)节度使吴少诚叛乱,唐朝不得不

发兵征讨，河南一带再次沦为战乱的中心。加之漕运受阻，旱荒连年，关内（陕西中、北部及甘肃一部分地区）饥馑十分严重。这就是白居易写这首诗的时代背景。

正如常言所说"覆巢之下无完卵"，连年的灾荒与战乱，让很多人家都生计无着。白居易在诗中写出了家业凋零，兄弟们被迫离散去寻找生计，田园寥落，骨肉分离。"吊影"一联，集中抒发骨肉分离的悲痛之情。像分隔千里的孤雁，只能形影相吊，像断了根的秋天的飞蓬，身不由己地飘飞各处。尽管四处分离，但想象着兄弟姐妹们今夜共望这一轮明月，思乡思亲之心却是一样的。因为是乱世，不能团聚，只能望月寄相思，所以这里只有沉痛，而没有苏东坡《水调歌头·明月几时有》中"但愿人长久，千里共婵娟"那样的洒脱。

白居易

问刘十九

绿蚁新醅酒,红泥小火炉。
晚来天欲雪,能饮一杯无?

赏析

　　这是白居易诗中的佳作,白居易最擅长抒发对日常生活的深情厚意。绿蚁,指的是新酿的酒,因为酒未滤清时,浮起来的酒糟渣颜色微绿,细如蚁,故称"绿蚁"。这首诗首先赋予读者的感受是色彩:绿蚁酒、红泥炉,温馨而热烈。何况,红泥炉中还热烈地燃烧着火焰。室内是如此的温馨,室外又如何呢?室外的"晚来天欲雪"和室内的温馨、热烈恰好形成了鲜明的对比。所以诗人含笑说出的那句"能饮一杯无",简直是无法拒绝的邀请。天晚欲雪,有人备好了酒,暖好了炉,殷勤相邀,怎能拒绝呢?

元　稹

遣悲怀（其一）

谢公最小偏怜女，自嫁黔娄百事乖①。
顾我无衣搜荩箧，泥他沽酒拔金钗②。
野蔬充膳甘长藿，落叶添薪仰古槐。
今日俸钱过十万，与君营奠复营斋。

赏析

　　作为和白居易齐名的诗人，元稹最为世人所传诵的诗歌，就是他的悼亡诗了。元稹的妻子韦丛是太子少保韦夏卿的女儿，二十岁时嫁给元稹，七年后，韦丛去世。这首诗大约写于韦丛去世两年之内，其时元稹任监察御史分务东台任上。《遣悲怀》一共三首，这是第一首。这一首，虽然没

● 作者简介：
元稹，字微之，中唐时期著名诗人。年少即有才名，与白居易同科及第，并结为终生诗友，世称"元白"，诗作号为"元和体"。诗以"悼亡"为最佳，给世人留下"曾经沧海难为水，除却巫山不是云"的千古佳句。

---

① 黔娄：齐国的贫士。
② 荩箧（jìn qiè）：竹或草编的箱子。泥：软缠。

有"诚知此恨人人有,贫贱夫妻百事哀",以及"惟将终夜长开眼,报答平生未展眉"这样的警句,可是那种对于生前琐事的絮絮的描写,加上最后一联韦丛去世后家境变化的对比,真能让人感受到命运的无情。

"谢公最小偏怜女",以东晋时期士族豪门的代表谢安最疼爱的谢道韫为喻,写出韦丛高贵的出身,但她却嫁了"黔娄"——也就是元稹这个穷小子。因为穷,所以才"百事乖",什么事情都不顺遂。所以,颔联和颈联就极力描写他们困窘的生活状况。无衣、无钱(所以也无酒)、无蔬、无柴。简直就是生活所需,样样匮乏。但生于豪门的韦丛却甘之如饴。而如今,他的俸钱已经超过了十万,妻子却没有机会与他共享富裕了,他能为她做的,只有营奠、营斋(设斋饭以招待僧众,做法事为死者超度灵魂)。这是最大的悲哀,与其说是为她而做,不如说是为了自己能心有所安而做。

韩　愈

送桂州严大夫同用南字

苍苍森八桂，兹地在湘南。
江作青罗带，山如碧玉篸。
户多输翠羽，家自种黄甘。
远胜登仙去，飞鸾不假骖。

赏析

　　唐朝诗人写的送别诗很多，佳作如林，各具风采。王勃的"海内存知己，天涯若比邻"，李白的"浮云游子意，落日故人情"，王维的"劝君更尽一杯酒，西出阳关无故人"，高适的"莫愁前路无知己，天下谁人不识君"……都是传诵千古的名句。这些诗不仅写出了彼此的情谊，更写出了人生的态度。

　　韩愈的这首诗，切入点别具一格。桂州就是今天的桂林，是偏远之地。去桂林任职，是一次远别离。看王勃的《送杜少府之任蜀州》就可以

● 作者简介：
韩愈，字退之，自称"郡望昌黎"，故世人称之"韩昌黎"或"昌黎先生"。中唐时期著名的文学家、思想家、政治家。其诗歌在中唐开辟新风，表现出与白居易不同的另一种风格。

想象一二。

  然而，韩愈写来，却不见一丝颓丧之气。他从桂林山水之美写起，写山水之美丽，物产之珍奇，将那个充满了南国情调的地方，写得如诗如画。最后，诗人宽慰友人说"远胜登仙去，飞鸾不假骖"，借桂林的生活远胜成仙，来突显桂林的美好，给即将远走桂林赴任的友人送去一份含蓄的慰藉。对朋友的理解、关心等各种情谊，都包含在了这首诗中。正是李白笔下"落日故人情"般的温暖和美好。

王 建

十五夜望月寄杜郎中

中庭地白树栖鸦,冷露无声湿桂花。
今夜月明人尽望,不知秋思在谁家?

赏析

　　中秋节一向是团圆的节日。但诗人笔下的中秋,"中庭地白",月光如霜,寒鸦栖树,"冷露无声",浸湿桂花。第一、二句诗,既写出了中秋月圆,也写出了夜色渐深。月光再明,也无法看到树上的栖鸦,只能听到鸦啼的声音渐渐安静下来;秋露晶莹,要浸湿桂花,也不是片刻之事,自然是夜色已深。夜深人静,明月在天,诗人好像心生疑问:"秋思在谁家?"这既是抒发自己怀人之慨,也是为普天下同诗人一样不能与亲朋团聚的人说出了心声。因此,这一问,历经千年的时光,依旧令人动容。

● 作者简介:
王建,字仲初,中唐时期诗人。工于乐府。

杜　牧

金谷园

繁华事散逐香尘，流水无情草自春。
日暮东风怨啼鸟，落花犹似坠楼人。

赏析

金谷园是东晋富豪石崇的园林，其中楼台万状，珠翠千行。石崇有宠爱的歌伎绿珠擅长吹笛，权臣孙秀欲夺之，石崇不与，因此获罪。崇谓绿珠曰："我今为尔得罪。"绿珠泣曰："当效死于官前。"因自投于楼下而死。杜牧此诗，咏叹的就是这段往事。不管是富豪还是权贵，即使是某一个朝代的宫廷，最后都不免雕梁画栋消散，变成草木繁盛之地。杜牧此诗，就是写金谷园徒然留下奢华之名，往事已散，如同香尘随风，流水依旧，草木自荣。日暮东风，啼鸟哀鸣，落花飘摇，仿佛当年的坠楼人。

杜牧的这首诗，有非常鲜明的晚唐特色。诗中所有的意象，琐细、柔软、温丽，缠绵之中充满了伤感之情，将对古人的伤悼融汇在眼前所见的景色之中。

作者简介：

杜牧，字牧之，号樊川居士，后世称"杜樊川"，京兆万年（今陕西西安）人。宰相杜佑之孙。是晚唐杰出的诗人，与李商隐齐名，晚唐诗歌风格的代表人物之一。诗尤以七绝、咏史见长。

杜 牧

遣 怀

落魄江湖载酒行,楚腰纤细掌中轻。
十年一觉扬州梦,赢得青楼薄幸名。

赏析

　　这是杜牧的名作之一,沉沦之中,有一种自我反省又自我放纵的意味,很能表达诗人狂放而失意的内心世界。杜牧心怀大志,但仕途始终不顺利,再加上性格的因素,在扬州常常夜游平康巷。"楚腰纤细"写的是美丽的歌舞伎。一句"落魄",一句"楚腰",将他在扬州的感受抒发得淋漓尽致。然而,那样放纵的生活恍如一梦,留给他的只有"青楼薄幸"的名声。不能实现自己的理想,又辜负了美人,于杜牧而言,真是落魄。

杜　牧

登乐游原

长空澹澹孤鸟没，万古销沉向此中。
看取汉家何事业，五陵无树起秋风。

赏析

乐游原，在长安东南，是唐朝长安城的最高点。乐游原地势高耸，登原远眺，四望宽敞，京城之内，俯视如掌。"原"在陕西话中的意思是高而平之地。北宋柳永《少年游》曾有"夕阳鸟外，秋风原上，目断四天垂"之句，写出原上那种天高地阔之感。杜牧此诗，亦如此。"长空澹澹孤鸟没"，"澹澹"是广阔无边的样子，一只飞鸟，在这广漠的天宇中飞到了视线望不到的地方，诗人目视着孤鸟的消失，想到在这块古老的土地上发生的种种历史，都如同这只鸟消失在天空中一样，不留任何痕迹地消失了，即所谓"万古销沉向此中"。唐人历来以汉喻唐，所以在回顾历史的时候，汉朝的历史特别容易引发唐人的感叹。那么强大的汉朝，只留下帝王们的陵墓，经历着秋风的吹拂。

杜牧身处晚唐时期，其时大唐王朝已经日薄西山。杜牧心怀大志却屡遭排挤，此诗就是他独立高原、面对秋风、缅怀历史而生的感慨，有浓厚的历史沧桑之感。

李商隐

蝉

本以高难饱，徒劳恨费声。
五更疏欲断，一树碧无情。
薄宦梗犹泛①，故园芜已平。
烦君最相警，我亦举家清。

📖 赏析

　　这是李商隐的一首咏物诗。蝉之为物，在古人看来，一则是餐风饮露，再则是鸣声高远。古人的咏蝉诗常常抓住这两个特点展开描写，李商隐亦如此。诗的前四句写蝉，后四句写自己。写蝉的时候，更多的是从

● 作者简介：

李商隐，字义山，号"玉溪生"。晚唐代表诗人之一，与杜牧并称"李杜"，为区别于李白、杜甫，故以"小李杜"别之。诗歌深情绵邈而绮丽，擅长用典。诸体皆擅，尤以七律成就最高，是杜甫之后最擅长七律的诗人。

---

① 梗犹泛：出自《战国策·齐策》"土偶人对桃梗说：'今子，东国之桃梗也，刻削子以为人。降雨下，淄水至，流子而去，则子漂漂者将何如耳。'"后以梗泛比喻漂泊不定，孤苦无依。梗，指树木枝条。

听到蝉鸣者的感受写起,虽然是写蝉,更是写听到蝉鸣者的想象与感受。"本以高难饱",是说蝉栖息在高树之上餐风饮露,很难饱食。"徒劳恨费声",则表明声声不断的蝉鸣是徒劳的,没有人听到,即使听到了也没有人在意。"五更疏欲断",则是写蝉的鸣声在五更天的时候,稀疏得快要断绝了;"一树碧无情",而它栖身的大树,依旧一碧如旧,全然无情。显然,李商隐在描写蝉的时候,是投入了自己极大的认同感,那高处孤栖的蝉就是清高的诗人自己的化身。所以接下来,诗人就转写自己。诗人辗转各地幕府做幕僚,非常不安定,所以诗人形容为"薄宦梗犹泛,故园芜已平"。故园已经荒芜,是表达"不如归去"之意。至此,我们才明白,李商隐事实上是在写自己的境遇与蝉何其相似!所以,才顺理成章地有了诗的尾联:"烦君最相警,我亦举家清。"君(蝉)我相对,咏物与抒情水乳交融,又呼应开篇,首尾照应。借小小的蝉,不仅表达自己的清高,更表达了自己境遇之慨,是咏物诗中的上乘之作,与初唐虞世南的《蝉》"相映成趣"。

李商隐

晚　晴

深居俯夹城①，春去夏犹清。
天意怜幽草，人间重晚晴。
并添高阁迥，微注小窗明。
越鸟巢干后，归飞体更轻。

赏析

"深居俯夹城"，是说自己居处幽僻，俯瞰夹城，时令则是春去夏至。一个"清"字写出了初夏的清和。于此时、此地，诗人遭遇"晚晴"。接下来的六句就描写"晚晴"。"幽草"，幽僻之处的草，生长在角落，不容易得到阳光，可是这晚晴的光，也会照射到幽草之上，仿佛天也垂怜。由此引出"人间重晚晴"之慨。"并添高阁迥，微注小窗明"，依旧是写"晚晴"带来的视觉感受，让高阁——也就是诗人所居之处更加高迥——看得更远了，夕阳的余晖透窗而入，有了些许的明亮。鸟巢也因这晚晴的光而干爽，归飞的越鸟（南方的鸟）身体也更轻盈。这轻盈，一则是因为巢干的喜悦，再则是因为鸟的羽毛也干爽起来，飞起来更轻快。

---

① 夹城：城门外的曲城。

天地间的人与物，都因为这"晚晴"而变得喜悦。

　　李商隐的一生，早尝忧患，又因为学于牛党之令狐楚，而婚于李党王茂元之女，夹在"牛李党争"之中，备受排挤。这首诗，写于他受牛党排挤而被迫随郑亚去往桂林做幕僚之时。郑亚于他比较信任，又暂时挣脱了党争的旋涡，所以诗中体物工细的同时，还有一种喜悦之感。正是这份感情，才赋予了这首诗以灵魂。

李商隐

无题（其一）

昨夜星辰昨夜风，画楼西畔桂堂东。
身无彩凤双飞翼，心有灵犀一点通。
隔座送钩春酒暖，分曹射覆蜡灯红。
嗟余听鼓应官去，走马兰台类转蓬。

赏析

  李商隐是杜甫之后七律成就最高的唐代诗人。他的七律有自己鲜明的特点。第一，自然是用典华丽，再则是他的律诗，尤其是无题系列的诗，表达了很深的幽隐的内心情怀，在诗坛上独树一帜。叶嘉莹先生说："义山诗思致的深曲，感情的沉厚，感觉的锐敏，观察的细微，既都足以使人情移而心折；而从外在的辞藻方面而言：义山诗用字的瑰丽，笔法的沉郁，色泽的凄艳，情调的迷离，更足以使人魂迷而目眩。"这一特点，在他的无题诗中表现得更充分。

  这首《无题（其一）》，虽然尾联依然在感叹官身不由己，可是整首诗是充满了温情和喜悦的。那个感叹是因为无法在这个温暖和喜悦的场合多停留。

  诗的第一句就是回忆。"昨夜星辰昨夜风"，星辰灿烂，夜风骀荡，好像整个人都在那星光中心神摇荡。那么美好的记忆是在哪里呢？"画楼西畔桂堂东"，用"画楼"和"桂堂"来渲染地点的美好。"画楼"表示装饰之美，"桂堂"表示材质之佳。"身无彩凤双飞翼，心有灵犀一点通"，这是千古传诵的名句。李商隐的七律"无题"，几乎每一首都会有一联特别精彩的诗句。"彩凤"也好，"灵犀"也好，都是在用极美好的事物来突显两个灵犀相通的人美好的遇合，虽不能比翼双飞，可是却心有灵犀。这是一种最深层的心灵相知。

  第五、六两句是描写宴会上的场景。"送钩"（藏钩于某人手中，让另外的人猜）"射覆"（藏物于巾盂之下让人猜）是酒席上热闹的游戏，"春酒暖""蜡灯红"则是酒席上美好的氛围。将毕生精力投入到李商隐诗歌研究中的刘学锴先生认为，这是描写想象中的今夜的宴会，心生向往，故此会有尾联的感叹。受到刘学锴先生观点的启发，我以为倒也不必特别拘泥是昨夜还是今宵，可以是昨夜的场景，也同时是今宵的想象，正因为经历过，所以细节上会更温馨，也更能表现出"心有灵犀一点通"。

李商隐

无题（其二）

飒飒东风细雨来，芙蓉塘外有轻雷。
金蟾啮锁烧香入，玉虎牵丝汲井回。
贾氏窥帘韩掾少，宓妃留枕魏王才。
春心莫共花争发，一寸相思一寸灰。

赏析

　　这首诗写的是那种绝望入骨，却无法放弃也不得放松的感情。诗的首联，描绘春回大地，那种朦胧且带着生命萌动的气息，不需要借助古典诗歌里有关的描写就能深刻地感受到。颔联其实就是在写"（香）相（丝）思"二字。"金蟾啮锁"，也锁不住香气渗出；"玉虎（辘轳）牵丝（井绳）"，从深井中回来。巧妙地借助香炉之密封，井水之深隐，将那无处隐藏、无法克制的相思之情写得再形象不过了。但是诗人觉得还不够，接下来又用了两个历史上有名的爱情故事，来写女子的春心萌动。《世说新语》载："晋韩寿美貌，大臣贾充辟其为掾（幕僚），充女窥见，私相悦慕，遂私通。女以皇帝赐充之西域异香赠寿，充察之，以女妻之。"《文选·洛神赋》李善注说，曹植爱慕甄氏，曹操却许之曹丕。甄后死后，曹丕将她的遗物玉带金镂枕送给曹植。曹植离京回归封地的途中，梦见甄后留言有意于他，以枕为证。曹植感其事，而作《洛神赋》。诗人选取这两个爱情故事，一爱男子之美貌，一爱男子之才华（曹植是古来才子的代称），都是无法遏制不能自已的情感。可是，诗的尾联却急转直下，"春心莫共花争发，一寸相思一寸灰"，那样强烈的情感，却要强行抑制——莫共花争发，这分明是在说，内心的情感已经如同春花一样萌发，只是，"一寸相思一寸灰"，相思有多深，有多长，就有多绝望。相思之美好与强烈，爱而不能的绝望与感伤，形成了强烈的对比。所以，这一联诗具有非常震撼人心的力量。

李商隐

寄令狐郎中

嵩云秦树久离居,双鲤迢迢一纸书。
休问梁园旧宾客,茂陵秋雨病相如。

赏析

"令狐郎中"是李商隐的老师令狐楚的儿子令狐绹,擢左补阙、右司郎中。嵩山之云,秦川之树,表示两地睽违。蔡邕《饮马长城窟行》有:"客从远方来,遗我双鲤鱼。呼儿烹鲤鱼,中有尺素书。"此后就称书信为鲤书或鱼书。开头两句是写两人分离日久,对方殷勤来书问候。"梁园旧宾客",指的是梁孝王在梁园召集宴饮司马相如的故事,"茂陵秋雨病相如",依旧是司马相如的故事。相如常有消渴疾,因病免官于茂陵。李商隐长于骈文,诗歌亦喜用典。一首短短的绝句,亦用典,且用得非常妥帖,既符合彼此的身份——以梁孝王喻指令狐郎中,司马相如喻指自己,又写出了自己的潦倒之状。

李商隐

瑶　池

瑶池阿母绮窗开，黄竹歌声动地哀①。
八骏日行三万里，穆王何事不重来？

赏析

　　本诗嘲讽穆天子求仙之妄。穆天子求仙为长生。历史上，有《穆天子传》叙述了穆天子求仙的故事，并说穆天子有八骏马，可以日行万里。这首诗，不说穆天子已死，而从西王母的角度来写。长生不死的西王母，诧异着穆王有日行万里的骏马，可为什么一别之后再不重来？特别点出骏马，以示非距离遥远之故。而那"歌声动地哀"的黄竹之诗，也是出自穆天子之手，在这里是写王母内心之哀，含蓄地写出了曾经与掌握不死之药的西王母有过交谊的穆王，也难免一死，求仙之妄不言而喻。

---

① 瑶池阿母：典出《穆天子传》卷三"天子宾于西王母，觞西王母于瑶池之上"。黄竹歌声：典出《穆天子传》卷五"日中大寒，北风雨雪，有冻人，天子作诗三章以哀民"。

李商隐

嫦娥

云母屏风烛影深,长河渐落晓星沉。
嫦娥应悔偷灵药,碧海青天夜夜心。

赏析

　　本诗为李商隐的名篇之一,也特别能体现李商隐诗歌的那种深隐幽微之感。长夜无眠之人,凝望夜空,看到了月亮,想到了月中嫦娥。"碧海青天"写夜宇之广阔、深邃与寂寥,"夜夜心"则是以其灵心锐感,夜夜感受着这孤寂与清寒。所以,诗人才说"嫦娥应悔偷灵药",若无灵药,也就无须忍受如此孤寂。李商隐的心思,就如同嫦娥的"夜夜心"一样。因此,有关诗意,有各种不同的猜测。私以为,嫦娥之悔,也就是李商隐之傲与悔。"灵药"是他所有敏感与痛苦的来源。因为痛苦,故而有悔。因为能感他人所不能感,故傲,仿佛绝世红颜才有的痛恨自己美貌的资格。

温庭筠

送人东游

荒戍落黄叶，浩然离故关。
高风汉阳渡，初日郢门山。
江上几人在，天涯孤棹还。
何当重相见，尊酒慰离颜。

◆ 赏析

荒戍落叶，一派萧瑟之感，似乎要抒发秋日离别的愁怀，但接下来诗人写的却是"浩然离故关"，真是有一种悲壮之感。"高风汉阳渡，初日郢门山"，这是诗人惯用的句法，和他时常被人拿来讨论的"鸡声茅店月，人迹板桥霜"一样，都是由纯粹的名词组成的诗句，浑融无迹。"汉阳渡"与"郢门山"相距千里，一在湖北武汉，一在湖北宜都，"高风"与"初日"互文，是写在高风初日之际，送别友人踏上荆山楚水，阔地高天，与前一句的"浩然"相呼应。"江上几人在，天涯孤棹还"，想象友人一路上的孤零。最后以期盼相见作为结语。

◉ 作者简介：
温庭筠，本名岐，字飞卿，太原（今山西祁县东南）人，有《温飞卿集》。飞卿才思艳丽，工于小赋。诗与李商隐齐名，并称"温李"。

刘 驾

弃 妇

回车在门前,欲上心更悲。
路旁见花发,似妾初嫁时。
养蚕已成茧,织素犹在机。
新人应笑此,何如画娥眉!
昨夜惜红颜,今日畏老迟。
良媒去不远,此恨今告谁?

◎ 赏析

　　诗抓住了弃妇离开夫家的那一刻。"路旁见花发,似妾初嫁时",当年作为新娘嫁过来的时候,也是貌美如花的样子,此即所谓"妇容"。"养蚕已成茧,织素犹在机","妇德"与"妇工"兼备。这是一个妇德无缺的女子,然而,却无辜被休。而"新人应笑此,何如画娥眉"轻轻道出了她被嫌弃的根本原因:不善媚夫。"士为知己者死,女为悦己者容。"妇人的容德,常常堪比男子的才德。所以,诗写弃妇,既是为女性的凄凉命运鸣不平,同时也是广大读书人不得被重用的悲伤。

◎ 作者简介:
刘驾,字司南,江东人。晚唐时期以古诗著名于世。

马　戴

落日怅望

孤云与归鸟，千里片时间。
念我何留滞，辞家久未还。
微阳下乔木，远烧入秋山。
临水不敢照，恐惊平昔颜。

赏析

诗的首联和颔联，形成鲜明的对照。既写出落日时分望远所见，又写出自己的怀乡之感。望中见"孤云""归鸟"，它们是"千里片时"，而"我"却滞留他乡，久不归去。浓重的乡愁由此而起。颈联写夕阳落日，暮色渐起。一个怅望之人呼之欲出，所以有尾联的"临水不敢照，恐惊平昔颜"。一则补足前文的"滞留"之意，再则写出诗人此刻内心的黯然神伤。这首诗，情从景生，情景交错，余韵不尽。

● 作者简介：

马戴，字虞臣，武宗会昌四年（844年）进士。大中初，太原李司空辟掌书记，以正言被斥为龙阳尉。官终大学博士。

杜荀鹤

春宫怨

早被婵娟误，欲妆临镜慵。
承恩不在貌，教妾若为容。
风暖鸟声碎，日高花影重。
年年越溪女，相忆采芙蓉。

赏析

这是一首典型的宫怨诗。前四句是传统宫怨诗的写法，美貌见弃，婵娟误人。但是第五、六两句却宕开一笔，去写骀荡的春光。这一联写春色工细，是历来传诵的名句。春色如此灿烂，与宫女孤寂的宫中生活形成了鲜明的对比。然而诗人不止于此，思绪到了更遥远的故乡："年年越溪女，相忆采芙蓉。"化用西施的故事，以西施代宫女。家乡的姐妹们，年年采芙蓉的时候，都会想起我吧？昔年生活的回忆，更使诗人倍感当下的孤寂。

古时候，人们说"士为知己者死，女为悦己者容"，所以，女子的美

● 作者简介：

杜荀鹤，字彦之，池州石埭（今安徽石台）人。大顺中进士，后授翰林学士、知制诰。

貌，可比男子的才华。女子的美貌见弃，可比男子的怀才不遇。因此，这类诗歌，常常也有诗人自己的遭遇之慨在其中。

周繇

望 海

苍茫空泛日,四顾绝人烟。
半浸中华岸,旁通异域船。
岛间应有国,波外恐无天。
欲作乘槎客,翻愁去隔年。

赏析

　　选择这首诗,有两个理由。一个是古典诗歌中甚少有描写大海的作品。另一个理由则是,周繇是个相对无名的诗人,但是他依然能写出如此气魄的作品。我们也可以由此想象到唐诗的繁盛。

　　大海浩瀚无际,要写出沧海之大,方为佳作。周繇此诗,寥寥数语,就勾画出了辽阔的沧海。舟行海上,宛然"空泛","四顾"无人迹。"半浸中华岸,旁通异域船",极其扼要地写出了海势和陆地之间的关系。"岛间应有国,波外恐无天",沈德潜认为读此"爽然若失"。是因为写景令人如入其境。最后一联,泛泛地使用"乘槎客"之典故,只取其乘槎远行之意,写自己将长期海行。用时间的悠长,补足空间的辽阔。

● 作者简介:
周繇,字为宪,池州(今属安徽)人。晚唐诗人,家贫,工吟咏,与段成式友善。《全唐诗》收有繇诗一卷共22首。

崔道融

梅 花

数萼初含雪，孤标画本难。
香中别有韵，清极不知寒。
横笛和愁听，斜枝倚病看。
朔风如解意，容易莫摧残。

● 赏析

梅花之清丽孤高，最见于雪中。本诗就抓住梅花雪中盛开，一方面写天气之清寒，一方面写梅花之形容难画，清香韵远，令人忘记寒冷。笛曲有《梅花落》，赏梅最喜欢斜枝横逸，因此，"和愁听""倚病看"写出爱梅之人与梅花相通的精神世界。最后的结句"朔风如解意，容易莫摧残"，惜花自怜，兼而有之。梅花与人，在这里已经无分彼此。这是一首能写出梅花精神，更能体现诗人精神的好诗。

● 作者简介：
崔道融，荆州（今湖北）人，晚唐诗人。以征辟为永嘉令，累官右补阙。

韩　偓

已　凉

碧阑干外绣帘垂，猩色屏风画折枝。
八尺龙须方锦褥，已凉天气未寒时。

赏析

韩偓的诗，非常能体现晚唐诗歌的特色，绮丽而柔美。这首诗单纯就内容而言，写的是一间精致华丽的卧室。读这首诗，我们仿佛随着诗人的"视线"，由外而内，看到了卧室的全貌。"碧阑干""绣帘垂""猩色"意指颜色的鲜红，屏风上画着折枝花卉。最后，诗人"看到"铺着龙须草垫和织锦被褥的大床。诗人写到这里，不再继续写室内的铺陈，转而写了一句看似交代时令的"已凉天气未寒时"。明丽的设色，华丽的装饰，欲冷未冷的天气，绮丽之中带着点惆怅。然而，诗人什么都没有说，甚至诗中都没有人出现。那一点微凉，却一直会留在读者的心中，让人无法放下。这首诗，像一幅色彩明丽的画，事实上更接近词的境界，表达的甚至不是情感，而是某种说不清道不明的情绪。

● 作者简介：

韩偓，乳名冬郎，字致光，号致尧，晚年又号玉山樵人。晚唐五代诗人，自幼聪明好学，十岁时，曾即席赋诗送其姨夫李商隐，令满座皆惊，李商隐称赞其诗"桐花万里丹山路，雏凤清于老凤声"。

韦　庄

忆　昔

昔年曾向五陵游，午夜清歌月满楼。
银烛树前长似昼，露桃花下不知秋。
西园公子名无忌，南国佳人号莫愁。
今日乱离俱是梦，夕阳唯见水东流。

赏析

虽然安史之乱后大唐王朝每况愈下，但是在唐朝覆亡之前，有些都市，比如长安，还是非常繁华的。韦庄早年曾经入长安，恰逢黄巢入京，他目睹了长安城怎样从繁华变为破败。这首诗或是他流落江南或者入蜀后所写。

诗以"昔年"引起对往昔的追忆。"五陵"是长安城中富贵人家聚居之处。诗的前六句就是写昔年奢华的欢宴。"午夜清歌"，月色满楼。银烛高照，桃花无秋。参与宴会的人，则是"西园公子名无忌，南国佳人号莫愁"。各种注释都说，这里的"西园公子"是指魏文帝曹丕和其弟曹植等人，"无忌"，战国时期魏公子信陵君无忌。这一句，于典故本身我

● 作者简介：
韦庄，字端己，晚唐五代诗人。唐亡后入蜀，前蜀立国，制度皆出于庄。

以为并无深意，只是借助文帝和曹植，包括信陵君的王孙公子的身份，以及"无忌"这个名字所含有的"纵情"之意，一则是对应下句的"南国佳人号莫愁"，再则是借"无忌""莫愁"写出欢宴之乐。尾联则是将这一切的繁华与热闹一笔勾销。因为遭逢了乱离，往昔的一切都如同一场梦一样，唯有夕阳，映照着江水东流。

　　沈德潜在《唐诗别裁》中评论这首诗说："此时遭乱离，追忆昔时而作，极风美流发。"令人感动的就是诗中追怀往昔之美好的那种美而哀的情感。

宋　词

王国维《宋元戏曲史·自序》中有"凡一代有一代之文学：楚之骚，汉之赋，六代之骈语，唐之诗，宋之词，元之曲，皆所谓一代之文学，而后世莫能继焉者也。"其中，经常与"唐诗"相提并论的是"宋词"。人们对宋词的喜爱也堪比唐诗。

词与诗的差别，简而言之有二：一个是形式上。诗相对整齐，词则句式参差，所以别名"长短句"。李清照《词论》中批评晏殊、欧阳修、苏轼等人不懂词的时候，说他们写的是"句读不葺之诗"。另一个就是词与音乐的关系比诗更紧密，也就是"合乐可歌"。李清照就是从这个角度论述诗与词的不同，在声音的层面上，诗只分平仄，而词则分五声。同时这种来自于音乐的文学形式，是中国古典时代最能表达内心的幽微隐曲的情感的。

由此我们也可以理解，为什么在词史上，"婉约"始终被视为正宗。

今天我们基本认为，词这种文学形式，发端于唐朝，中晚唐时期开始在文人中流行，五代时期初具规模，大盛于宋。随着南宋的灭亡，词不绝如缕，让位于元曲。在这个过程中，以温庭筠、韦庄为代表的花间词派是一个时期，南唐中主李璟、后主李煜父子和宰相冯延巳，虽然所留作品不多，但也是自成一派，并对北宋初期的词影响深远。两宋时期，名家辈出，从形式（小令到长调）、主题，到风格、章法结构等，都有了丰富的发展。其中，柳永、周邦彦、姜夔等人，文学与音乐兼善，对词的形式、作法、风格的发展等都有举足轻重的贡献。而苏轼和辛弃疾则在词的境界方面有长足的发展。

其实，宋朝的文学形式最齐备，宋代诗、文的成就也是有目共睹的。何以"狭而深"的宋词能成为宋的"一代之文学"？我以为与词所呈现出来的时代文化心理有直接的关系。在宋代，成熟的诗歌是文人们呈学说理的手段，而人们心中那些更关乎个人的情感，包括那些感叹人生短暂、无常的情感，则被纳入了词中，向内心深处进行探寻，和宋朝转向"内在"的文化达成了某种一致，从另一个层面，深刻地呈现出那个时代的文化心理。所以，词才会成为"一代之文学"。

李 煜

清平乐

别来春半,触目柔肠断。砌下落梅如雪乱,拂了一身还满。

雁来音信无凭,路遥归梦难成。离恨恰如春草,更行更远还生。

赏析

李后主是一位亡国之君,现多选择他亡国后追思故国的词作,比如大家熟悉的《虞美人》(问君能有几多愁,恰似一江春水向东流),《相见欢》(林花谢了春红、无言独上西楼)等。这里选择的则是南唐亡国之前他的作品。他的弟弟被迫去宋都城东京汴梁做人质而不得回。李煜思念弟弟,同时也在忧心国事而写了这首词。作为天才的诗人,李煜体物工细,比如写"落梅",写出了落花繁多的同时,也写出了心绪的繁乱。李煜更擅长的是比喻,比如下阕的"离恨恰如春草,更行更远还生",不仅写出了春光之盛,更写出了离恨绵绵。最重要的是,两句话都是两字一顿,如同春草在春风中摇曳,也是心中愁绪百折的写照。所谓"声情并茂",不过如此。

● 作者简介:

李煜,五代时南唐后主,史称"李后主"。宋灭南唐后,降于宋,封违命侯。他的词作留存不过二十余首,却被誉为"词中之帝"。

欧阳修

浪淘沙

把酒祝东风,且共从容。垂杨紫陌洛城东,总是当时携手处,游遍芳丛。

聚散苦匆匆,此恨无穷。今年花胜去年红,可惜明年花更好,知与谁同?

赏析

这是欧阳修早期名篇。北宋名臣、吴越王之后,钱惟演任东京留守时期,洛阳是一个文学重镇,汇集了梅尧臣以及初入仕途的欧阳修等当时最著名的文人。这首词,无须考察欧阳修生平,也可知,是欧阳修在洛阳送别密友之作。宋以前已经有很多送别佳作,可是欧阳修这一首,还是写出了属于他自己、属于北宋前期那个时代的特点:首先是祈祷东风长留,接着回忆在东风中与友人携手同游的美好——实际上是在祈盼与友人分别的时光可以来得晚一些。可是,良辰好景总是不能长久:去年曾经心无挂碍地携手同游;今年的花比去年的更好更艳,却面临着分别;而明年,花会更好,可是,这

作者简介

欧阳修,字永叔,北宋文坛领袖,诗文革新运动的领导者,也是北宋政坛很有作为的人物。

充满了无常聚散的人生，届时我又将会与谁同赏呢？词人在与友人惜别之际，领悟了人生的悲慨和不完满。深情之中，蕴含着至理，特别耐人寻味。洛城一年比一年更美好的春光，和一年比一年不如意的人事形成了鲜明的对比，强化着这不得不面对的离别。整首词，饱含着深情与无奈。

柳　永

少年游

长安古道马迟迟，高柳乱蝉栖。夕阳岛外，秋风原上，目断四天垂。

归云一去无踪迹，何处是前期？狎兴生疏，酒徒萧索，不似去年时。

赏析

词选上通常会选择柳永的《雨霖铃》《八声甘州》《定风波》等作品，或者他的《蝶恋花》（"衣带渐宽终不悔"那首），那些当然是柳永当之无愧的代表作。但这里选择的是柳永晚年所创作的《少年游》，虽然篇幅相对短小，但是柳永擅长描写秋色以及擅长铺叙的特点，依然表现得非常充分。这首词写出了柳永这个拥有文学和音乐天才、却没有真正找寻到人生价值和意义的人，在晚年的失落和彷徨。这首词，我以为，是柳永羁旅行役之词的总结之作，是他书写奔波一生最终的失落。词的上阕，

作者简介：

柳永，字耆卿，原名三变，排行第七，故世人称之为柳七。北宋前期的大词人，文学与音乐兼善，创作了大量长调，为词的发展做出了巨大的贡献，是词史上里程碑式的人物。

极力描写陕北高原的辽阔,也衬托出了词人自身的渺小和无力。长安古道上踽踽慢行的马,和高高的柳树上凌乱的蝉,既是词人的所见和所闻,也是诗人心情的写照。所以,下阕就开始写自己的迷茫:"我"的前路通向哪里呢?年少的时候曾经带给他莫大欢愉的美酒和狎妓,那种感官的享乐,现在已经唤不起他的兴致和热情了。古代诗人有很多"怀才不遇"的诗篇,抨击时代的黑暗与弊端,固然痛快淋漓,然而,人生终究要一日一日、一年一年地过。柳永的这一首词,则写出了他这个很有天赋的人,在晚年的失落。读这首词会让读者忍不住去思考:作为一个非常有才华的人,他的才华,到底带给他的是什么?人生,除了才华,是否还需要有更重要、更关键的精神支撑?

苏 轼

念奴娇·赤壁怀古

　　大江东去，浪淘尽，千古风流人物。故垒西边，人道是，三国周郎赤壁。乱石穿空，惊涛拍岸，卷起千堆雪。江山如画，一时多少豪杰。

　　遥想公瑾当年，小乔初嫁了，雄姿英发。羽扇纶巾，谈笑间，樯橹灰飞烟灭。故国神游，多情应笑我，早生华发。人生如梦，一尊还酹江月。

赏析

　　这是苏轼对后世影响最大的作品，为他的词赢得了"豪放"之名。可是，读这首词，如果仅仅读到了豪放，那未免太辜负了苏轼。

　　豪放的基本意义，是气魄大而无所拘束。体现在文学作品中，首先就呈现为时空的阔大。这首词的上阕，可以说，非常充分地表现了苏轼的时空概括表达能力。将宽阔奔涌的长江，与绵绵不尽的历史完美地融合在一起。在这壮阔的时空中，又着重突出赤壁，并引出在赤壁这个舞台上最

● 作者简介：
苏轼，字子瞻，号东坡居士，北宋最杰出的文学家之一，欧阳修之后的文坛领袖，对后世影响深远。

光彩夺目的周瑜。但是在上阕中,有三个字我们不能忽略,那就是"浪淘尽",因为这与下阕的抒情之间有深刻的关联。同时,也使得阔大的景色中,蕴含了深沉的情感——这不是通常所说的豪迈之情。

下阕,借"小乔初嫁"进一步烘托周郎的年少有为。可是,怀古,不是为了向古人致敬,而是借古人的故事,反省人生。因此,才有"多情应笑我,早生华发":谪居黄州的苏轼,"不得签署公事,不得擅离安置所",在这样的环境下,到底要怎样度过人生,才是不虚度?苏轼在这里并没有给出答案,只是给出了一个意味深长的感受:"人生如梦,一尊还酹江月。"人生如梦,江月永恒。在如画江山和豪杰英雄的壮阔之后,是深沉的人生之思。所以,这首词,不仅仅是豪放,至少是壮阔的时空与低徊的情感的交错。

苏　轼

卜算子

缺月挂疏桐，漏断人初静。谁见幽人独往来，缥缈孤鸿影。
惊起却回头，有恨无人省。拣尽寒枝不肯栖，寂寞沙洲冷。

赏析

　　这是苏轼的词作中堪称完美无缺之作：既本色当行又寄托无限，温柔有力地表达了东坡的内心世界。

　　东坡光风霁月，他的笔下，夜晚总是洒满了皎洁的月光。比如《水调歌头》，比如《赤壁赋》，比如《六月二十日夜渡海》。但是在这一首中，夜却是如此黯淡，只是透过稀疏的梧桐树洒落下来的"缺月"的一点微光。在这样万籁俱寂、人声亦静的时刻，词人，也就是"幽人"出现了，像一只缥缈的孤鸿。

　　"孤鸿"这个意象的选择将苏轼彼时的处境、心境，以及他自己的骄傲和持守，都充分地表现了出来：鸿雁高飞，是高远之志的象征；同时也是群居之鸟，警惕性极高。孤雁失群，本身已经很悲伤，可是即便如此惶恐不安（惊起却回头），依然不肯拣择高枝栖息。而是"拣尽寒枝不肯栖，寂寞沙洲冷"，宁愿在寂寞沙洲中忍受着寒冷。苏轼虽然是获罪被贬，但是他在这首词里表达的，则是愿意承担，或者说选择了这样的后果。

周邦彦

六丑·蔷薇谢后作

　　正单衣试酒，恨客里、光阴虚掷。愿春暂留，春归如过翼，一去无迹。为问花何在？夜来风雨，葬楚宫倾国。钗钿堕处遗香泽。乱点桃蹊，轻翻柳陌。多情为谁追惜？但蜂媒蝶使，时叩窗隔。

　　东园岑寂，渐蒙笼暗碧。静绕珍丛底，成叹息。长条故惹行客。似牵衣待话，别情无极。残英小、强簪巾帻。终不似一朵，钗头颤袅，向人欹侧。漂流处、莫趁潮汐。恐断红、尚有相思字，何由见得？

赏析

　　《六丑》，周邦彦自度曲，节选了六首极美也极难的曲子融合而成。这首词，词牌下有小序：蔷薇谢后作。蔷薇花开在春夏之际，因此，蔷薇花谢，意味着春光已去。词人由"惜春"入笔，写出客里虚度年华的悲伤与惆怅。蔷薇的残英，是这美好春光最后的留痕，所以词人惋惜无限。上阕全是惜春之情，用"楚宫倾国"描写落花之美，可是，追惜的也只有多

● 作者简介：
周邦彦，字美成，北宋晚期大词人。在词史上，甚至有评论家认为"词至美成，乃有大宗"。精通辞赋与音乐，擅长创调，发展了词的形式的同时也发展了词的表现手法，是词史上里程碑式的人物。

情的蜂蝶。

　　下阕就此生发，花落之后，满架蔷薇，只剩下碧绿的枝条，所以词人说"渐蒙笼暗碧"。而且不说人惜花，反说花恋人："长条故惹行客。似牵衣待话，别情无极"，刻画蔷薇枝条多刺的特征，同时也写出了花对人的留恋，可谓巧妙至极。结尾化用红叶题诗的典故，再写对落花的惋惜之情。整首词就是这一点惜春之意，层层渲染。这就是周邦彦最擅长的"勾勒"。

李清照

醉花阴

薄雾浓云愁永昼，瑞脑消金兽。佳节又重阳，玉枕纱厨，半夜凉初透。

东篱把酒黄昏后，有暗香盈袖。莫道不消魂，帘卷西风，人比黄花瘦。

赏析

选择《醉花阴》，而不是诸如《如梦令》或者《声声慢》之类的作品，是因为我认为这首词虽然也是写思妇念远，但是词中女主人公的形象，超越了普通的思妇，而带有士大夫的气质，是一个能超越性别界限，从而不是单纯地以情感的坚贞来打动他人的形象。"东篱把酒黄昏后，有暗香盈袖"，既化用陶渊明"采菊东篱"的诗句和意象，也化用了《古诗十九首·庭中有奇树》的"馨香盈怀袖"。这样，思念本身就越发显得纯粹。到了唐朝，"折花赠远"在诗歌中已经鲜见，在李清照词里又见古风，可谓典雅有致。而且她还不止于此，"莫道不消魂，帘卷西风，人比黄花瘦"，将抒情女主

● 作者简介：
李清照，号易安居士，生活在南北宋交替的时代，是中国历史上最杰出的女词人之一。词坛有李清照，词因而真诚，而健康，而坦率。

人公的形象进一步刻画，形神兼备。此前种种，都是铺垫。这一句画龙点睛，将"思念者"的本身（内在情感与外在形象）凸显出来，而不是借苦苦的思念乞盼远方游子的归来。

李清照

渔家傲

天接云涛连晓雾,星河欲转千帆舞。仿佛梦魂归帝所。闻天语,殷勤问我归何处?

我报路长嗟日暮,学诗谩有惊人句。九万里风鹏正举。风休住,蓬舟吹取三山去!

赏析

这首《渔家傲》写得大气磅礴,让人容易联想到李白。每次读它,都让我想起《红楼梦》中的三小姐探春的话"我但凡是个男人,可以出得去,我必早走了,立一番事业,那时自有我一番道理。"特别能体会到李清照满身才学却无处施展的苦闷,所以只能寄托于梦中。在感动于李清照的才学满腹、豪情万种的同时,也深深惋惜古代有多少这样有才学的女性被埋没在闺中?那才是真正的怀才不遇!

辛弃疾

贺新郎·别茂嘉十二弟

别茂嘉十二弟，鹈鴂、杜鹃实两种。见《离骚补注》。

绿树听鹈鴂，更那堪、鹧鸪声住，杜鹃声切。啼到春归无寻处，苦恨芳菲都歇。算未抵、人间离别，马上琵琶关塞黑，更长门、翠辇辞金阙①。看燕燕、送归妾②。

将军百战身名裂，向河梁、回头万里，故人长绝③。易水萧萧西风

● 作者简介：

辛弃疾，字幼安，号稼轩，南宋著名词人，是苏轼之后更进一步拓展词风的人物。在词史上与苏轼齐名，一生矢志抗金。其词《破阵子》结尾"了却君王天下事，赢得生前身后名。可怜白发生！"就是他一生抱负和悲剧所在。

---

① 马上琵琶关塞黑：指的是昭君出塞远嫁匈奴的故事。传说中昭君北上的时候，内心悲慨万千，弹琵琶以抒发心曲。更长门、翠辇辞金阙：汉武帝金屋藏娇的典故。汉武帝即位后，娶了他姑姑的女儿阿娇为皇后，专宠非常。后来汉武帝喜新厌旧，阿娇被废居长门宫（就是小说戏剧中常常说的冷宫）。
② 看燕燕、送归妾：典出《诗经·邶风·燕燕》朱熹《诗集传》"庄姜无子，以陈女戴妫之子完为己子。庄公卒，完即位。嬖人之子州吁弑之。故戴妫大归于陈，而庄姜送之，作此诗也"。
③ "将军"句：李陵的故事。李陵与匈奴战败被俘，降。武帝为之大怒，杀李陵母亲、妻子。李陵与苏武是好友，当苏武历尽劫难终得南归之际，李陵来送别。回首之间，与故人将永不再见。

冷，满座衣冠似雪。正壮士、悲歌未彻①。啼鸟还知如许恨，料不啼、清泪长啼血。谁共我，醉明月。

赏析

辛弃疾词的主旋律可谓慷慨激昂，但是并非叫嚣，他的激昂背后，有深刻的内涵。比如这首送别他的族弟茂嘉的词。茂嘉生平不详，清朝张惠言《词选》认为"茂嘉盖以得罪谪徙。是故有言。"可是，我们读这首词的时候，却没办法找到蛛丝马迹来证实张惠言的这番推测。因为词中所抒发的，虽然是离别之痛，而且用与春天的离别之痛，来衬托人世间的离别之痛，却是那种一旦分别即是永不再见的离别，绝望而悲慨。

辛弃疾是一个非常有创造性的词人。在这首词里，他的创造性表现之一，就是打破词的上下阕所形成的限制，而视为一体。因此，这首词的结构，就是开头结尾以鸟的啼鸣相互呼应。鹈鴂、鹧鸪、杜鹃，都是鸣声哀戚的鸟。鹈鴂身份不明，有说是伯劳，有说是杜鹃，所以辛弃疾在这首词的序里就说，他在洪兴祖的《离骚补注》里看到鹈鴂不是杜鹃。鹧鸪的叫声，是"行不得也哥哥"，而杜鹃，则是啼血哀鸣着"不如归去"，同时，这几种鸟的叫声，都标志着春天的结束和夏天的到来。所以，词中说"啼到春归无寻处，苦恨芳菲都歇"。可是，即使是如此的哀鸣和离别，也抵不上人间的离别。人间的离别是什么样呢？辛弃疾接连列举了昭君出塞、"金屋藏娇"的皇后陈阿娇失宠被贬去冷宫、《诗经·邶风·燕燕》所涉及的庄姜故事。

上阕中的典故，是三个宫廷中失意的女子，下阕中的典故则是两个失意的英雄：一个是与苏武永诀的李陵，另一个人是易水悲歌的荆轲。这样

---

① 正壮士、悲歌未彻：荆轲刺秦王的故事。

罗列典故，是辛弃疾喜欢的手法。比如他的名篇《摸鱼儿》（更能消几番风雨）也是一样的手法。但是辛弃疾有足够强烈饱满的感情可以支撑起这一系列的典故，所以读者读来只觉得悲歌慷慨。在结构上，辛弃疾用"正壮士、悲歌未彻"来回应开头的啼鸟，并引出下文。有了这样的渲染烘托，结尾的"谁共我，醉明月"才是椎心泣血之词。辛弃疾的这首词，很容易让我想起清人周济对他的评价："稼轩不平之鸣，随处辄发。"任何一点触动，都能引发出他郁勃的情感。

给孩子美的阅读

吴文英

八声甘州·灵岩陪庾幕诸公游

渺空烟四远,是何年、青天坠长星?幻苍崖云树,名娃金屋,残霸宫城。箭径酸风射眼,腻水染花腥。时靸双鸳响,廊叶秋声。

宫里吴王沉醉,倩五湖倦客,独钓醒醒。问苍波无语,华发奈山青。水涵空、阑干高处,送乱鸦斜日落渔汀。连呼酒、上琴台去,秋与云平。

赏析

灵岩山是吴王夫差馆娃宫旧址,所以,"怀古"是这首词的主题。但是吴文英这首词,有几点特别。首先是春秋末期到吴文英所在的南宋后期,已经一千多年过去了。如果是传说,遗迹历历在目;如果是事实,往事却早已湮灭。词人用一个"幻"字勾连起眼前的现实和久远的历史,这现实,仿佛是青天坠落的长星(彗星类的星)幻化而成。可是,那箭径(溪流直如箭矢)上吹过来的风却是这样刺激眼睛,是因为溪水沾染了浓

● 作者简介:
吴文英,字君特,号梦窗,晚年又号觉翁,四明(今浙江宁波)人。南宋词坛大家,其作品流传下来的多达三百四十首,对后世词坛有较大影响。

重的花腥吗？此处是吴王宫殿，正如杜牧《阿房宫赋》写"渭流涨腻，弃脂水也"，箭径的水流也因为承载了太多的脂水而令花朵都染上腥味；响屧廊上的声音，是西施穿着木屐行走时发出来的吧？吴文英词的特点之一，就是这样把感觉、想象与现实融为一体，制造出一种如梦似幻的感受，这是他对人或事的感受。

其次，通常的"怀古"重点都在"喻今"，但是，吴文英这一首怀古词，是否喻今，令人深深存疑。下阕那句"问苍波无语，华发奈山青"，让我不禁想起《鲁拜集》中的那首诗："遍访乾坤总惘然，天垂日月寂无言。海涛悲涌深蓝色，不答凡夫问太玄。"吴越争霸那一段惊心动魄的历史，为什么是那样的结果？那样的历史，如今又如何去找寻其影响？我以为，这不是单纯的兴亡之慨，而是对历史本身的疑问。所以，词人才会以那样慷慨难平的情绪结束这一首词，戛然而止，却余响千年！

张 炎

八声甘州·记玉关踏雪事清游

辛卯岁,沈尧道同余北归,各处杭、越。逾岁,尧道来问寂寞,语笑数日。又复别去。赋此曲,并寄赵学舟。

记玉关踏雪事清游,寒气脆貂裘。傍枯林古道,长河饮马,此意悠悠。短梦依然江表,老泪洒西州①,一字无题处,落叶都愁。

载取白云归去,问谁留楚佩,弄影中洲②?折芦花赠远,零落一身秋。向寻常、野桥流水,待招来,不是旧沙鸥。空怀感,有斜阳处,却怕登楼。

◉ 作者简介:
张炎,字叔夏,号玉田,临安(今浙江杭州)人,南宋末元初词人,乃张俊六世孙。是宋词的最后一位重要作者,他的词是宋词的最后一个音节。

① 江表:长江以南地区。从中原地区来看,地处长江之外,故称江表。西州:古地名,在今南京市西。东晋谢安亡于任上,遗体运回都城,经西州门。谢安的外甥羊昙醉酒路过,痛苦不已。所以,西州就成为感旧兴悲的代称。
② 楚佩:屈原《九歌·湘夫人》有捐佩弃袂之举,以表深情。中洲:"洲中"的倒语。

赏析

选择这首词，固然因为这是南宋最后一个大词人张炎灵感迸发的杰作，还因为这是诗词中少有的写到北方冬天的冰雪世界还写得这么好的作品。

张炎是南宋名将循王张俊之后，南宋灭亡时，作为王孙公子的张炎也不过三十余岁，在元朝他又生活了五十年。不管主动还是被动，他始终都把自己活成了一个宋人。

这首词，就是宋亡后，他被征北上大都写经归来后的作品。要读懂张炎这首词，需要抓住几个关节点：第一，首句押韵，不但如此，开头的三个韵脚，"游""裘""悠"表达一个完整的情绪——对北上元大都的追忆，既写出了天寒地冻的艰苦，也写出了那种冰天雪地独有的开阔与清朗。与此相应，接下来，每一韵，情绪都在变化，缠绵不断。疏宕与低落的情绪交织着。再一个就是下阕的那句"折芦花赠远，零落一身秋"，既写出了芦花的特点——会像蒲公英一样凋落，又写出了自己努力调整的心情最终还是像芦花散落一地，而整个秋天也就此零落。这真是极大的悲慨！

词中情感充沛而一气旋折，语尽情不尽，令人回味无穷。